U0902668

跑步锻造灵魂

〔英〕 亚德哈罗南德 · 芬恩 著
符夏怡 译

THE WAY OF
THE RUNNER

A Journey into the Obsessive World of
Japanese Running

南海出版公司

新经典文化股份有限公司
www.readinglife.com
出　品

顿悟前，劈柴挑水
顿悟后，劈柴挑水。

——禅宗偈语

前言

那是二〇〇一年二月，我在日本本州岛西部一个叫本乡的小镇上，正站在一所学校的围墙边，当时宿醉未消。

我弟弟在这所学校当老师。前一晚，我刚下飞机就被他直接拉去参加节日，说是要举办裸体庆典，听来十分不妙。庆典上清酒让人喝个够，衣服要脱到身上只剩一条缠腰布[①]，看上去像相扑手似的。我在夜晚的寒风里站着，身旁还有两百多个只穿了缠腰布的大汉，大家一起抢一条长长的布。我们在那儿疯抢，祭司在一旁朝我们泼冷水。两百多个大汉乱哄哄地挤在一起，在黑暗中踢啊，抢啊，撞啊，闹了好几个小时才终于有人抢到。赢家得意地拿着布条爬上楼梯，钻进神社。总算完了，谢天谢地。

第二天，这场混战的照片登在了日本的国家级报纸上，图片中央赫然印着我白花花的屁股。我之所以能认出来，还是因为昨天喝多了的时候，让人在我背上写下了“闪电”这个词。我也不知道自己是怎么了，自以为是飞侠哥顿[②]，想象自己身在外星，在一群男人之间杀出一条血路来。睡了不到四小时，我弟弟就爬了起来。

“我要去跑一场驿传。”他说，“你想来跑吗？”我完全不知道

---

①原文中日文罗马字词句的中文含义，本书以仿宋呈现。本书注释若无特殊说明均为译注。

②电影《飞侠哥顿》的同名主人公 Flash Gordon，直译是闪电哥顿。

驿传是什么，但那个早上我一点都不想跑步。我对跑步曾经热情满满，但是在伦敦一家传媒公司坐了这么多年办公室后，我身上只剩下肥肉。跑步这码事早被我抛到脑后了。

“不想。”我挠着后脖颈说。

当时正下着小雨。他把我带到学校墙边，丢给我一件雨衣，就去找他的队伍。原来，驿传就是长距离接力赛跑。似乎日本每个小镇都会举办这种比赛，人人都能参与。即使不参加接力赛，也可以自愿做些组织工作，再不济也会来给赛跑的人加加油。

我站在墙边，和路人打招呼。行人打着伞匆匆而过，比赛管理人员都穿着黄雨衣。在我身后的学校里，人们开始集合。我隔着栏杆看见运动员们穿着短裤和汗衫，在湿透的沙砾地上来回跑动，做赛前热身。其中大部分是高中生，但也有其他各个年龄层的男女老少。参赛者排好队后，随着一声枪响，便浩浩荡荡地从操场出发，朝镇里跑去。

我站在空荡荡的街边等着，单薄的鞋子让雨水浸透了，脚一阵阵发冷。第一赛段的跑者斜挎着一条带子，叫“襷[①]”，等跑了一段之后，“襷”就要传给队友，像接力赛交棒一样。跑到中途，选手们会再次经过我站的位置，我弟弟就在其中。

我决定走动走动，让自己暖和起来。街对面有一对老夫妇，打着同款的雨伞，偶尔抬眼看看路。过了快一个小时，参赛者才再次出现在我的视野里。他们急匆匆地跑过街道，道旁的人们为他们加油鼓劲。我弟弟出现了，他是一米九的大个子，比大家都高一头，这会儿满脸涨红，雨水落到了眼睛里。他轻巧地跑过我面前，向我

---

①日文汉字，一般指日本人劳动时挽系和服衣袖的带子。在驿传比赛中指斜挎在肩上，写有队名的接力带。

咧嘴一笑。

“加油，文尼！”我喊道，突然希望自己也在场上奔跑。这比赛看上去挺好玩的，至少比站在墙边，冻得不得不把双手夹在腋下取暖要好。我很想把夹克衫一扔跟上去。每次像这样干看着别人跑步的时候，我都会自问：我怎么就不去跑呢？这真是一项充满友好气氛又有社区精神的活动，整个小镇的人都热火朝天地参与进来。而我干站在墙边，好像被抛下了一样。

没过几年，我就得到了一次可以加入队伍，在日本参加驿传的机会。而且这一次，我已经减了将近十三公斤，状态绝佳，急切地想要跑起来。

1

我穿过旋转门走进伦敦塔酒店，酒店就坐落在泰晤士河边。那是四月里一个温暖的早晨，二〇一三年的伦敦马拉松即将在几天后开赛。我双腿强壮，脚步轻快，随时可以上场。我能感觉到空气中弥漫着期待的骚动，在这云集着顶尖运动员的酒店里发酵。

一进门，就看见一小群人站在旋转大理石楼梯旁讨论什么。其中一个人我能认出来。那是史蒂夫·克拉姆[①]，我儿时心目中的长跑英雄。他如今老了一点，头发剪短了，比壮年时稀疏些。但他看起来还和多年前在电视上一样，我还记得他当年穿着黄背心绕着跑道嗖嗖跑、挑战世界纪录的样子。我继续往前走，进了酒店大堂。

我站在那儿的时候，身边一直有跑者来来去去。两个穿着大号羽绒背心的肯尼亚女人走过，腿细得像火柴棍一样，好像马上就会被背心压垮。她们说话的声音很小，听不清在说什么。前台那边，两个笑声豪爽的荷兰人正和一个戴着墨镜和兜帽的男人说话。听到他的声音，我才发现他是莫·法拉赫。

十二年前，宿醉的我站在日本一所学校的墙边。自那时起，许多事情发生了改变。不知怎的，我又开始跑步了。刚开始跑得很慢。我的第一次一万米跑用了四十七分钟。之后有两年时间，我都没法

---

①已退役的英国中长跑选手，全世界第一位在 1500 米跑中跑进 3 分 30 秒的男选手，获 1983 年世锦赛 1500 米跑冠军、1984 年奥运会 1500 米跑亚军。

打破这个纪录。我渐渐认真起来，加入了长跑俱乐部，跑的距离也越来越长。之后我去肯尼亚住了一段时间，和东非大裂谷的卡伦金族的杰出跑者一起训练。这不仅是为了提高我的跑步水平，也是为了完成一个使命——我想了解并破解这些杰出跑者身上的秘密。我想知道他们是什么人，做了什么，以及他们的动力源自何处。从肯尼亚回来后，我写了《跑出肯尼亚：探寻世界最快跑者的秘密》这本书。

几天后，肯尼亚人和埃塞俄比亚人将同场竞技，争夺世界上最具声望的城市马拉松比赛的桂冠。我也会参与其中，挤在一群大汗淋漓的跑者之间，被他们远远抛在后面。我希望能打破个人最佳纪录，跑进两小时五十分，并为此刻苦训练，调整食谱，更新装备。但今天站在伦敦塔酒店的大堂里，真正让我感兴趣的却不是我自己，也不是肯尼亚人。今天，我要寻找的是日本人。

>>>>>

日本正在发生一些事情，但外界很容易忽视这一切。全世界重大的公路赛跑奖项不断落到一个又一个速度极快的肯尼亚人和埃塞俄比亚人手中，冠军被他们垄断，无人可以染指。

但在亚洲东部的岛屿上，还有一群人在奋力抵抗。在二〇一三年，也就是我们的故事开始时，排名世界前一百的马拉松选手中，只有六名选手并非来自非洲。这六位选手中有五位来自日本。[①]

---

① 我没有算上当年排名第 75 位的马拉松选手，来自法国的亚伯拉罕·基普罗蒂奇，因为她在肯尼亚出生长大，加入法国的外籍军团后才改变国籍。同样，排名第 87 位的尼古拉斯·凯姆伯伊虽是卡塔尔国籍，却也一样在肯尼亚出生长大。——原注

在女子马拉松赛事中，二〇一三年的世界前一百名选手中有十一人来自日本。和男子赛事一样，日本是继肯尼亚和埃塞俄比亚之后排在第三位的国家。

同年，也就是二〇一二年伦敦奥运会后的第二年，没有一位英国选手能在马拉松项目中跑进两小时十五分。在美国，十二名男选手跑出了这样的成绩。但是在日本，一个人口不到美国人口一半的国家，跑出这个成绩的选手却是美国的四倍，足有五十二位日本男选手在两小时十五分内完成马拉松。

在半程马拉松赛事中，日本的成绩甚至更好。二〇一三年十一月十七日早上，上尾举办了一场半程马拉松比赛。这座小城市位于东京北部郊区的不规则地带，上百名大学生排着队，希望能在一月的重大赛事箱根驿传举办前给校队教练留下深刻印象。上尾的赛事是这些校队的重要热身赛之一，但还是有很多大学校队的王牌没有参加这场比赛，日本的上百位公路长跑专业选手也不在场上。然而，观看 YouTube 上这条模糊视频的末尾片段依然能给人惊喜。

获胜者在最后冲刺的五人中脱颖而出，取得了六十二分三十六秒的成绩。这个成绩相当棒，但真正的关键还在后面。一般而言，如果你观看其他地方举办的任何一场高级别赛事，速度最快的几位跑者到达终点时，他们身后都空无一人。通常等他们换好衣服，接受完采访，喝完水并做完赛后放松以后，才会有寥寥几位跑者到达终点。但这次不一样。后面的选手源源不断地到达终点，着实令人震惊。选手们一个接着一个地跑过终点线，有时候甚至是一大群人一起抵达。有些人转身向跑道鞠躬，有些人则直接跪倒在地。每一个人到达终点后都会查看跑表，每一个的速度都很快。

经过赛后统计，那天上午共有十八人成绩在六十三分以内。仅仅在这一场比赛中就有这么多。相比之下，二〇一三年全年，英国只有一位选手能在半马中跑出这样的成绩。而在美国，这一整年里只有二十一位选手达到这样的水平。

就连在上尾这场比赛中排到第一百位的学生，也跑出了六十四分四十九秒的好成绩。要是在英国，他将会成为二〇一三年的第八强。若是在其他欧洲国家，他可能是全国冠军。如此英才济济，真是令人叹为观止。

是的，日本确实发生着什么事。我的任务便是弄明白到底发生了什么。

我这样兴趣盎然，不仅仅因为我是个作家，还因为我是一名跑者。在肯尼亚住了六个月后，我回到英国，打破了所有的个人最佳成绩，从五公里跑到马拉松都大有长进。回国后的六个月间，我一路高歌猛进，一连刷新了十项个人最好成绩。

但过去两年里，我再没取得一点长进。我很快就四十岁了，总是禁不住想，自己的跑步成绩就到此为止了吗？我是不是开始走下坡路了？可能得放弃追逐激动人心的最好成绩，放弃开拓新的高度了。既然已经过了巅峰时期，就静下心来享受跑步吧。在某种程度上，我期待这样的日子来临：跑步成为一种更温和的追求，我不再如此意志坚定和偏执。我可以简简单单地享受心跳如擂鼓的感觉，感受迎面而来的凉爽清新的风，而不用再担忧训练计划、赛前减量训练和争分夺秒的成绩。

但我心中那争强好胜的小精灵还想最后搏一把。我总不该止步于两小时五十五分的全马成绩和七十八分的半马成绩吧？这成绩勉强也过得去，但我肯定还能跑得更快。我在肯尼亚学到了很多，说不定在日本还能学到些别的呢。视频网站那条模糊视频中有那么一大群优秀的半马选手，我兴许能从他们身上学到些新东西，向前迈出这最后的一步。而我的寻觅之旅就始于伦敦塔酒店。

>>>>>

有个男人向我走来，隔着大堂就能看到他闪亮的白牙。他是布兰登·瑞利 。研究日本长跑时，和我聊过的每个人都会提到他的名字。他仿佛是一切的关键，是日本与世隔绝的长跑世界与外部相通的大门。他帮忙安排我和他一起与一位广受尊敬的日本教练河野匡会面。河野执教于大冢制药株式会社的驿传队，常驻四国的德岛市。几天后，他的队伍中有几位队员将参加伦敦马拉松。

“你好。”瑞利招呼道，“最近怎么样？”他和我来了个结结实实的美式握手礼。

他带我到酒店的咖啡厅坐下。河野等在那里。他年纪较长，看上去有些疲惫，斜着身子坐着。我坐下时，他点点头向我示意。

“*初次见面，你好*。”我尽力说得字正腔圆。“*初次见面，你好*。”他半开玩笑地说。但我们的日语对话也就到此为止了，我会说的日语只有这么一句。接下来我说起了英语，由瑞利翻译。

“我想加入一支驿传队。”我说，“你能帮忙吗？”

日本是唯一一个会给长距离跑步选手发工资，让他们加入一支队伍的国家。像本田、柯尼卡美能达和丰田这样的大公司，会培养一支由专业公路赛跑选手组成的队伍，让这些选手同住同训练，参加驿传比赛。我计划加入这么一支队伍。我不是去比赛的，我还跑不了那么快，只是想深入一支队伍中，像战地记者深入军队中一样。这应该能让我离那些运动员足够近，以便了解这项运动。我要借此探寻日本长跑的秘密。然而找到并加入一支队伍比我想象中难得多。

我查过资料，发现这些企业队的公路赛跑选手在日本是运动巨星。其实，读了瑞利在美国《跑步时代》杂志上发表的文章后，我才意识到跑步在日本有多么重要。

"在大部分日本城市中，只要晚上和出租车司机或寿司师傅聊聊天，"他写道，"你就会发现，在这些久居一处的人心中，有森裕子、高桥尚子和野口瑞希[①] 都是国民偶像。同样，大公司职员对本公司赞助的长跑选手的热爱丝毫不亚于球迷对足球明星的热情。在国家级驿传接力锦标赛上，观众席上五彩缤纷，排列着各大公司的代表色和标志，这些员工穿着代表公司颜色的服装大声呐喊，为他们的跑步选手加油。"

他继续写道："在日本，马拉松和驿传赛事的现场直播，像美国的全国橄榄球联盟赛那样具有相应的专业分析和技术素质，因而拥有惊人的收视率。在美国，马拉松比赛直播的收视率鲜少超过百分之一；而在日本，一场大型驿传或马拉松比赛的直播如果只有百分之十的收视率，就已经差得令人失望了。某些运动员或大型赛事甚至能带来高于百分之四十的收视率，堪比超级碗[②]。"

大冢制药株式会社的驿传队便是这些专业队伍中的一支，而我对面坐着的正是这支队伍的教练。我希望他能邀请我加入他的队伍，和他们一起跑步。我向他开口时，他点了点头，但他点头的样子显然不太热切，我也就不敢与他握手，更无法开口商量具体的时间安排。他这个头点得实在是模棱两可，不置可否。他说他认识别的人，说不定能帮上我的忙。为了这件事，我已经给瑞利发了好几个月的

---

①三人均为日本女子马拉松运动员。

②美国全国橄榄球联盟的年度冠军赛。

电子邮件，他认识很多跑步的人。他不停地跟我说，事情很好安排，只要找对队伍就行。但如今驿传赛季迫在眉睫，我却一点着落都没有。

会面结束后，我和瑞利、河野二人道别，除了两张名片，什么收获也没有。我并不打算立刻回家，想在酒店大堂停留片刻，感受赛前的氛围。在几盆盆栽灌木旁有一道矮墙，上面坐着一个日本人，正低头查看手机。我发现他偶尔会抬头看看我，便向他走过去。

“嗨，”他说着站起身来，“我刚才看见你在和河野先生说话。”他说一口流利的英语。我告诉他，我计划去日本住六个月，体验驿传赛季。我说我想融入专业队伍，他边听边若有所思地点头。但我说我还想和他们一起训练时，他却大笑起来。“不，不，不可能。”他不屑一顾地说，仿佛这点子实在太蠢。

我说我在东非大裂谷和杰出的肯尼亚跑者一起训练过，肯定能跟得上日本选手。他却只是笑了笑，又说了一次“不，不”。虽然他坚持认为这个计划的核心部分是不可能完成的任务，却还是主动提出要帮忙。他说他在日本长跑圈认识不少人，万一我遇到困难可以找他。他给了我一张名片。我遇到的这个人就是小串先生。

>>>>>

接下来的几个月，瑞利把他认识的人都找遍了，还是没法帮我找到一支队伍。到六月底，我收到他发来的一封电子邮件，告诉我他已经放弃了。

“教练们都认为这是个很好的故事，但没有一个人有兴趣收留你，或者让你参加他们的日常训练。”他说，“他们不情愿让你真正长期融入并观察队伍。”

他还一针见血地说：“日本这个国家有时候真是封闭得让人发疯。不幸的是，这次你撞上他们的墙了。”

问题是那个时候我的房子已经租出去了，公司同意给我六个月时间去做调研，孩子们的学校也答应让他们休学，和我一起走。驿传赛季将于九月开始，已经没几个月了，等到明年二月就会结束。如果我要亲身体验赛季，就得尽快出发。事已至此，虽然一切都没安排好，我们还是在六月一个晴朗的周一早晨向日本进发了……我们是坐国际列车去的。

2

莫斯科的高尔基公园里满是摆姿势拍照的男男女女。我们排着队，想租几辆自行车。八月的太阳灼烤着我的后脖颈。我忘了涂防晒霜，也没戴帽子，但不敢动。我已经排了四十分钟队，孩子们都靠在我的腿上。

在莫斯科河对岸，世锦赛女子马拉松项目的比赛正如火如荼地举行。我想去看比赛，但已经答应孩子们要给他们租到自行车。终于排到我了。英语标牌上写着旅客要出示护照，我便把护照递给收费的男人。他看都没看我一眼，就摇摇头，看向我身后的人，问他们要什么。

“护照在这里。”我说。他可能是没看见。我把护照举得高高的，他不可能看不到。

“不接待外国人。”那男人说，又继续接待我后面的人。

我简直有股变成巴兹尔·弗尔蒂[①]的冲动。不接待外国人？附近的牌子上写的可都是英语，像“欢迎来到高尔基公园自行车出租点”之类的。这些牌子是谁立的？我领着三个小孩，已经顶着俄罗斯愚蠢的大太阳排了一小时队，而且我就要错过马拉松了。

“规定改了。”他说，眯缝着眼看我，仿佛惊讶于我还没走。

---

①英国 20 世纪 70 年代热门喜剧《弗尔蒂旅馆》中的主要人物，以心态消极、高高在上、爱瞧不起人著称。

我们只好走开了，垂头丧气，咒骂连连。“怎么回事？”孩子们看着我，不明白为什么没有自行车，“我们为什么弄不到自行车呢？”

>>>>>

我让妻子玛丽埃塔去给他们买冰激凌，我则挤过人群去看马拉松。速度快的话，我还能赶上看领头的运动员跑最后一圈。到河对面要过一座巨大的跨河大桥。我加快了步伐，挂在脖子上的相机左右晃荡，汗水把衣服都打湿了。当天气温是二十七摄氏度，我真不知道他们怎么还能跑马拉松。

桥上挤满了人，都是往公园去的。到处都是一双双修长的光裸的腿。河边的酒吧里，女人们正赤裸着上身晒日光浴。四周充满了财富和混乱的味道，十分令人生畏，简直像《欲望都市》和《疯狂的麦克斯》混搭在了一处。桥顶上，两个女人正悠闲地走在支撑桥梁的悬吊钢架上。几乎没人看她们一眼，好像再正常不过。走到钢架拱顶时，她们便坐下来欣赏景致，长长的裙摆在身后鼓动。

终于过了桥，我走下几级金属台阶，踏上街面。路封上了，在河的这岸，一切都十分寂静。几根水管朝着沥青路面洒水，零星几个人躲在桥的阴影里，耐心地靠在栏杆上等待。

一处小眺望台下方坐着几位电视台的技术人员，身边放着一大堆电子设备和一块电视屏幕。屏幕上，一小群运动员正在奔跑。领头的是个意大利女人，她身后还是那一套常规阵容：一个肯尼亚人，一个埃塞俄比亚人，还有两个日本人。

我安静地看着屏幕，希望能找点水喝。我站在那儿，听见远处传来直升机的声音。它肯定是在追踪那些马拉松选手。河对面公园里的吵闹声不绝于耳。

突然间，我身边多了两个日本女人，她们仿佛是从地底下蹦出来的。她们穿着日本国家队田径服，兴奋地交谈着，同时紧张地看向直升机飞来的方向。我还发现街对面有几个人把日本国旗挂在了栏杆上。选手们进入视野时，他们都开始大声喝彩。我旁边的日本女人又蹦又跳，在跑在最前头的五名选手经过时朝着队员大叫。

“加油，加油！”

她们喊完就匆匆走了，应该是要赶到前面赛道旁再看那些选手一眼。

>>>>>

一路向东横跨亚欧大陆去日本是我妻子的主意。带全家到肯尼亚住了六个月后，我不断听到别人说玛丽埃塔有多么贤惠懂事。他们半开玩笑地说，如果自己跟伴侣提这种要求，马上就得闹离婚。可他们不知道玛丽埃塔是天生的冒险家，能去肯尼亚让她开心极了。

日本之行一开始看上去没这么有吸引力，可能是因为这个国家不够野性吧。直到妻子灵机一动，决定跨过大陆去日本时，她才真正对这个计划燃起热情。

“坐飞机太奇怪了。”她说，“你从地球上某个地方被抓起来，然后被扔到一个完全不同的环境和时区里。这对身体的冲击太大了。旅途过程中，你会觉得时空错乱，搞不清身在何处。”

根据她的理论，走陆路旅行感觉更自然。而且孩子们喜欢列车，这段旅程会很有意思，想想一路上我们能去多少地方。

我紧张地看着她。我们将和三个年幼的孩子一起走陆路横跨九千英里。我想表现得热情点，但心里只有盲目的恐惧。

>>>>>

于是，我满手冷汗地登上了早上九点零六分的列车。七月底的某个周一，我们从德文郡的蒂弗顿百汇上车，出发前往日本京都。

一路上，我们将途经波罗的海北部，路过丹麦、瑞典和芬兰。和孩子一起在斯堪的纳维亚半岛旅行真是种享受。在芬兰赶从图尔库到赫尔辛基的列车时，售票处的女人发现我带着孩子，便问："请问需不需要靠近游戏室的座位？"游戏室里有滑梯，有个能坐的玩具火车，还有一屋子的书。在这趟列车上，时间过得很快。

然而一到俄罗斯，一切都变了。到莫斯科还不到一分钟，连车站都没出，最小的女儿乌玛就看着我，说："爸爸，我想我更喜欢芬兰。"

我不想武断地下定论，但我懂她的意思。

我们的不祥预感被随后的几周证明了，那并非只是预感而已。友好服务的概念在俄罗斯仿佛不存在，无论是在咖啡厅、列车上，还是其他地方，服务人员显然都认为只要无视所有顾客就好了。如果顾客愚蠢地坚持让他们提供服务，他们就愤怒地耸耸肩。

令人高兴的是，我们到莫斯科的时候正好碰上世界田径锦标赛，这完全是巧合。但整个城市对这场赛事仿佛无知无觉，除了我在几处公交候车厅看见了尤塞恩·博尔特的海报以外，什么也没有。

实际上，这个城市给博尔特留下的印象也不比留给乌玛的好多少。接受采访时，他说："他们俄罗斯人不怎么爱笑。"

看完女子马拉松后——两名日本选手赢得了第三和第四名——

我回到高尔基公园和家人会合。阳光已经和缓了一些，我在满是尘土的游乐场里找到了他们，每个人都没精打采的。他们运气不错，我还给他们准备了好节目呢，晚上要去卢日尼基体育场看田径比赛。

百米赛跑项目有幸请到了博尔特，场馆中的观众席却空着一半。我们的座位四周坐满了挥舞着小旗子的英国人，他们从贝辛斯托克和切尔滕纳姆来。听到那熟悉的口音和他们对俄罗斯服务行业的抱怨，我心里真是安慰极了。

我们前边那一排坐着一对俄罗斯老人，看上去像是从某个偏僻的小村子赶过来的，衬衫下还往外支棱着几根干稻草。看见这样的人被田径运动吸引，我很高兴。虽然几位飞人激起了人们高涨的热情，但从根本上说，田径还是一项老派运动。

今晚的重头戏是男子一万米跑。英国的奥林匹克冠军莫·法拉赫即将与最优秀的肯尼亚选手和埃塞俄比亚选手同场竞技，我和大家一样激动。场上还有几位欧洲选手和几位日本选手。虽然在公路赛事中表现卓越，日本人在田径场上的成绩却不怎么样。比赛刚刚渐入佳境，三位日本选手就被甩在了后面，这也是意料之中的事。

法拉赫在比赛场上跑得游刃有余，有一阵子跟在所有人后面跑，后期才冲刺到前头，最后轻轻松松地赢得了冠军。赛后，我来到赛场上，想在他荣耀地绕场慢跑一周时截住他。就在我走到他身边时，他的教练阿尔贝托·萨拉萨尔正好过来祝贺他。他们拥抱在一起，朝着对方微笑，然后萨拉萨尔从我身边走过。

“干得漂亮。”我对萨拉萨尔说。他是世界上最优秀的教练之一。法拉赫在二〇一二年奥运会上夺得两枚金牌，萨拉萨尔指导的另一名选手、美国的加伦·拉普则在会上夺得了银牌，今晚也取得了第四名的成绩。如果说有人有资格告诉世界，肯尼亚人和埃塞俄比亚人并非不可战胜，那必定是他。

“谢谢。”他说，然后走开了。

>>>>>

自从我们开始计划去日本的陆路旅行以来，在西伯利亚大铁路上的七天旅程就一直是压在我心口的一块大石。列车将从莫斯科驶出，最终抵达符拉迪沃斯托克。

我们在一个明亮的周日早晨出发。旅客们无所事事地待在月台上，身边放着大堆行李，很多是一家人一起出行。列车一到站，我们就上了车，找到自己的车厢，和大家一起排着队，把行李推过窄窄的过道。很多人在车外面擦窗户。这趟旅途的卖点之一就是坐在车上看风景从身边掠过，可是窗户却覆满尘土。玛丽埃塔找出几张湿巾，找到了我们车厢的窗户，加入了擦窗大军。

几分钟后她被服务人员赶回车上，我们要出发了。列车缓缓地驶离莫斯科，经过木房子和灰蒙蒙的公寓楼，掠过小村庄和无尽的林地，穿过白日与黑夜，翻过乌拉尔山脉，向西伯利亚驶去。路上经过的乡村美得令人惊讶，目力所及之处都是小小的房子，屋顶尖尖的，院子里有木头井，仿佛是个童话世界。

俄罗斯人总是会感到惊讶，旅客选择这趟列车竟然纯粹是为了好玩。对他们来说，这只是交通手段，没有其他的含义。车上的布置自然乏善可陈。车厢里满是灰尘，厕所里除了一个肮脏的金属马桶和一个洗手池外，什么都没有。餐车里的木桌子边缘都缺了口，窗帘褪了色，坐在里面的也大多是德国旅客或眼神悲伤的俄罗斯醉汉。我们去餐车时，侍者给了我们一份菜单，每页都印着听上去很好吃的菜，可是都不供应。“俄罗斯甜菜汤。”她说，意思很明显，除了这个就没有别的了。

我们中途在伊尔库茨克停留了两天，坐在贝加尔湖边吃冰激凌，玩打水漂。这是世界上最深的湖。重新上车后，我们发现这趟列车比前一趟更旧更残破。车上闷得难受，满是烟味，我们还惊恐地发现窗户全都封得严严实实。火车缓缓离站时，我已经脱光了上衣，满身大汗地想试着铺床。我几乎要开始倒数还有几个小时才能到符拉迪沃斯托克。

接下来的三天里，我一直在试图把我们这节车厢和隔壁那一节车厢间的门打开，想通过这道小缝把车厢里的废气散出去，但总是有人把门关上。整整三天，我们都关在自己的小隔间里，关着门，保护我们这个小隔间的空气不受污染。我们彼此陪伴，读书，下棋，看电影。我去日本是为了长跑，而现在的情况相当不妙。除了在哥本哈根的阿迈厄公园慢跑了一圈外，这一路上我再也找不出时间训练。一般来说，离家在外时我很喜欢长跑，借此探索新环境。但这次，即使不用闷在车厢里，我也抽不出时间跑步，还得操心吃食，操心住宿。

到了旅途的最后一天，火车在西伯利亚炎热的针叶林间停住了。我简直要发疯。时间一分一秒流逝，一想到可能错过轮船，可能要被困在符拉迪沃斯托克，我就急得想啃床上的栏杆。幸运的是可怜的孩子们已经习惯了烟臭味，在过道上开心地跑来跑去，和别的孩子一起玩耍。

最后，在我的忍耐几乎接近极限时，火车忽然起死回生，又开始在大地上缓慢爬行。

第二天早上，我们欢天喜地地登上了从俄罗斯出发的韩国轮船。驶离符拉迪沃斯托克时，清新的空气和温暖的阳光扑到脸颊上，我们终于又能呼吸了。经过两天舒适的航行后，我们到达了日本。

3

我们坐高速列车抵达此行的最后一站——京都。列车内部宽敞得像飞机一样，一排三个座位。车里挤满了人，但安静极了，都是通勤的上班族。人们都在闭目养神，缓解一天的劳累。我和大女儿莱拉坐在一起，她正在读书。越过那个用手机玩着游戏的人的腿看出去，窗外的城市在发蓝的暮色中呼啸而过。车在高架桥上行驶，我们与屋顶平齐。在街灯与建筑之外，森林蓊郁的山立在远处，像一个个庞大的黑影，山上弥漫着白色的薄雾。

“哎呀，停下！”我听见乌玛大喊，她坐在车厢后部，“这样不乖，奥西安。不乖[①]。”

回应她这声责骂的，是一声撕心裂肺的号叫。

“哦，天哪。”我对莱拉说。她坏笑起来，觉得很有趣，因为她的弟弟妹妹在只有低低嗡鸣声的车厢里制造了唯一的噪音。

他们很快就要闹起来了。莱拉向车厢后面瞄了一眼，看着我咯咯地笑。

“他们的声音真大。”她说。

自从我们在德文郡的蒂弗顿百汇车站把行李放上列车以来，已经过了四个星期。终于，终于，我们到了。

①原文为南非祖鲁语。

“我们将在京都站短暂停留，”列车缓缓减速，车内适时地响起英文广播，“右侧的车门将会打开。”

>>>>>

我们把行李从灯火通明的站台上拉上来，穿过庞大的地下购物广场，走进温暖的夜晚。行李一共十三件，有的实在太重，每次将它们甩上列车，几乎都能看见车厢为之一沉。奥西安是最小的孩子，他正坐在自己的行李箱上，抬头看着高楼。“我们现在去哪儿？”他问。

“我们到了，”我说，“再坐一趟出租车就行了。”

我们走到一个巨大的停车场边。出租车一辆辆地开过来，可几乎没有一辆停下。司机看看我们，再看看一大堆行李和好几个小孩，就开走了。他们开的都是小型轿车，座椅覆着白蕾丝，司机身着制服，还戴着手套。车顶发亮的标记是心形的。终于，一辆车停下了，司机从车里下来。

“酒店？”他问。

我递给他一张写有日文的地址条。我们将借住在一位叫麦克斯的老朋友家里。司机皱着眉看了一会儿地址，点点头，拎起我们最大的一件行李，将它塞进了后备厢。

要把所有行李都塞进车里可不容易，但司机很有经验，他把一些行李塞在我们脚边，另一些放在我们膝上，总之全塞进了车里。等大家都上了车，出租车穿过京都市中心，一路向北而去。我们缓缓经过昔日的皇宫，车窗外，只见街上到处停着自行车，路人像游客一样成群结队地走动，年轻男人站在便利店里看漫画。

车里，孩子们看着小小的导航屏幕一闪一闪地用日语发出指示。司机把它切换到电视功能，放起了游戏节目。节目充满欢声笑语，做游戏的人们摔得四仰八叉。车外，街道慢慢安静了，变得越来越窄。二十分钟后，车停了。街上站着一个人。那是个英国人，穿着亚麻裤和白衬衫。

大约十二年前，我在纽约第一次遇见麦克斯。我们当时都信奉一个印度人的教导，他叫普仁罗华。他谈论人生的本质、人类存在的美好现实之类的话题。麦克斯像一位开悟者一样到处游荡，每天冥想四小时。他身上有股安详的气质，让人有点不安。

我不记得他到底做什么工作，也不知道他到底有没有工作。十六岁的麦克斯的人生看上去像是没有希望了。在他还小的时候，父母就离了婚，利兹学校的老师觉得他是个麻烦精。他没有通过英国普通中等教育证书考试[①]，却还想继续读书，去参加 A 级考试。老师们都认为他的打算纯属浪费时间。

“这是个挑战。”他告诉我，“我当时就需要挑战。”两年后，他一举考入名校，在牛津大学萨默维尔学院学生物学。

某天晚上，在伦敦一间咖啡馆里，麦克斯告诉我他已经递交了去日本教英语的申请，正考虑接受一份教职。没过多久，我就听说他已经离开了。十二年后，他站在我眼前，就在他的房子外面。他的房子在京都北部的上贺茂，这里地价很高。他似乎有些介意出租车司机停车的位置，正用日语告诉司机把车往前移一些。

麦克斯的日语可不止讲得流利，他还用日语写了书，用日语发表演讲，讲述他的童年、生活和梦想。只要是人们想听的，他都能讲。

---

①即 GCSE 考试，英国的初中会考，类似于中国的初中毕业考试，后文中的 A 级考试则类似中国的高考。

看起来他已经有了一群忠实粉丝，信奉他的人生之道。

“进来吧。”他说着提起一件行李，领我们走进小小的玄关。我们在那儿脱了鞋。他的妻子圆香和两岁的儿子千向我们问好，带我们一群人走上几级台阶，进了房间。房间里铺着榻榻米，有一方矮几，还有几个坐垫。虽已入夜，气温仍然很高，因此当麦克斯对着我们喷一种味道有点奇怪的水时，我们也不太排斥。

“这是高效能微生物，”他解释道，“都是有益菌群。你们舟车劳顿，喷上一点有好处。”孩子们咯咯笑着，喜欢水雾带来的凉爽。我们很快发现，微生物是麦克斯最喜欢的东西。它们似乎对所有东西都有益。他喝这种东西，用它洗澡，还用它到处喷来喷去，人也逃不了。

晚些时候，麦克斯带我在社区附近散步。那是个温暖的夜晚，我满脑子都是我们横跨半个地球的旅程，甚至觉得这里所有东西看上去都有点卡通的味道。街道如此干净，又极安静，街灯仿佛是彩色铅笔画出来的，茂密的树林向街道探出枝叶，每片叶子都像是草草画就的。偶尔有人摇摇晃晃地骑车经过，自行车嘎吱作响。

在这条路尽头，一座神社坐落在树林间。麦克斯诚心诚意地在入口处的红柱子间鞠躬，让我也学着他的样子做。越往里走，夜晚的静谧似乎就越深远，仿佛伸手就能触摸到那股寂静。我们走过一条碎石路，来到了神社前。它突出的飞檐和黑暗的神龛在深林中隐现，仿佛已被遗忘多年。四下只有阵阵蝉声。我们都一语不发，我跟着麦克斯完成了一系列简单的仪式，净手，摇铃，铃声轻柔，之后我们弯腰鞠躬。

“现在你可以许愿了。”他悄声说。我站在那儿，四周那将我吞没的寂静仿佛带有魔力。这魔力来自神社吗？事后，我觉得应该是我们鞠的躬和做的仪式给神社带来了一股威严。或许是一个又一个拜祭者使这股威严徘徊不去，日渐增长。我知道我该许个大大的愿望，才配得上此情此景，但在那一刻，我能想到的只有让我来到日本的初衷：驿传。

我并没有把这些话清楚地表达出来，但祈求神明帮我找到一支驿传队伍。我们往箱里扔了一枚五日元的硬币，鞠躬后转身退回街上，把愿望留在林间，供神道教的神明在空闲时思忖把玩。

>>>>>

第二天晚上，我又来到这条街上跑步，这是我在日本的第一跑。麦克斯也和我在一起。他不怎么跑步，但他说想趁我在的时候试一试。他以前做过学校足球队的队长，应该有这个能力。“我们可是约克郡的冠军。”他骄傲地说。

我们跑了起来，速度不快。虽然上个月在旅途中我基本没跑过，但在西伯利亚大铁路的列车上没什么吃的，这至少让我感到身体轻盈。我和麦克斯并排跑着，步伐充满弹性，颇为轻松。

开跑时已经快晚上十一点了，空气还是潮湿黏腻。白日的喧嚣过后，街道又回到了夜晚时的寂静，这份寂静偶尔被缓缓驶过的汽车或自行车打破。一个男人慢吞吞地骑着摩托车，手上牵着狗绳，狗在他身边跟着跑。

麦克斯告诉我，他妻子和一个以前的同事仍有联系，他叫高尾宪司。他曾经是专业跑者，在驿传圈也有关系，手下还有一支业余长跑队，邀请我们加入。第一次训练是在大阪，就在那一周的周五晚上。

因为没有专业驿传队肯收我，我们在日本的住处就可以随便选了。我还是希望能得到采访机会，说不定还能说服某支队伍让我加入，所以首要的选择就是住在东京，那里有许多队伍。但从家庭角度考虑，这不是个理想的安排，因为很难找到比储藏室更大一点的住处。

次一级的选择似乎就是京都了。这里的驿传队伍虽然比不上东京那么多，数目却也不少。不管怎么说，从京都坐高速列车到东京只要两小时，京都也有麦克斯这个朋友能帮我们安定下来，还能帮我翻译。京都也是个美丽的城市，离比叡山很近，山上就住着著名的马拉松僧侣。这些天台宗僧人借长跑寻求精神上的开悟，将千日内完成一千次马拉松作为严苛挑战的一部分，令人难以置信。很少有人能完成。我不知道能不能见到一个成功的挑战者，但希望碰碰运气。

京都正好也是驿传的起源地。在江户时代（1603－1868），信使在东京和京都之间来回奔跑、传递消息，后者是当时的都城。那些信使会在路上的驿站稍事歇息，喝点茶水吃些点心。他们通常会把消息交给另一位信使，让对方传到下一站。驿传赛事的灵感正源于这里。

实际上，“驿传”这个词包含了“驿站”和“传送”两个意思。为了象征信使传递的消息，参赛者身上会斜背着一条接力带，日文中叫作“襷”，依次传给下一位队友。

史上第一次驿传比赛于一九一七年在京都举办，赛道跨越从京都到东京的路途，共五百零八公里。京都市内某处设了一块牌匾，标示着当年的起跑点。

最后让我们下定决心要住在京都的是一所学校。在英国，孩子们上的是斯坦纳学校[①]，教学内容与别处不一样。我们希望让他们在日本也能上斯坦纳学校，这样孩子们能感觉熟悉些，也能给他们一种延续感。

斯坦纳学校遍布全球，日本也有几所。其中最大也最正规的一所在京都的卫星城京田边，所以我们决定在京都落脚。

>>>>>

我们慢跑了二十分钟，麦克斯就不得不停下休息。他浑身大汗，手撑着腰。我踮着脚在他身边跳了一会儿，想看他能不能缓过来，但他还是摇头。我们便一起走回家，一句话都没说。没多久，麦克斯就镇静下来。他告诉我，他妻子认识的那个曾经的跑步选手，就是手底下有业余队伍的宪司，其实正是京田边人，那也是学校所在的地方。等我们到了京田边，就能和他做邻居了。

回麦克斯家前，我们又在神社逗留了一会儿，喝了点水，稍事休息。神社大门边有个小型儿童游乐场。麦克斯走向里面的秋千时，一对年轻情侣正坐在小长椅上拉着手，麦克斯尴尬地假装自己不存在。

他一直在跟我说他一个朋友的事，那是一位瑜伽老师，教过他几招。他想给我露一手，便抓着秋千顶上的杠子做引体向上，然后往前转，把肚子压在杠上，腿抬到空中。他一脸坚毅地深吸一口气，把腿甩高，翻过秋千上方，然后回到起始姿势。他不断地这样转圈，深深地用力吐气。长椅上那对情侣很努力地转开视线。转了几圈后，他停了下来，但还倒挂在杠上。

①一种特殊的人性化学校，以自然教育为主，创始人是鲁道夫·斯坦纳。

“有个大学短跑队的老教练告诉我，”他说，“如果能一口气做十次这个动作，那百米赛跑就能跑进十二秒。光是做一次就要使出全身力气了。”他死死盯着前方，又做了一次，我站在一边看着。然后他松手落地，拍了拍手上的尘土。“我好一阵子没练习了。”他说，“现在也就能做六次。”

>>>>>>

我们这从英国来的一家人，想在日本租六个月房子着实不易。许多消息都说日本人不愿把房子租给外国人。人们常把日本总结为一个同质化严重的岛国，不愿意与他国结交。这种孤立主义的态度现在还有所残留。几年前，职责包括促进旅游业发展的时任日本国土交通大臣曾说，日本人总体来讲不喜欢外国人，并因此引咎辞职。近期的一项调查也发现，日本有数百所酒店承认会拒收外国客人。

二〇〇二年，哈佛大学经济学院做了一次调查，其规模比此前所有同类调查的规模都要大，结果显示日本是世界上同质化最严重的国家。从日本国内到国外，有数不清的文章在论述日本是一个如何独特又与世隔绝的岛国，以至于派生出了专有名词：日本人论。有些学者对此不以为然，认为这是早已过时的文化民族主义。但我还没到日本前就为寻找队伍吃了数不清的闭门羹。正如布兰登·瑞利在电邮中写的：“日本这个国家有时候真是封闭得让人发疯。”

但是，在此次日本之旅的开端，就在我们坐在欧洲之星高速列车上要进入海底隧道时，麦克斯给我打了个电话。

“德哈，我帮你找到房子了，但你现在就得决定要不要这个房子。”肯特的乡村景色在窗外闪过。乌玛在叫我给她读故事。奥西安正兴奋地大声唱歌，还在座位上蹦来蹦去。

“那房子不错，价钱不贵，离学校近。”他说。

“我们要了。”我说。从开始规划日本之行以来，这是第一个确定的消息，我不想错过这个机会。另外，一切都已经这么毫无定数、七零八落了，住在哪里不是住呢。我觉得我们别无选择，这次只能相信老天的安排，相信麦克斯。

几秒后，我们的火车往英吉利海峡隧道俯冲下去，手机断线了。

“看来到了那里，我们就能有房子住了。”我对前座的玛丽埃塔说。

“真的？房子怎么样？”

“我不知道。”

>>>>>

房子位于京田边郊区一条陡峭的路上，又窄又高，严丝合缝地挤在两栋十分相似的房子之间。我们挤在麦克斯的红跑车上，被他捎到了这里。我们刚坐下，他就朝我们喷了一通高效能微生物，又把车喷了一通。他甚至连轮胎都没放过，还耐心地解释说这样能延长轮胎寿命。

我们穿过城市，经过皇宫，开到京都南边的郊区上了高速。路面由水泥柱支撑着，高高架在半空。道路弯曲交错，汇集处的结构复杂得像一盘意大利面。随后，公路又降到了地面上，穿过几片荒凉的平原，稻田里散落着被废弃的仓库和牲口棚，还有风化剥落的广告牌。

十分钟后，我们又回到繁华中，到处都是货仓式商场和停车场，还有一家麦当劳得来速餐厅。

“你们就要住在这儿了。”麦克斯说，玛丽埃塔和我正紧张地看着对方。车经过一座消防站时，孩子们兴奋起来。消防车在车棚下闪着红亮的光，只有英国消防车的一半大。消防站外还停着一辆迷你救护车。

车继续向前开，我不由自主地在房子的间隙中寻找公园，寻找能让人玩耍的绿地，能从无尽的水泥森林中短暂逃离的净土。

在罗森便利店前，我们向右转弯上了小山丘，经过斯坦纳学校，开进住宅区里。此时正是暑假，街道十分安静。气温在三十摄氏度左右。路边的住宅密密地排列着，两栋房子间的空隙只能允许一个人通过。大多数房子都拉上了百叶窗。

终于，车在我们的房子前停下了。接下来的六个月，这儿就是我们的家。我们下了车。在这一带，我们必定很显眼，但四周看不到一丝人气，也没有人看我们。麦克斯打开房子的大门。屋里很暗，拉着窗帘，什么也没有。没有家具，没有锅碗瓢盆，甚至连冰箱和洗衣机都没有。

“咱们买东西去吧。”麦克斯说。

4

我们在日本的新生活就这样开始了。离开英国前，我读过日本作家村上春树的《奇鸟行状录》。故事发生在普普通通的日本郊区，和我住的这个地方有些相似。在这平静而寻常的假象背后却掩藏着黑暗、扭曲和超自然的真相。当我们忙着把新被褥铺在光秃秃的木地板上时，我不禁好奇，在这条小巷子里，我们又会发现些什么呢？

首先登门拜访的邻居是一位叫理惠的女士，她就住在隔壁。她身材结实，灿烂的笑容十分友好。她还能说英语。她年轻时，在结婚生子前曾在伦敦住过六个月。而在接下来的六个月里，她简直是帮我们排忧解难的仙女。不管什么时候遇到问题，无论是读不懂信箱里的信，还是不知该怎么付账单，或是想从图书馆借书，又或是需要找医生，她都会神奇地突然出现，按响我家的门铃，准备伸出援手。

住进来几个月后，有一次我们不小心订购了一大箱贝类。门铃响起后，门前站着一个人，他拿着一个箱子和一张纸。我听不懂他的话，也看不懂纸上的字，只好顺势接了过来。孩子们过来想看看是什么。我们掀开盖子，箱子里满是冰块和装满水的塑料袋，袋子里的贝类还在蠕动。

“玛丽埃塔，”我喊道，“你知道这是怎么回事吗？”

在这种情况下，唯一的选择就是去找理惠。她看了看那张纸，说我们肯定是填表时勾错了选项之类的。我们使用了一项本地食物派送服务，经常出这种错。有一次，我们一不留神就买了一整箱洋葱，足有一百颗。我们花了一个星期也没吃掉多少，结果到下个星期，又有一大箱洋葱送到我家来。

从它们在袋中的水里蠕动的样子来看，这些贝类得赶快吃掉。问题是我们全家都吃素。理惠一如既往地咯咯一笑，告诉我们别担心。她会把贝类买走，当天晚上就吃光。

“我的孩子们肯定高兴死了。”她说，像是我们帮了她一个大忙。

刚搬进新家的几天内，我们还认识了别的人。那是住在街对面的一家人，有三个孩子在斯坦纳学校上学。其中一个女孩是莱拉的同班同学，另一个女孩是乌玛的同学，实在是有缘。他们还有一个十五岁的儿子。这家人完全不懂英语，但得知我来日本是为了写一本有关长跑的书时，孩子们的妈妈良子就激动起来。我们费了一番功夫才弄清她在说什么，原来她儿子总和朋友出去跑步，每天上学前都去，五点半开跑。

我想我肯定理解错了。一群十五岁的男孩每天清晨去跑步，是在说真的吗？她说他们没有参加长跑队，只是为了好玩才跑的。我实在不太能想象，就问我能不能跟他们一起跑一次。她看着我的表情，简直像是我刚给了她一张通往天堂的免费车票。

“谢谢。”她不断地说着，而我不由得疑惑是不是给自己找了什么麻烦。

>>>>>

第二天早晨五点二十，我的闹钟响了。我穿上适合跑步的衣服，跨出家门，走进宁静的晨光中。外头已经暖和起来。住在街对面的男孩叫良平，他已经在路上等着了，脸上戴着白色的口罩，还带了辆自行车。他礼貌地鞠了个躬，朝车库方向的那排自行车点点头。我们给每个人都配了辆自行车，只有我没有，所以我骑上了玛丽埃塔的车，和他一起沿街而去。

骑到罗森便利店门外，他下了车，有些鬼鬼祟祟地东张西望，好像他的朋友们躲在树丛里一样。在清晨灰蒙蒙的光线中，所有事物都静止不动。天还很早。这时，我们看到另一个少年在空荡荡的街上骑着车，正朝我们而来。他停在我们身边，一语不发地跳下自行车。他见到我似乎毫不惊讶。几分钟后，第三个男孩到了。他露出微笑，向我们问好，说的是英语，然后转向其他同伴低声聊了起来。他们都穿着短裤和 T 恤。不是专为跑步而准备的服装，就是棉 T 恤和普通短裤而已。

很难想象英国的青少年这么早爬起来一起去跑步。我也不知道他们这样的做法在日本有多常见。可能就是那么凑巧，在日本成千上万的街道之中，只有我住的这条街上有一群早上五点半爬起来跑步的年轻人。但这似乎不太可能。一天，我很早就出门了，看见街上有个男孩在练棒球。他不断地往墙上扔球，再接球。还有一天晚上，我回家晚了，发现有两个男人在练棒球，身边还堆着差不多两百只羽毛球。整条街都铺满了球，像一大堆小小的纸灯笼。这两个男人、那个男孩和我身边这群少年之间的共同之处，就是他们锻炼时的认真态度。他们不是在“玩”，明显是在训练。这可是认真的。住在日本的这段时间里，我不断地体验到他们这种对待运动的态度。

又等了几分钟，没有其他人来了。三个少年骑上车，我们一道出发。他们都骑着质量上乘的山地车，嗖嗖地划过静悄悄的街道。

玛丽埃塔的车是辆粗重破旧的折叠式自行车，没有变速功能，后座还装了个嘎吱作响的儿童座椅。对我来说这辆车太小了，所以我必须费力地蹬车才能赶上他们。

骑了有五分钟，我们离开了城郊的街道，骑进一片广阔的平地，那是划分成一块块的耕作过的土地。太阳刚刚升起，金色的阳光洒在一排排茄子和橘树上。突然间，起这么早出门变得有意义了，我们四人像先驱者一般骑车穿越崭新的土地。

我们在田野间静静地骑行，来到一条小河边。之后，我们沿着河一路向前，在一座大桥下停住。今天的第一批车低声驶过头顶，偶尔开过一辆货车。眼前的路边有不少仓库、一间汽车体验店和几栋公寓楼。几个上了年纪的人正在河边的小路上走着。他们不像英国人那样慢悠悠地散步或是遛狗，而是穿着运动服，还有意识地摆动手臂，以此来锻炼身体。

我们把自行车留在长满草的河岸上。没必要锁车。然后我们往上走向起点，就在桥上的路边。

站在路边热身有点让人不好意思，毕竟河边有那么多空地，但这是跑步的起点，地上还画着出发线。“五公里。”良平对我说。我们要跑五公里，这段路程的长度肯定分毫不差。不管怎么样，他们热身也没花多少时间。一，二，三……我们出发了。

他们一下子冲了出去，仿佛这是百米赛跑似的。我迈开嘎吱作响的老腿跟了上去。我困倦的脚筋还没彻底进入状态，一大早跑这么快真有点疼。我应该先慢跑一段，但他们已经沿着河边跑远了。他们的速度真有这么快吗？我努力地调动身体，想追上他们。

几分钟后，我已经追上跑在最末的那个人了。我从他身旁经过时，他差不多是在慢跑了。良平和他的另一个朋友也快被我超过了，他们的速度慢了很多。但我真追上他们时，良平又突然向前冲刺。我们跑到路上一个标记处，他们俩都转头往回跑。我们一起匀速向起点跑去，只有良平频频冲刺，又放慢速度。终于，他落到了后面，我和他的朋友还在坚持。我感觉已经热好了身，跑得颇为轻松，但不想把他们甩到后面。我们一同到达路边的终点，大家都按停了跑表。良平终于摘了口罩，我总算看到了他的脸。他重重地喘着气，但脸上挂着微笑。

“谢谢。”他说，还向我鞠躬。

现在，他们变得健谈多了。良平那个跑得比较快的朋友会说一点英语。我问他为什么每天早上起这么早训练。

“这是我的爱好。”他只说了这么一句。

我们骑上了车，往家的方向走。才六点半，今天的训练就已经结束了。到了明天，他们的爱好又会在清早把他们从床上拽起来。

回家路上，他们聊起了天，懒洋洋地慢慢骑车，手肘架在车把上。时间还很充裕，不用紧赶慢赶。每到红绿灯路口，即使宽阔的路上根本没有一点汽车的影子，他们也会停下耐心等待。

这种守规矩的态度在日本很常见。即使是青春期的孩子们，也只在着装和发型上有点叛逆。

有一次，我乘坐附近的本地电车出行，车厢地板上坐着三个十几岁的男孩 。他们穿着破洞牛仔裤，大声地聊着天。这可能是我在日本的这段时间见过的最反社会的行为。他们并没有粗鲁地对待任何人，但看见他们坐在地上大声说话还是让我很惊讶。毕竟这几个月里，我坐过的列车都非常安静。

不过，随着列车的前进，车厢里越来越拥挤，我发现那三个少年都站了起来，给别人腾出地方，聊天的声音也小了。其实他们都很有教养，其中一个男孩还戴着口罩。他应该是有点感冒，不想传染别人。

当然，日本也是有人犯罪的，但犯罪率比任何工业化国家的犯罪率都低；青少年也会叛逆，但我感受到的是一种从众的渴望，他们渴望遵守规矩，渴望融入群体。

这种现象的本质，是对人在社会中所处位置的根本性的不同理解。我在日本经常听到一个说法，就是所谓的“出头的钉子会被敲下去”。对西方人来说，这听起来太可怕了。这句话说的是别太显眼，不要试图特立独行，把头低下来与其他人合作就好。

在《理解日本社会》一书中，乔伊·亨德利描写了这种社会和谐与合作的概念是如何在早期就被灌输到孩子们心中的。

在她就职的幼儿园里，一年一度的运动日更强调合作，而不是个人竞争。她说热门运动包括“拔河以及两人三足、四人五足或六人七足跑。在这些项目里，合作是获胜的关键”。

她还写道：“孩子们看的电视节目也会强调合作的主题。节目中，某位孤胆英雄会不断尝试打败怪物或者恶势力，但都会失败。直到和同样受此威胁的受害者合作，他才能取得胜利。”

在成年人中，更多的活动会在团体中有秩序地开展，我在英国就没见到这么多团体活动。无论在哪里，不论是热门旅游景点，还是乏善可陈的小镇郊区，你都会看见一群人十分听话地集体行动，被举小旗的人带着到处走。他们常常还穿着同样款式的夹克衫或戴着一样的帽子。

这种守规矩的习惯可以部分地解释为何驿传在日本如此流行，为何长跑这样的个人运动会变成团队项目。

日本许多顶级的驿传队都是二战后组建的，是国家重建的一部分。惨烈的战争过后，比赛被视作团结人心、增强士气和团体精神的法宝。很多日本最著名的马拉松比赛都在这一时期首次举办，如琵琶湖马拉松（始于一九四六年）和福冈马拉松（始于一九四七年），有不少顶级的驿传比赛也是如此。这些驿传比赛最初只是用来让运动员为正式的马拉松比赛做准备的热身赛。

主要的比赛都由报纸赞助，大部分比赛如今还是这样，因此人们也能在报纸上读到队伍和选手的消息，并跟踪比赛结果。这就让驿传比赛在公众之间流行开来。战后，日本经济蓬勃发展，公司开始在自己的队伍上加大投入，签下最好的大学生跑步选手，给他们时间脱产训练。

对长距离赛跑的支持和专注有了回报。到了二十世纪六十年代，随着日本跻身世界经济强国，日本的长跑选手也开始统治马拉松赛事，地位正像今日的肯尼亚人和埃塞俄比亚人。一九六五年，全球前十一的成绩里，有十个是由日本男选手跑出来的。一九六六年，排在前十七名中的有十五个日本人。

此时，日本社会中最广受推崇的素质就是“和”，也就是团队和谐。这是由史上最著名的棒球队教练所倡导的精神。读卖巨人棒球队从一九六五年到一九七三年连续赢得了九次全国冠军。

棒球是日本最受欢迎的运动，甚至比驿传更受关注。据耶鲁大学人类学及日本研究教授威廉·W·凯利所言，读卖巨人队的成功“广受赞赏，被视作象征，喻指日本正在见证自己变为自信的工业化社会，并拥有具有竞争力的重新腾飞的经济。在陆军元帅般的教练的指挥下……巨人队展现出的选手形象和比赛风格是和谐一致、全心投入并富有集体精神”。

日本许多蓬勃发展的公司都将巨人队视作偶像，当作目标来培养员工的自我牺牲精神。他们期待员工具有这种精神，为集体和谐而努力——也就是为了公司而努力。这意味着工作第一，家庭第二，个人利益则排在最后。日本工薪族的经典形象就是早早地开始工作，很晚才下班，下班后和同事喝酒，晚上睡寥寥几小时，第二天一早又赶往公司。晚班列车上，穿着西装睡着的男人我见得不少，看来这种情况虽不及以往那么普遍，却也十分常见。

许多公司将“和”作为公司的口号，而日本战后持续的经济增长也大多被总结为得益于这种精神。

罗伯特·怀丁著有论述日本棒球的《和谐为上》一书，首次出版于一九八九年。在书中，他写道：“在日本，个人主义这个词几乎是脏话……团队和谐的概念和实践，或称和，是日本棒球与美国棒球之间最显著的差异。这个概念贯穿日本生活与运动的方方面面。”

“连蜜蜂也有这种精神。”麦克斯对我说。当时我们正在京田边郊区开车，想要找一台二手洗衣机。

“蜜蜂？”

“以前有人想把欧洲蜜蜂引入日本，”他解释说，“但欧洲蜜蜂被日本大黄蜂消灭了。欧洲蜜蜂毫无还击之力。大黄蜂袭击蜂巢时，欧洲蜜蜂的工蜂是一个个轮流出来抵御的。它们打不过大黄蜂，后者的利爪把欧洲蜜蜂的头一个个撕了下来。只要有一小群大黄蜂，就能在几小时内屠杀一整窝欧洲蜜蜂。”

“但日本蜜蜂的战法不一样。它们不会冲出来打毫无胜算的战斗，而是等第一批侦查的大黄蜂进巢，然后一拥而上，紧紧地把大黄蜂围住。它们不会叮刺大黄蜂，而是振动翅膀催高温度，并让蜂巢中充满二氧化碳。大黄蜂不能忍受高温和高浓度的二氧化碳，没有逃生的机会，纷纷死掉了。”

“集体的力量。”他说着，将车停在又一间二手商店外边，店门外摆着一排排自行车和洗衣机。

驿传比赛完美地体现了和的精神。接力团队在所有成员都尽职尽责的情况下才能成功。这很符合时代精神。渐渐地，驿传变得比马拉松更受欢迎。

当然，把驿传的崛起仅仅归结于日本社会遵守规矩的特点，又过于简单了。实际上，连日本是一个集体主义的社会这个广为流传的观点，推敲起来都不那么站得住脚。

“如果日本人真这么守规矩的话，”哥本哈根商学院的商业人类学教授布莱恩·莫兰问道，“为什么他们所有的运动项目，像柔道、空手道、相扑等都这么个人主义？”

这是个好问题。著有《日式美国：日本流行文化如何入侵美国》的日裔美国作家罗兰·赛尔特认为，驿传如此适合日本的部分原因，便是它依然强调了个人表现。

“日本确实有一种倾向，喜欢把集体的和谐置于个人追求之上。”他写道，“然而这并不意味着个人主义、个人表现和个人责任失去了价值。实际上，‘甘え’[①] 这个词也是互相依赖、与人和谐相处的需要，为个人行动和个人表现赋予了极高的价值。你必须成为更好的人，别人才能依赖你。”

这样一来，他认为驿传就成了日本人心目中的理想运动。虽然每个人都必须表现优秀，目标却是为团队争取胜利。

棒球的核心也是通过个人之间的竞争——打手对战投手——为

①在不同语境下，该词表示“亲近、讨好别人，同时毫不客气地接受别人的亲切、友善”、“通过撒娇而获利”或“不称心就怄气”等多种含义。

团队而战。

这两种运动的特点并不是守规矩，也不是不出头，而是强调个人责任，每个人都要为团队胜利扮演好自己的角色。在驿传中，这个特点比在大多数运动中体现得更为突出，只要一个人发挥不好，就会毁掉一切。确实，在接下来的几个月里，我听别人提起驿传时，最常听到的一个词就是“责任”。这个词简洁地表明了个人和团队之间的关系。

我满脑子装着这样的念头，几天后终于有机会见到几位驿传运动员了。

5

我在日本跑步圈的第一站是麦克斯熟人手下的那支业余队伍。这位高尾宪司曾是职业运动员，手下的队伍叫“绽放”[1]。“绽放不是骂人的话吗？”乌玛听到这个名字时这么问我。我觉得他们选取的是花朵绽开或人们实现潜力的含义，而不是“真是一团乱”[2]那个意思。“哦。”她十分失望地说。

队伍在大阪一处叫作黎明中心的地方集合。我和麦克斯一同去了，他也打算参加训练。虽然在他家附近跑步那次，他跑得很吃力，但是麦克斯说他的目标是在六个月内能跑过我。他没有开玩笑，也不是想惹恼我，倒像在讲一件确定无疑的事。他先是用平淡的语气告诉我在电车站该去哪个站台搭车，接着又用同样的口吻说，六个月后他将跑得比我快。

他之所以这样自信，部分原因在于他刚认识我的时候我还没开始跑步。这些回忆显然蒙蔽了他的双眼，让他对现在作为跑者的我认识不清。

“我真没看出来你居然对运动感兴趣。”他说，“我没法想象你跑步的样子。”

在我们刚开始跑的那几次，他主动要借给我短裤。“我觉得尺

①原文为 Blooming，通常指“盛开的”，在英语俚语中亦可在气愤时表示加强语气。

②原文为 what a blooming mess 。

寸不对。”我说，拿起裤子看了看。

“拜托，”他说，“你努努力总能把自己塞进去吧。”结果他有点难以置信地发现，我一试穿裤子，裤腰居然太肥了。

我们从大阪地铁站出来，迎面就是一个广阔的路口，水泥立交桥交叠在头顶。黎明中心离此处不远，那是一座表面覆满玻璃的高楼，里面满是会议室，像个会议中心。

“咱们要去四楼。”麦克斯指着接待处的一块牌子说。在我看来，牌子上写的都是乱码，幸好有他陪我来。

绽放队的会议室里摆满了桌子，全都朝着同一方向，正面的墙上挂着白板，看上去像一间教室。宪司是个矮小精瘦的男人，一看见我们便匆匆迎上来，满脸笑容地向我们鞠躬。他让我们找位子坐下。屋里坐满了男人，大部分比我年长。尽管天气很热，他们却一层层地穿着专业的跑步服装。他们在低声交谈，对两个高大的外国人视若无睹。在前排的另一张桌子上，宪司放了些用来售卖的商品，基本都是治疗运动损伤的产品。

几分钟后，门开了，进来一群女人，坐到了余下的空座上。宪司说了几个笑话，但大家都静静坐着。麦克斯四处张望，咧嘴笑着，大概觉得这场面很好玩。

宪司在说些和我有关的事，他提到了“芬恩先生”。麦克斯说我们应该过去做自我介绍。我站在宪司旁边，听麦克斯给我翻译。窗外暮色渐浓，城市的灯火逐渐点亮。

我告诉他们我写了一本在肯尼亚跑步的书，这次来日本是想了解日本的跑步文化，尤其是驿传。在日本，每个听到我要来这里研究跑步的人都很惊讶。他们没有意识到日本是世界上最擅长长距离赛跑的国家之一，也没有意识到唯独日本有驿传比赛。

他们为我鼓掌。我们坐下后，有一个人过来蹲在我们的桌边和麦克斯说话。他想问我一万米跑的最佳成绩。当我回答三十五分钟时，他们相互交换了眼神，显然很欣赏这个成绩。那个男人说他有一支驿传队，几个月后要参加在琵琶湖举行的一场比赛，还差一个人。他问我想不想参加。

我立刻抓住了这个机会。我一直等的就是这个。“谢谢。”我说，并向对方低头道谢。他点点头，刘海几乎盖住了眼睛。他看上去和别人不太一样，更精明，有些冷淡，没那么紧张和自谦过头。不知为什么，他让我想起查尔斯·布朗森。麦克斯告诉我，他叫森田，是绽放队的“王牌”，队里跑得最快的选手。

我们出发去夜训前，宪司对全体人员发表了一段讲话。他们花了不少钱来这里跑步，也是为了从前冠军选手身上学到一点智慧和洞见。宪司也会和他们一起跑，但他刚刚做完治疗旧伤的手术，只能步履蹒跚地跟着。即便如此，他的速度还是很快。他做所有动作都很快，同时还在说话。

我不知道这是不是为我考虑的，但他在和他们聊驿传。他告诉他们，驿传在日本比马拉松还受欢迎。这不仅是赛跑，他说，关键是人们走到一起，共同为了一个目标而努力。

“没有出头的钉子。”麦克斯说，脸上带着那种“你们知道我什么意思”的表情，“没有人想特立独行。”

宪司告诉这群人，最受欢迎的驿传比赛是箱根驿传，由大学男子跑步队参加。之所以如此受欢迎，是因为它极具戏剧性。箱根驿传比大多数驿传的时间要长，持续两天，路况较为复杂，领跑位时时易手。他说专业的企业队太熟练，太有序，太模式化了。那些队伍的表现从不出人意料，永远保持正确速度，毫无惊喜可言。但在箱根驿传中，所有参赛者都是大学生，什么情况都可能发生。

我记了很多笔记，都是精彩的素材。这是高尾宪司的驿传指南。

终于开始跑步了。宪司的教练团队—— 一共三人——在白板上解释了训练内容。他们称其为“四十分钟渐进跑”。说白了就是我们先慢跑二十分钟，然后加快速度。

教练讲解完毕后，我们便出发了。一群看上去有些萎靡的跑者慢腾腾地走过灯光暗淡的走廊，挤进电梯。到了楼下，电梯门打开时，我犯了个明显的忌讳，自己先走出了电梯。麦克斯说我该让宪司先出来，因为他是团队里最重要的人。

“没事，你不知道规矩。”他说。很难猜测余下的人感到受到了多大冒犯。他们看上去没有对我产生什么意见，而是继续聊着天，走进潮湿闷热的夜色中，沿楼后的送货小巷慢跑着穿过马路，一直跑到公园门口。不远处的树影里冒出了一座巨大的多层建筑，它被灯光照亮，在夜色中熠熠生辉。

“大阪城。”宪司骄傲地说。这真是一处胜景。“太棒了。”我说。

公园里满是跑步的人，他们全都沿着同一段路来回跑，那段路有一部分围绕着大阪城。他们大半成群结队地慢慢跑着。

我们汇入那群跑步的人之中，凑成一大群人。我们跑的速度很慢。有几个人鼓起勇气问了我一两个问题，麦克斯都帮我事无巨细地回答。我不知道他到底说了什么，但他们都连连赞叹。那些人看着我的那种眼神，仿佛我做了什么大事。我不再让麦克斯对我逐字复述，听天由命地随他塑造我的形象：一个从英国来的男人，正在写书，坐电梯时会抢先走出去。

正好二十分钟后，速度开始变快，队伍也渐渐拉长了。围着大阪城的某段路差不多一英里长，我们就在这段路上来回跑。我感觉很轻松，就跟着最快的那组，由森田领头。我以为这组会越跑越快，没想到他们一直维持这个速度，大概七分钟跑完一英里。我实在忍不住，在还有一分钟就要结束的时候拔腿开跑，把他们甩在了后面。这些年来，我加入过很多个长跑俱乐部。开始几天总是最棘手的，每个俱乐部都有一套等级排位，人们最不想见到不知天高地厚的新人跑来逞能，把局面搞得一团糟。

我还记得刚刚加入德文郡的俱乐部时的事情，当时我刚结束在肯尼亚的训练，回国才没多久。俱乐部的负责人问我跑得多不多，我告诉他，我刚在肯尼亚住了六个月。我在那里跑出的马拉松成绩是三小时二十分。但那次天很热，跑道是沙地，海拔超过五千英尺。

“我把你放到三组吧。”他说。我在俱乐部网站上看到，这里有五个组，一组最慢，五组最快。三组的速度可能有点慢了。

“我在肯尼亚是和威尔逊·基普桑[①]一起训练的，”我抗议道，“训练了六个月。”

他满腹狐疑地看着我。“好吧，”他说，“那你和我一起来四组吧。”

我们分小组开跑，速度很轻松，跑向托基[②]的海边。我刚在高海拔地区训练了六个月，忍不住想要跑快些，几乎要被自己绊倒。就在那时，有不少跑得更快的人绕过我们超到前面。

“他们是谁？”我问那个负责分组的人。

“五组的。”他说。他们的速度看起来比较适合我。这群人人数也不少。我觉得我正在错过什么好事情。

“我能和他们一起跑吗？”

“你要是跟不上，他们可不会等你。”他说，“我们都这样。”

---

①肯尼亚长跑运动员，2012 年奥运会马拉松铜牌得主。

②德文郡南部的海滨城镇。

我犹豫了一阵。我知道自己惹恼他了，因为我总这么自以为是。我承认三小时二十分的马拉松成绩不怎么样，但那次环境条件很差。在这群人跑出视野前，我下定了决心。

“我试试吧。”我说着加速追上了五组。

结果最后没什么问题。这群人实力不错，但我还是能轻松地跟上他们。事后，那位负责人阴沉地瞪了我一眼，但什么也没说。过了好几个月，他才完全原谅我。

眼下在大阪，我告诉自己要忍住，要和团队一起跑。才第一次跑步就这么一马当先地冲出去，看起来太不尊重人了。但那股不管不顾让双腿动起来的冲动实在是太强烈了。最后，他们都站住了，摇头感叹我怎么能跑这么快。麦克斯提早一圈就退出了，站在那儿大笑。唯一一个一言不发的人是森田。他的眼睛从头发的缝隙间盯着我，几乎有点咬牙切齿。

我必须承认，能把他们甩得这么远，我自己也很惊讶。我目前的身体条件不算太好，也还没有适应这里的潮湿。我不禁想，那些跑得快的选手都去哪儿了？难道都是职业级的？日本大概有一千五百位专业跑步选手，他们被公司签下，为公司的驿传队效力。英国的人口大概是日本的一半，而专业的长距离跑步选手可能还不到二十位，我指的是那些靠跑步吃饭的人。这就是说，英国最有天赋的运动员中有许多人都要做一份普通工作，晚上贴钱在运动俱乐部跑步。日本这些顶级的俱乐部选手都是职业选手吗？如果我是日本人，能不能吃跑步这碗饭呢？

日本的职业化水平如此之高，可以部分地解释两国成绩之间的差异。如果在训练上投入更多时间和资源，英国的许多顶级跑步选手应该可以跑得更快，更多的人也会更有动力去挖掘自己的潜力。

然而现实是他们必须在事业和家庭之外挤出时间训练。大部分人在跑步方面没得到任何鼓励，没人鼓励他们早起多训练，花钱做按摩，在健身房练核心力量。在英国，连十分优秀的跑者也只能把跑步当作爱好。而在日本，那些同等水平的跑者可以把跑步当作一份事业，有教练，有赞助机构，还会得到认可。

回黎明中心的路上，我们满头满身的汗。麦克斯和我说，他很满意自己的表现。他觉得这个头儿开得不错。“我能感觉到，我的身体现在就在制造血红蛋白。我一直都很擅长跑步。六个月后……你可得小心了。”

回到会议室，男人们都换回了坐办公室的衣服，用小手帕把汗擦干，又变回了会计师、医生和销售主管。只有宪司和我还穿着运动服。他们准备好后，女人们也回来了，同样换回了日常装束。有人在分发包装精致的饼干，宪司则在了解他们跑步的情况。麦克斯没给我翻译。我猜他是太累了。

我的驿传研究有了个不错的开始，现在已经有队伍等着我加入。但在京田边，我的女儿们还面临着更艰巨的任务：她们要融入日本学校。

第一天上学前，她们乐观得出人意料。那天早上，她们起床做好了准备，一点麻烦也没惹。她们看起来甚至期待去上学。

“莱拉说去学校是好事，因为这样下雨的时候就有事做了。”乌玛告诉我。

她们背着包，穿着新鞋和新裙子，带着新的铅笔盒，在我们前面蹦蹦跳跳，和我们一起步行穿过城郊的居民区，走向离家不远的学校。离学校只有五十米时，乌玛才慢下来，拽着我的手把我往后拉。

“我想和你一起进教室。”她说。我们早就说好要这么做了。我们甚至还和老师聊过。我想象过我们可能会被其他孩子盯着看，没准还有人捂着嘴偷乐，但肯定不会有她们在肯尼亚的学校里经历的混乱局面。

“没问题。”我说，“不会有事的。”

进了学校以后，情势急转直下。这是暑假后返校的第一天，孩子们本来就激动得很，但他们一看到我们，就开始像风一样到处跑，在木地板上滑来滑去，在我们进门的时候大喊大叫指指点点。这就像进了一间满是兴奋的小狗的屋子，它们看见我们就冲上来，然后又停下，满脸疑惑，再尖声叫着回去。

我们必须穿过这混乱的场景才能进入教室。玛丽埃塔和奥西安陪着莱拉，我跟着乌玛。她一直低着头，紧紧抓着我的手。孩子们告诉我们乌玛的座位在哪儿，但连我都有点受不住这种混乱。他们不断地拍我的手臂，问我听不懂的问题。老师也不在教室里。

我们弄清了哪一个是乌玛的座位，她坐了下来，还抓着我的手臂不放，等着这场风波过去。我尴尬地站着，对孩子们微笑，因为他们还挤在周围。我真希望自己知道怎么说“我不明白”，但我连这句话都不会。

终于，铃声响了，老师来了。孩子们安静下来，但还在叽叽喳喳。老师微笑着走向我们，握起乌玛的手，用英语和她说话。乌玛终于抬起了头，虚弱地微笑。我告诉她我得走了，她看着我，眼里闪着泪光。她松开我的手臂，我溜了出去，希望她一切都好。

>>>>>

晚些时候我去接她们，她们看上去还算开心。我忐忑地问情况如何，两个孩子都说“挺好”，意思是她们没心情给我们讲述发生了什么事。那天下午，她们在外面和街上的孩子玩，高兴地往空中扔灌满水的气球，看它们掉到地上炸开。一切顺利，我们好像成功了。我们有了一所位于郊区的小房子，孩子们上了学，已经交到了朋友，前院还整整齐齐地摆着全家人的自行车。我们在日本的生活似乎已经步入正轨。

但那天晚上，当我们都坐在“日本房间”里的时候，还是出了变数。这个房间的门都是推拉纸门，地上铺着榻榻米，矮桌上摆着剩饭，莱拉正坐着玩筷子，把碗里剩下的几粒米推来推去。“乌玛说她明天不想上学了。”她抬头看着我们说。突然间，两个孩子都哭了起来，说学校糟透了，其他同学老盯着她们，问她们听不懂的问题。她们带错午餐，戴错帽子，穿错鞋子。“我不想跟别人不一样。”乌玛抽泣着说，让我心碎。

那天晚上，孩子们都睡了，玛丽埃塔和我面面相觑。这跟计划好的不一样。我们理解孩子们的感受，但才过了一天，不能就这么放弃。我感觉如果她们能克服这次困难，这会是人生的重要一课。她们将理解并懂得格格不入是什么感觉。如果她们能习惯，甚至还能开始融入新的群体，学会讲几句日语，学会适应环境，那就更好了，这项成就会伴随她们一生。我仿佛看见未来的一天，她们到了学校，用日语和朋友们聊天，高高兴兴地坐到座位上，被男孩子的笑话逗笑。但这有可能成真吗？

第二天早上，我陪着乌玛在教室里待了十分钟，帮她适应。眼前的境况简直让我难以置信。教室里吵得沸反盈天，简直没办法听清他们在说什么。十分钟后，我把她一个人留在座位上。她满脸坚忍，在我溜走的时候也没抗议，可能是意识到我也帮不上什么忙。

接下来的几天，孩子们抗议得更厉害了，但后来她们还是慢慢消停下来。玛丽埃塔让我别和孩子们讲道理，也别在早上求她们上学，只要坚定地相信她们会去上学就行了。所以，她们说不上学的时候，我们冷静地做好午饭便当，帮她们准备好衣服，找好书。这招看起来挺管用。我虽然担心她们会觉得我无视她们的需求，但知道如果不努力一把就放弃，我们都会很失望。再说了，我们专门搬来这毫无亮点可言的郊区，就是冲着这里的学校。一口气付了六个月租金，只是为了租这个没有花园的房子。如果她们不去学校，那我们很可能都得闷出病来。

两个女儿融入学校时遇到的这些困难，让我不由得开始审视自己来日本的理由。我连一位厉害的跑者都没见着，但照我所见到的情形看，肯定有人在什么地方做了什么正确的事。我只要再挖得更深些，就能找到真相。为什么这件事这么吸引我呢？

部分原因是我好奇为什么长距离赛跑作为观赏性运动会，在日本这么受欢迎。在世界其他地方，只有最投入的粉丝才会因长距离赛跑而激动。在欧美，大部分看马拉松的人都不知道跑在前列的精英选手叫什么。他们只关注在队尾奋力跑着的亲戚朋友。那些领先的跑步选手只是一个标杆，向我们展示极限在哪里。看着他们跑过确实很令人激动，但他们的名字、历史、对手是谁都无关紧要。然而在日本，这些精英跑者都是明星。

日本的长跑文化如此使我着迷的另一个原因，是希望能从中学到些什么，变成更优秀的跑者。人们总是问我，在肯尼亚住了六个月之后，我的跑步水平有什么进步。真相是基本上没什么进步。在肯尼亚，我被鼓舞着要跑得更多，要把我在那里见到的热情和激情融入自己的训练中去。但在让他们变得如此优秀的因素中，有些是我无法模仿的。我不能给自己变出在农村长大的童年，每天光着脚跑到学校、河边和田野中，在海拔两千米的地方奔跑。

但日本人也没有这种环境。这个时代的舒适与便利——电视、汽车、办公室等削弱我们奔跑能力的东西——但凡英国有的，日本也有。但日本有上千位速度飞快的跑步选手，这是为什么？这个问题很有意思，而我追寻答案的下一站就是京都的立命馆大学。

6

一到京都市郊的立命馆大学，你第一眼看见的是跑道。它铺在一处下凹的碗状的地上，四周的斜坡长满青草，正对着主楼。班车一辆接一辆，所有来往于学校和火车站的人都能看见跑道和在上面奔跑的运动员，让人时时想到运动的重要地位，尤其是长跑在日本的大学生活中所占的分量。

除了带那支业余的“绽放”队外，宪司现在也开始带立命馆大学的男子驿传队了。这是东京地区之外的最大的一支队伍。

在日本，最受欢迎的驿传队是各大学的队伍。部分原因像宪司先前对绽放队说的那样：专业队伍都训练得太好了，比赛便没那么激动人心。但最主要的原因还是箱根。

在日本长跑界，有一项赛事凌驾于其他比赛之上，处于最中心的位置，那便是箱根驿传。这个名号本已随处可闻，但在我的日本之旅接近尾声时，连“箱根”二字的发音好像都染上了戏剧性的色彩，变得意味深长。每次提到它，我都能看见人们瞪大眼睛。“我也会去。”我告诉他们，语气里满是崇敬，仿佛那是供人参拜的圣地，仿佛他们只要听到这个名号，就能明白我到底有多认真。

箱根驿传不仅仅是日本长跑赛事中规模最大的一个，还是日本每年举办的体育项目中规模最大的一个。赛事长达两日，通常会获得近百分之三十的收视率，收视热度已经敌得上美国的超级碗，也超过了英格兰足总杯决赛的收视率。比赛会在一月二日至三日举办，正是黄金收视时段，因为人们还在放新年假。

除了看电视的那些人，整个赛道沿途的二百一十七点九公里路程边也站满了观众，确实是大场面。

赛前几个月，我们位于京田边的住处的信箱里塞满了卖箱根驿传纪念品的垃圾邮件，比如毛巾、夹克衫、棒球帽。札幌甚至还专门为此推出了一款纪念啤酒。

箱根驿传的影响力远远超出了长跑领域，甚至能触及平时并不关注这项运动的人。这是一件举国关注的大事，也可能是全世界观看人数最多的田径比赛。

但是，正如黑洞会把距离太近的东西都吸入其中，箱根驿传的高人气也为日本的跑步事业带来了许多问题。

箱根驿传只限关东地区的大学男子跑步队参加，也就是只限于东京周边区域。从本质上来说，它是一项地方性的大学赛事。这样一来就有一个问题：它把国内其他地区的大学都排除在外了。宪司掌管的京都立命馆大学队属于关西地区的队伍，自然也不能参加。

所有最优秀的高中选手都想参加箱根驿传。这就意味着像宪司这样的教练在为不能参加箱根驿传的大学校队招揽队员时，只能在二流选手中选择，最有天赋的选手都被可以参加箱根驿传的队伍挑走了。当然，总有些大器晚成的人，或者是在高中受了伤的人，还有以前训练不用心、后期才发力进步的选手。但一般来说，顶级高中选手和顶级大学选手是同一批人。

这就导致了一种根深蒂固的双轨制：一边是关东地区的队伍，一边是非关东地区的队伍。

关东地区的大学为了在箱根驿传中取胜，可谓是无所不用其极。从我到日本前不久，东洋大学为东洋校队兴建的新大楼就可见一斑，该队是二〇一二年箱根驿传的冠军。东洋大学为校队专门修建了最先进的基地，包括健身房、冷热浴室、食堂，还有足以容纳一百人的宿舍。这幢大楼就修在大学的跑道旁边，不过宿舍窗户对着附近的公园。

“如果你整天都看见跑道，那就不能好好休息了。”东洋队的主教练说。他在这幢大楼的设计工作中是个关键角色。

有趣的是，在女子驿传比赛中，箱根带来的影响截然相反。由于关东地区的大学对让男队在箱根驿传中大放异彩无比执着，女队被忘到了一边。但在日本其他地区，由于没有箱根驿传这样的比赛，各大学就对女队倾注了更多的时间与精力，以至于最好的大学驿传女队都来自非关东地区的大学。这其中最优秀的是立命馆大学的队伍，在二〇一二年更是破纪录地第七次夺得全国冠军。

我第一次去立命馆大学是坐宪司的车。他到电车站接了我和麦克斯。车上还有一位高中生，坐在副驾驶座上。“大阪，亚军。”他骄傲地说。显然，她是大阪同年龄段内三千米长跑中速度仅次于冠军的选手。宪司将她收入麾下，对她期望极高。“东京奥运会。”他说，眼里满是兴奋。女孩只是礼貌地对我们微笑。

车驶进学校大门，女队的一大群人正在一起跑圈。她们的步幅都比较小，极具日本女跑者的特色。这种跑法可能很高效，但看起来总是不怎么精彩。从远处看，她们就像一群慢跑爱好者，而不是全球最强大的女子长跑队。

不幸的是，女队教练不允许队员和宪司或任何男队队员讲话。她不想让队员堕落或被带坏。几个月后，我们有一次在立命馆大学的食堂里遇见两位女队队员。她们很友好，但一直四处张望，怕被人看见。最后，她们实在太担心被发现，直接抛下我们走了。

我问宪司有没有机会采访她们，他笑了。

“没有，没有。”他摇着头说。他停好车，我们一同走到跑道边上的水泥座椅处，男队队员正聚在那儿等着，他们或是闲聊，或是随意在地上铺的橡胶垫上拉伸。“早啊。”[①] 他们见我们走近，小声向我们打招呼。宪司腋下夹着一堆文件夹和笔记板，说了个笑话，倒把自己逗得笑个不停。几位选手勉强笑了笑，但大部分人仍在继续做自己的事。

我不清楚他们知不知道我会来。麦克斯说宪司很乐意让我和队员们聊聊天，很可能再一起跑一跑，我就把跑步装备带来了。麦克斯也做好了跑步的准备。

“让我们看看会发生什么。”他说。

等宪司和所有人都打完招呼，他把我们俩引荐给了队长细田大智。他留着夸张的偏分发型，笑得像个孩子。他和我们握了手，并礼貌地鞠躬，欢迎我们参加训练。队里大概有三十位选手。宪司说今晚的训练项目是十五公里集体计时跑。他问我们要不要参加。“十公里。”他说，给我和麦克斯减了量，“行吗？”他们准备按一公里四分钟的配速[②] 跑，比绽放队的最高速度都快得多，但还没快到我跟不上的程度，跑十公里我应该还是可以的。自从那趟长达一个月的旅程以来，我已经练了几个星期，自己感觉身体日益健壮，渐有起色。路线是在一段一点二五公里长的路上来回跑，每跑二点五公里就会

---

①原文为“Os”，表示日语中“早上好”的简单说法，写作“押忍”，据说早期主要为日本武士彼此问候的寒暄语。

②马拉松训练常用术语之一，指跑步时每公里所用时长。

返回起点一次，给我们留足了退出的机会。当晚很热，但空气湿度比前几周下降了不少。

开跑之前，我们围成一圈，宪司正式向队员们介绍了我和麦克斯。他让队员们别害羞，多和我们聊聊。一位队员当即带头发问，问我们俩多大年纪。麦克斯告诉他们，我三十九，他三十五。队员回应了几句，麦克斯也跟着又说了几句，然后他们都笑了。

“他们说什么？”我问麦克斯。

“他说我看上去年轻得多。”麦克斯微笑着告诉我。

倒是没人这样夸我。我们一行走向起点，迅速排好队，所有人都设好跑表，最后再点了一次人数，相互讲了几句鼓励的话便出发了。我跑进人群中段，队长在最前面领跑。上一次和一大群人同跑已是很久以前的事了，和大家一块儿跑，脚步齐齐落在地上，感觉特别好。所有人都跑得很轻松，但没人说话。挑战还在后头，现在要保持耐心。

这条路在校园后面曲折蜿蜒地经过网球场，还有几个大停车场，等跑到地上有标记的位置，我们便转身折返。

我们碰上了从另一个方向跑来的麦克斯。他的速度已经慢了下来，但还在努力坚持，表情十分认真，经过我们时视若无睹。回到起点后，我们又要开始跑第二圈，几个领队和教练站在原地，喊出我们的用时。其中一位教练还举着 iPad 拍照。

我们回过头继续跑第二圈。这时，我才发现这段从起点跑出去的路微微上倾。跑动的时候，闷热的夜晚好像围裹了我，压着我的脸颊和肩膀，把力量从我的双腿中抽走。我感觉自己快要落到队尾了。跑回起点的下坡路段，我格外用力，想跟紧大家，但体力已经有些跟不上了。

跑第三圈时，我突然意识到已经脱离了大部队，只有一位队员还在我身边。我转头看看他。他也瞥了我一眼，他的头微微向一侧倾斜，表情紧张。

我是可以随时退出的。每个人都觉得我跑不完全程。我不是跑步选手，是个作家。对我来说，这不过是找点乐子。每当体力即将见底，双腿酸痛力竭时，这个想法都能让我宽心，但同时也会带给我一丝难过。在我自己眼里，我就是跑步选手。只有和真正的选手同场奔跑时，我才会意识到真相。这种体验让人沮丧。

可我旁边这位朋友就不一样了，他的未来押在跑步上，他在队里的位置也取决于此。他能进大学校队，应该是得益于在高中阶段的优秀表现。他多半还想成为职业选手。开跑前，另外一位队员告诉我，队里大部分人都希望成为职业选手。这是他们追寻的道路，但并非所有人都能得偿所愿。

我们一起跑完了第三圈，我和这位忧虑的朋友互相陪伴着，直到我终于坚持不住，筋疲力尽地退出。他勇敢地坚持着，转身继续开始跑第四圈。大部队的速度渐渐加快，队尾的人也开始放弃。在前方，队长依然在领跑。

我查了查跑表。我跑了七点五公里，用时三十分钟。我发誓，下次跑十公里一定要坚持到最后。

等队员们回来时，宪司问我肯尼亚的选手是不是也这样训练。“不太一样。”我不得不这样告诉他。他们不会沿着一小段路来回跑，更愿意在土路上一口气跑几公里。其实，如果可以的话，他们根本不会在混凝土路上跑步。

宪司说，对驿传的跑步选手而言，在路上训练非常重要，因为这能让他们习惯正式比赛时路面的感觉。我指出肯尼亚人虽然不这么做，比赛表现依然不错[①]，但他坚称，如果肯尼亚人在混凝土路上训练，成绩会更好。

我和宪司日后还会再聊起这个话题，当时我只是点了点头，接受了他的观点，虽然我并不完全认同。

当晚我们离开前，宪司告诉我们，下周他们将会进行为期一周的山间宿营，邀请我们参加。我当即应下了。看来，我终于为自己找到了一支可以时常来往的正经的驿传队伍。

>>>>>

箱根驿传虽然是驿传赛季里大学男子赛中的翘楚，但在此之前还有两场大型赛事：出云驿传和全日本大学驿传。全国所有的队伍都可以参加这两场比赛，而箱根驿传只限关东地区的队伍参加。

对于其他地区的队伍来说，这就意味着它们有两个机会可以共享荣耀，和更耀眼的参加箱根驿传的队伍同场竞技，甚至将后者击败。

所以宪司的职责是尽可能让麾下的立命馆大学男队变强，参加这两项比赛，让大家看到在箱根驿传以外的世界依然大有可为。

为了让队伍为这两次挑战做好万全准备，他把队员带到山上宿营一周。我和麦克斯加入的时候已经是第三天了。我们俩从京都北部出发，沿着蜿蜒的高速公路开了六小时车，来到了新潟。在山上，闷热之气稍微消散了一些。这里海拔九百米，不算太高，但已足够给肺部带来一些压力。

---

①那年是 2013 年，全球排名前 20 的马拉松选手中，有 13 个肯尼亚人。另外 7 位选手是埃塞俄比亚人，两国选手都偏爱在软路面上训练。——原注

我们是下午三点左右到的，在跑道上加入了队伍。还有几支队伍也在此处训练。他们用的赛道只有三条，没有跳远用的沙坑和护笼架。这条赛道专为长跑而设。在夏天，这整片区域只招待驿传队，橡胶跑道和越野跑道应有尽有；冬天积雪深厚，没几个人愿意来，只有跑者独享。这里真是跑步天堂。

立命馆校队已经完成了晨跑，现在正要进行的项目叫“自由跑”，意思是每个人都自定速度、路径和跑程的练习。宪司让队长带着我们两个一起跑一趟。

虽然山势延绵数英里，我们却只沿着森林中标识出的紧挨赛道的一段曲折小径跑。算上拐弯，长度大概半英里，我们就在这段路上来回打转，直到队长跑够为止。其他队员也是这么跑，就像一组模型火车，沿着沙盘上的轨道来回运行。

我问队长毕业以后想不想做职业选手。在我看来，想成为职业选手的渴望是支撑他们训练的动力之一。在英国，成为职业选手的希望实在渺茫，以至于大部分人在大学时就已放弃了这个念头。在英国，除非你是莫·法拉赫，否则做一位职业长跑选手就意味着靠着某些彩票基金的赞助艰难度日，幸运的话，或许会有赞助商给你一点装备，再因为参赛和得奖拿到一丁点钱。眼看肯尼亚人和埃塞俄比亚人把全世界各种比赛的奖项都收入囊中，大部分英国选手只能勉强拿个几百英镑。而在日本，就连跑得最慢的专业跑步选手，其收入都比得上普通白领，顶尖选手更是有可观的奖励。

因此，当队长说他不想做职业选手时，我很惊讶。他想成为一名消防员。他说，他的父亲就是消防员。他作为队长，肯定是队里的尖子。为什么他不想当职业选手呢？

他羞涩地笑了，仿佛并不想纠结于这个问题。原来他不是最好的选手。他之所以是队长，一定程度上是因为年龄最大，也因为他聪明、人缘好，还会社交。他是那种能应付外国记者提问的人。

“驿传运动员的职业生涯很短。”他说，“等这段时间过了，你就会被安排到办公室工作了。这还是在好公司。有些公司直接就会解雇你。”

我不得不承认，这样听起来就有些不妙了。当我们在回程经过赛道时，三位职业女选手正全速奔跑。她们满脸痛苦的表情，每个人看上去都要崩溃了。

我们与她们擦身而过，回到树林中。

“你会参加消防员组织的驿传队吗？”我问他。

“会。”他说。

我问他为什么跑步，是什么激励他继续训练，加入学校这支驿传队的？他一脸茫然地看着我，一言不发地继续跑着。我们的脚步轻轻落在小径上。一分钟后，他瞄了麦克斯一眼，似乎期待这个问题就这么被略过。

“我没那么喜欢跑步。”他迅速笑了一下，可能是终于说出了心里话，像是松了口气，“我在学校参加过很多运动，但最擅长的是这个。大家都支持我、鼓励我继续跑下去。”

几个月后，他确实成了一名消防员。我为他高兴。或许他终于不用再跑步了，或许他还会继续跑，为了让别人高兴而违背自己的意愿。

>>>>>

跑完后，我们回到了队伍的宿营处。这是一对老夫妻名下的房子，屋顶尖尖的木屋里有好几间宿舍一样的卧室，摆满了给选手们用的双层床。我们轮流洗澡，一次三四个人挤进铺着瓷砖、供应热水的浴室。今天的训练结束了，屋里都是兴奋的欢声笑语。

洗完澡后，我们齐聚在昏暗的餐厅。几张长桌上铺着绿色的印花桌布，摆满了食物，有一碗碗酱料和蔬菜丝，每桌中央都有一锅冒着热气的昆布鱼肉汤。麦克斯和我是最后到餐厅的。在宪司对面给我们留好了两个座位，筷子整齐地摆在筷托上。

我吃素，但在这里就得入乡随俗了。锅里全是蔬菜、面条和鱼肉。我尽量避开鱼肉，舀起其余的食物往碗里装。米饭管够，不怕吃不饱，还有味噌汤和纳豆——臭烘烘的发酵黄豆。我第一次吃纳豆是十二年前来探望弟弟的时候，就是他在裸体庆典后去参加学校驿传比赛那次。当时我根本受不了它的味道，偏偏日本人很爱把这玩意儿端给毫无戒心的外国人吃。它闻起来就像湿漉漉的臭靴子，还带着一层恶心的黏液。但今晚第二次吃，我还挺喜欢的，尝起来味道不错。麦克斯告诉我，纳豆含有大量的有益菌，味噌汤也一样。“日本料理中有很多这样的发酵食物，”麦克斯解释道，“能增加肠胃中有益菌的数量，使消化更有效率，因此有益于身体健康，老少皆宜。对运动员尤为有益，因为这些食品能让他们的身体更易于吸收能量。”

我在日本见过的运动员都遵循传统的日式饮食习惯，每天的主要食物包括米饭、味噌汤、纳豆、海草、鱼肉、荞麦面、豆腐和蔬菜。他们每天的三顿饭都吃这些食物，只是搭配不同。这种饮食习惯非常健康，也让日本成了世界上最健康的国家之一。日本不仅以是世界上预期寿命最长的国家而出名，在联合国于二〇一三年发布的全球发达国家肥胖率排名中，更是排在最后一名，只有百分之四点五的成年人患有肥胖症。相较之下，英国排在第二十三名，有百分之二十四点九的成年人患有肥胖症。[①]

二〇一三年，由美国心脏协会主持的另一项大型调查发现，如今发达世界的儿童要比三十年前的儿童平均多花九十秒，才能跑完一千米。根据相关记录来看，所有发达国家的健康水平都有所退步，只有一个国家除外：日本。现在的日本儿童还跑得像他们父辈当年一样快。这可以归结于运动在学校生活中的核心地位，但结合肥胖症数据来看，健康的饮食习惯也起到了一定的作用。

日本确实也有精加工的早餐麦片、三明治、汉堡、比萨等各种不那么健康的食物，但不如大部分西方国家普及，也并未在大部分人的饮食中占主要地位。

小麦是欧美各国的主要口粮，但近年大量的报道将其称作不健康的、有问题的食物来源。日本的小麦消耗量远低于欧美。在超市，一包吐司只有三片。我的孩子们早餐爱吃吐司，所以我们每次买东西都得把整个货架上的吐司扫荡一空。

在日本，各种食物的分量总体来说也比较小。某次在餐馆，我发现买套餐时加点钱就能再加一份薯片，我实在抵挡不住这个诱惑。结果端上来时，只有装在一个小碗里的三片。

有许多研究关注食物分量对饮食习惯的影响，结论都不怎么出人意料：如果分量大，人就会吃得更多。甚至有项研究发现，即使提供已经变味、放了十四天的爆米花，只要分量更大，受试者就会吃得更多，哪怕事后他们都承认它难以下咽。

在西方养生界，“小分量食物”和“控制热量”这两个词十分热门，但这两项原则在日本已是持续多年的习惯。日本的常用词“腹八分”

---

①全世界肥胖率最高的国家是墨西哥，肥胖率达 32.8%，美国以 31.8% 的肥胖率紧随其后。——原注

就是指“吃饭只吃八分饱”。

用筷子吃饭也有助于防止过量进食，因为它能强迫你放慢吃东西的速度，换句话说，不用吃那么多就感觉饱了。现在我已经习惯用筷子吃饭了，每次改用叉子都觉得自己像怪物似的将食物铲进口中，好像一定要在时间用光前把一切都吞下去。

精制糖是你能吃到的最糟糕的食物之一，会使身体失去活力和健康。科学家罗伯特·卢斯蒂格认为糖应被归入毒药之列。这种食物在日本同样较为少见——不像西方，每顿饭后都要仪式性地来一道甜品。在立命馆大学的跑步训练营里，糖根本上不了菜单。

当然这里也不是十全十美。日本到处都是便利店，每个街角都能找到，里面塞满了包装花哨的垃圾食品。但在便利店里，巧克力能量棒和糖果的分量也比其他国家的要少。咸味的零食也不是馅饼或薯片，而是酸梅馅或鱼肉馅的饭团，外面包着紫菜或豆腐皮。

我曾经问过著名的运动饮食科学家蒂姆·诺克斯，想知道他对日本饮食的态度，是否认为这种饮食能够帮助运动员提升成绩。他的回答十分简单：日本饮食听起来“棒极了”。

“这种食物搭配对任何运动员来说都非常好。食谱里包括碳水化合物、蛋白质和蔬菜，最重要的是，我猜这些食材质量都很好，而且十分新鲜。我们鼓励所有运动员都采纳这种饮食。”

在日本的这六个月，我几乎每餐都吃传统的日本料理——除了早餐，我已经太习惯早上吃甜的了，所以会吃些吐司或麦片粥——六个月后，我的体重降到了整个成年时期的最低水平（六十七公斤，离开英国时，我的体重还是七十三公斤）。虽然这六个月我确实花了不少时间跑步，但训练强度和前两年在英国的时候比起来并没有改变。即使在我准备伦敦马拉松时，训练量比现在大得多，体重也从来没有低于七十一公斤。

>>>>>

晚餐后，运动员都回了各自的房间。麦克斯和我分到一间，两人共住。房间是典型的日式风格，有榻榻米地板和满柜子的被褥。时间还早，窝在房间里不太好，我们便穿着拖鞋到处走。楼下设了间理疗室。门开着，我便探进头去。在一张桌子上，一位运动员正在接受治疗师的按摩。有位助理教练——是个女学生——正在给地上另一位运动员按摩。有个戴眼镜的矮矮胖胖的学生正用超声仪器在膝盖上打圈。屋里的其他人坐在地上聊天。宪司也坐在地上，开着手提电脑，正在表格上填今天的计时数据。

“进来。”他们异口同声地说，给我腾出地方来。我也坐到地上。我一进去，屋里突然安静下来。我能看出来有人正绞尽脑汁想找几句英文说说。

“这个疼吗？”我问那个用超声仪器的运动员。他们都笑了。我不知道他们发笑到底是因为我讲日语，还是因为我觉得这个机器会让人疼痛。或许只是因为尴尬。

幸运的是，麦克斯很快就过来了，每个人都松了口气，交流又重新开始。他们又开始聊天，大笑，还互相开玩笑。不断有人进进出出，把人字拖留在门口。大家都只是来聊天玩闹的，看样子十分享受彼此的陪伴。

这些嬉闹和轻松的气氛，是宪司想培育的团队精神的一部分。他说，其他教练更严肃、更严格。我问他当运动员的时候是不是享受跑步训练营的活动。他瞪大了眼睛。

“不，”他摇摇头，“宿营非常、非常严肃，不好玩的。”

他对麦克斯说了些什么，然后想让我们在他的电脑上看一段视频。我们围在一起，他找出了一段模模糊糊的旧录像，是在跑道上进行的比赛。那是一九九八年亚运会的一万米跑决赛。一个年轻的日本男子戴着短项链站在起跑线上，满脸紧张，还鼓着腮帮子。这个人就是宪司。

宪司不耐烦地跳过了赛跑的前半段。场上的六位参赛者，包括宪司在内，把其他人都甩在了后面。“好了。”他说着往后靠过去，屏幕上的参赛者正接近赛段半程处。刚好跑过五千米点时，年轻的宪司开始发力向前冲刺，他的双肩不断地前后摆动。这里离终点还很远。

大家都围在屏幕边。宪司不断加速，直到身后只剩一个人紧跟着他。是一位来自卡塔尔的高个子选手。

“对手。”宪司说，指着那个男人。年轻的宪司跑得很吃力，眼睛里满是惊恐，那个卡塔尔选手则显得十分轻松，在等待关键时刻到来。这种画面我们已经见过无数次了。等在后面的那个选手总会赢得最后的胜利。

还有一圈就结束了，卡塔尔选手一直紧跟着宪司跑。在最后一个转弯处，他们都发了狠，双腿跑得飞快，卡塔尔选手追平了宪司，全力出击。但宪司不放他过去，简直像是伸出一只手，拦住了那个男人。他们毫无保留，拼尽全力，在最后的直道上真刀真枪地比拼，他们身边那些落后一整圈的选手相比之下像是静止不动地站在原地。卡塔尔选手似乎仍有力气赶超。但宪司不知怎的又逼出了一股劲，再次加速，最终高举双臂，首先冲过终点。日本讲解员只剩下了鼓掌的份儿，一句话也说不出来。这真是一场精彩的较量。

其他人显然不是第一次看这段视频，大家都没有什么表示，看完就散了。

“很棒的比赛。”我对宪司说，“我以为他最后会超过你。”

“我能赢，都是因为驿传训练。”他说，“在驿传比赛中，你永远不会让任何人超过你。”

7

这会儿是第二天早上五点四十五分。我睡眼惺忪地站在住处外面，等着麦克斯。队里的选手正在往两辆小巴上爬，肩上背着鞋袋。没人说话。我们四周都是森林，幽暗而寂静。

麦克斯匆匆赶了过来，十分激动。小巴不等人。我们迟到了三十秒，车已经开走，上了山坡。

“别担心，”麦克斯说，“几秒钟就追上了。”

他启动车子，我们急急拐过几个弯，驶过林间道路，惊扰了沿途的动物。

小巴在前方颠簸，我们紧紧跟在他们后面。道路在林间曲曲折折。麦克斯说起滑雪的事情。他说冬天还要再来这里。他不停念叨着冬天的雪会积得多厚。但眼下，我们身处的还是一个温暖而宁静的早晨。我们开出了树林，发现身边群山环绕。眼前是一块平整的开阔地，上面有一座建筑，还有一个空空的停车场。

小巴在这里停下了。队员们陆陆续续地从车上下来，没人说笑，每个人都安静地沉浸在自己的思绪里，四散到停车场各处。这不仅是因为时间还早，更因为今天将会进行计时试跑。在最近的关西驿传中，立命馆大学仅仅拿到第三名。那时宪司刚刚就任校队教练。这样的成绩意味着他们没有资格进入当年的三大大学驿传赛的第一场，也就是出云驿传。由于本来就没有资格参加箱根驿传，他们便只剩下一场大型赛事——将在十一月初举行的全日本大学驿传。现在已是九月中旬，所有人都盯着那场比赛。宪司告诉我，今天的计时试跑很大程度上将决定哪七个人参加全日本大学驿传。

宪司让所有人围成一圈。我们背着手站着听他训话。他告诉大家，希望所有人都调整好状态，迎接下午的试跑。他说已经为参赛阵容选好了几个人，但还没有选定所有人选，大家还可以争取。

他训完话后，队员们开始拉伸，换好跑鞋。他们做了深度拉伸，这让我很惊讶，现在还是清晨呢。在肯尼亚，跑步选手很少在晨跑之前拉伸，而在欧洲，人们说得很清楚，如果身体还没进入状态、还没稍微跑一跑来热身就拉伸的话，肌肉会弱化，可能导致受伤。

实际上，许多教练不建议运动员做这些立命馆选手正在做的静态拉伸，就是每次拉伸持续好几秒的做法。与之相比，西方的教练更喜欢动态拉伸，也就是一边拉伸一边动。

我问宪司为什么这些队员在训练开始前就做这么多拉伸，并告诉他在英国人们不建议这么做。他笑了。

“这是日本的传统做法。”他说，“我们相信灵活的身体可以避免受伤，但我确实也有疑虑。”

做好准备，队员们就出发了。他们一句话也没说，只是简单地开跑，一次一个人，沿着标示好的道路出发。这条赛道比昨天跑道边那条折返赛道要长，一路延伸进广阔的低矮山坡，钻进诱人的树林。在树林上方，布满岩石的山顶被早晨的阳光照亮了。

在正式起点处竖着一块巨大的金属地图，标出好几条路。虽然冬日滑雪也用这些路线，但它们首先是跑道。地图上的示意符号是两个奔跑的人，路边的路牌上也有跑者的图像。世界上其他地方可能也有这种专为跑步设计的永久跑道，但我只见过眼前这一处。

宪司建议我和助理领队一起跑，他叫野村。野村也是立命馆的大学生，一年级时就加入了校队。但他一直觉得未来要走当教练这条路，而不是跑步。他说，高中的训练强度太大，已经榨干了他的体力。但他热爱驿传，所以遇到成为校队领队的机会，就一手抓住了。

在立命馆大学，他每天早上都和队员一样六点起床，监督他们参加晨训。他也常常跟着跑，但不会用太快的速度。不断敦促自己争夺正式名额的日子，于他而言已经是过去时了。

我们同时开跑，速度适中，脚步轻轻地落到覆满松针的林地上。勉强聊了几句后，我忍不住加快速度，想跑个痛快。我不参加计时试跑，不需要养精蓄锐。野村陪着我加速，我们沿着跑道七拐八拐，超过了其他的立命馆队员。他们分散在跑道各处，仿佛是迷失在林间的幽灵。

野村跟着我跑，看上去很轻松。但当我们到达终点，即他们口中的“目标”，也就是我们出发的地方时，他整个人瘫倒在地，痛苦地叫起来。宪司站在那里小声地笑，原地交替抬腿，检验疼痛的双腿状态如何。他显然很想继续跑，但刚做完手术，腿还有些跛。他开始在赛道边缘踏上踏下，活动双腿。

在他身后的停车场里，麦克斯正跟队医以及几位助理领队一起等其他队员，趁机教他们几个瑜伽动作。他们排成一排，动作整齐地一手摸地，一手向上举。宪司尽力不理会他们，走到我们身边，问我们跑了多远。野村告诉他结果时，他神色惊讶地看向我。“很好，很好。”他说。

我觉得身体越发好了。再多来点这种针对性训练，说不定我过不了多久就能再次突破个人最好成绩。我和宪司说我想跑出更好的个人成绩，他说他对我有信心。

“对。”他说，“三十三分钟（跑一万米）是可以的。”他可能只是在客套，但我将这种鼓励照单全收。

>>>>>

回到住宿的地方，又吃了一顿有蔬菜、纳豆和米饭的午饭。吃完后，队员们一个个离开餐厅，从另一张桌子上的一大桶蛋白粉里舀了些粉末出来，各自做蛋白质奶昔。今天早上没人说笑。他们无论做什么，都带着一种刻意的严肃，在屋里走动时甚至没有眼神接触，人人都沉浸在自己的思绪中。每个人都集中精神，准备迎接计时试跑。

宪司又盛了一碗饭，看上去不紧不慢。我问起他刚开始跑步时的往事。

“高中的时候我不是尖子选手。”他说。他是被朋友带进这个圈子的。他们当时都在上高二，他的朋友想加入驿传队。

“我们落选了。”他说，“但高三的时候，两个人都选上了。”他等着麦克斯翻译，看着我，等着我的反应。

“这样啊。”[①]我说。这个短语很好用，但我还没完全掌握它的意思。日本电视节目中的体育评论员在交谈时经常使用这个词。它的意思是“是这样的，对吧”，基本上用来表示你正在听，而且赞同对方的话。

宪司被我笨拙的模仿逗乐了。他顿了一下，说：“就在正式比赛的几天前，我的朋友遇到了交通事故，不幸身亡。”

我手里拿着筷子，筷子尖悬在那碟还没吃完的纳豆上，不知道

---

①原文为“So desune”，日语写作“そうですね”，字面含义为“正是如此”，但在使用中除表示赞同外，也可表示附和或应承对方。

该说什么才好。所有的学生都走了。宪司身后的电视正在播放滑雪节目。

“我们一次都没能一起跑驿传。”他说，“但在我的整个职业生涯里，我每次赛前都会想起他。每一次驿传赛跑，他都和我在一起。”

驿传体现的这种患难与共、团队合作和队友之间的友谊，在朋友去世后，显然在宪司身上留下了莫大的影响。他因此取得了不错的成绩，而且直到今天都受到它的鼓舞。

“在日本，”他说，“提到跑步的话，那就是驿传。驿传第一，然后才能谈到其他的。”

>>>>>

然而当天下午的跑道上，这种患难与共的感觉却暂时被竞争意识取代。队员们都知道他们的对手正是彼此，所有人都在争夺参赛资格。宪司决定跑一场十公里的计时赛。他要求队员们一起用规定速度跑五公里，然后再开始加速跑。

晨跑后，我感觉不错，决定和他们一起跑前一两公里。我答应不会挡他们的路，而是跟在队员们后面跑。

我们提前了足足两小时到达跑道，他们都立刻开始热身。我想我如果热身整整两小时，等到了时间，就该筋疲力尽了，便坐在温暖的阳光下等待比赛开始。随着时间的流逝，我能感到气氛越来越紧张，连我都紧张起来。那一天似乎太平静了，好像有哪里不对劲似的。那个下午，跑道上没有其他的人，甚至连一辆路过的汽车都看不见。

终于，宪司把我们喊到起点处。队员们都穿着跑步短裤和外套，而不是平时穿的长短裤和T恤。这是我第一次看见他们全副武装。他们像专业运动员那样在跑道上来回冲刺，拍打手臂和双腿。他们各就各位的时候，我躲到了后面。队里的王牌吉村直人被安排到了队尾，领头的则是队长。其他队员一个跟着一个站好队，随后我们都跑了出去，第一圈开始了。

刚一开跑，速度就快得叫人发疯。宪司让他们保持每公里三分二十秒的配速，但我不断被队伍甩开，不得不冲上去跟上队伍。王牌就在我前面跑，他也是一次次被队伍甩开又赶上去，弄得我的节奏更乱了。我简直要忘了怎么跑步，眼下我的腿很疼，胳膊也越跑越沉重。才跑了四圈，我就得停下来，而他们还有二十一圈要跑。

一跑过五公里处，王牌就像被放开的猎犬一般冲了出去，从队尾一路猛冲，超过了所有人，与队友们拉开距离，遥遥领先。我意识到我们昨天晚上看的比赛录像里，也就是在一九九八年的亚运会上，宪司就是这么跑的。这跑法简直像一个模子刻出来的。他把它传承了下来，跑完一半距离时开始冲刺，然后拼命向前冲。

每多跑一圈，队员们的表情就更痛苦一分。事后看我拍的照片，他们看上去就像在给僵尸电影试镜，简直有些滑稽。王牌轻松胜出，领先其余的人约有一百米，才三十分钟多一点就跑完了全程。他身后，一个二年级队员和二号王牌南云翔太正在对决。这个二年级的学生把南云逼得玩命冲刺，瞪圆了眼睛扭头盯着对手。

第四名是个大一新生，他们叫他“教授”。这倒不是因为他聪明过人，而是因为他长得不像跑步运动员。他们说他身材矮小，不像别人一样面容英俊，轮廓分明。但他确实跑得飞快。

队长奋力拼进了第六还是第七。我问宪司他的名额是否岌岌可危，宪司不置可否地摇摇头，意思是很有可能。

等训练完，我跟着队员们一起去泡当地的温泉，换句话说，就是公共澡堂。这是他们应得的奖赏。他们泡在齐腰深的冒着热气的水里，坐在一扇大窗户边聊天。窗外，群山在暗淡的光线里聚成黑黢黢的一团。学生们聊天的声音很低，有些人靠在浴池的石壁上，脸上盖着浸湿的毛巾。麦克斯也一起来了，我静静坐着，让他们不受打扰地好好聊天。现在不是我问问题的时候。

宪司说他们来这里训练，一是看上了这里天冷，二是在高海拔地区跑步也有好处，但最主要的原因还是想借此培养集体意识，让每个人都感受到自己是集体的一部分。

“驿传的关键就在于你们作为一个集体有多强。”他解释说，“当你和队友们一起训练，所有人都把注意力集中到相同的目标上，你就能获得精神力量。肉体力量的重要性要往后排。”

8

说一说京田边吧。我们的邻居理惠一家已经跨在自行车上等了，我们连忙催孩子们穿鞋。玛丽埃塔正在给莱拉梳头，奥西安穿着袜子就冲了出去，现在正在爬树。乌玛一如既往，早已准备停当，双手抱胸站着，满脸失望地审视着家里的其他人。

“等等。”我说，然后把鞋一脱，冲回家拿我的钱包。

理惠一家要带我们去参加在附近的神社举行的本地运动会。运动会本来应该上星期举办，但不巧赶上下雨，就推迟到这个星期。

我们不清楚到时候会是什么情况。我穿着跑步装去了，以防万一。良平——就是住对街的十五岁少年——已经和朋友们一起训练了好几个星期，每天上学前都在河边练习，为今天的赛跑做准备。他们多次邀请我一起训练，但早上五点半实在太早了，我不知道他们是如何做到每天坚持训练的。

最后我们终于准备好了，一窝蜂挤出门，跳上自行车。我自己还是没有车，但运动会离这里不远，我跟着他们跑过去就是了。

“走吧？”理惠快活地说着，她丈夫在一旁点头，一家人一起骑车出发，下坡而去。

“走喽！”奥西安十分气派地坐在玛丽埃塔的自行车后座上，拉低的太阳帽盖住了他金色的刘海。

>>>>>

神社前，碎石铺的广场大概有足球场大小。我们到那里时，广场上已经挤满了小孩。神社正殿藏在竹林中，那片林子从三面围住了广场，一直延绵到山坡上。广场一角立着几座秋千和一座滑梯，广场后搭了几个眺望台。

在广场入口，我们拿到了一卷垃圾袋，是欢迎我们参加活动的赠品。令人惊讶的是，这在日本是常见的礼物。理惠告诉我，运动会已经连续办了六十二年，每年都有一场大规模的赛跑，她说我应该参加。当然啦，我早就知道这消息了，正跃跃欲试。

理惠给我引见了去年的赛跑冠军，是当地的一名警察。她告诉那个人我是他的对手，他友好地微笑，说他肯定会输给我的。我想像他一样谦虚，说我跑得慢，身体又疲劳，但这话听起来有点虚假。我一直跟着国内顶级的大学校队训练，要赢他应该是小菜一碟。

一个男人的声音从扩音器里传出来，让大家集体热身。孩子们排成一队队，听领队指令，举起双手在空中摇摆，又弯腰去摸脚尖。我的孩子还有些弄不清情况，不愿加入他们，站在一边看着。

然而等赛跑一开始，看见参赛者人人都能拿礼物，他们就动了起来。奥西安参加的是短跑。比赛的距离大概只有三十米，他还是拉着玛丽埃塔的手去跑的。在他决定去跑之前，有两个大一点的男孩都已经跑完了。但今天的比赛重在友谊，他跑完之后也得到了一份礼物：一小包糖果。回来时，他笑得合不拢嘴，就像是巧妙地抢劫了别人一样。

我发现了小邻居良平和他的清晨跑步团，他们站在人群里，表情严肃。良平戴上了口罩，正在拉伸。他一直等的就是这一刻。大比赛要开始了。

我和他们一起站到起跑线上，身穿跑步短裤和速干 T 恤，心情极为激动。连在绽放队训练的时候，也没人穿跑步短裤。他们都穿长短裤或紧身裤，淡化了自己的目的和身份。

而我眼下正站在孩子堆里。有几个成年人都躲在队尾，开玩笑说自己跑得有多慢，体质有多差。莱拉也参加了赛跑，和街对面的邻居们在一起，兴奋地蹦蹦跳跳。我们被叫到起跑线处集合，我试图露出一副漠不关心的样子。哎哟，跑步时间到啦？我都没发现呢。其实我正偷偷计划着等一下要怎么表现，怎样一路把这些孩子全甩在后面，抢先跑到从神社出来通向马路的那条路上，那里的灌木比较少。

发令枪响了，我们冲了出去。我看见良平一路猛跑，抢在前面，用力摆着手臂，好像在逃离犯罪现场一样。他那个说英语的朋友，就是跑得比较快的那个，开局跑得慢些。总之他们俩在到达第一个小山坡前就被我追上了。我之前有让他们一局的念头，本想先和他们一起跑，到最后再让他们跑赢我。但等到真正跑起来，这个盘算就显得有些愚蠢了。这是在侮辱他们。我敢肯定他们不希望手上的胜利是别人让出来的。而且，在我们并驾齐驱的这一刻，我突然有了强烈的好胜心，自己还没反应过来，就埋头发力冲上山坡，想把他们俩都甩到后面。

我已经很久没有尝到领头跑是什么滋味了。前方的跑道空无一人，其他人都排在后面追赶。有时候这会让人感觉像在逃命，但我今天很轻松，我知道他们追不上我。

转身往回跑后，我开始超过孩子们，他们跑的圈比较小。我从孩子堆里穿过，就像横冲直撞的疯牛一样。超过莱拉的感觉很奇怪，她满脸通红，正和朋友一块儿跑着。“姑娘们，做得好！”我说，仿佛我只是在观战。当我回到神社，跨过终点线时，人群中响起一阵掌声。我假装自己根本没尽全力，好像赢这个冠军不算什么，但心里早就乐开了花。

良平手里抓着口罩，冲过终点线夺得第二名，朝空中挥动着拳头庆祝。他的朋友们紧随其后到达。

十分钟后，我又开始了另一场比赛。这一次，我得用吸管喝完一瓶啤酒，而我的队友，理惠七岁的女儿，要喝一瓶甜甜的运动饮料。我们俩的表现都不怎么样，但还是赢得了一卷锡箔纸。

莱拉把所有项目都参加了一遍，抱了一大堆礼物回家，有巧克力、酱油，还有好几卷保鲜膜。因为在今天的主要比赛中获胜，我获得了一只金属啤酒杯，良平和他的朋友代表清晨跑步团站在我两边。被我们彻底击败的对手——去年那位获得冠军的警察，这次负责给我们颁奖。

>>>>>

尽管我在本地运动会上大放异彩，但试图打入日本职业赛跑界的努力并没有回报，那个世界中可是有上千位，甚至更多的职业选手。宪司问了他认识的几位教练，看我能不能去参观，但他得到的回答和布兰登·瑞利得到的一样：谢谢你，但还是别来了吧。

后来，在伦敦塔酒店大堂里认识的小串先生和我联系，让我去看看在东京举办的全国企业田径锦标赛。

“所有教练都会去。”他在电话里对我说，“有机会和他们聊一聊。”这个计划听起来不错，于是我照他说的，从京都坐高速列车去了东京，途中，列车风驰电掣地从富士山边经过，我不是车上唯一一个举着手机拍照的人。

我刚一下车，小串先生就迎了上来。他买了站台票来接我，怕约在车站里见面的话，我会迷路。打完招呼，他转身在前面走，我跟在后面出了站，走进东京这座城市。他走得很快，而且一直在不断查看手机。他似乎有两部手机，现在正用另一部手机给某个人打电话。我跟在他后面，感觉自己像个孩子，而来接我的这个大人工作实在太忙。

我们经过几条又挤又窄的街道，走进地下百货商场，然后进了一家书店。我跟着他来到一个看上去像地图售卖区的区域，他终于放下了手机。

“首先，你需要一张地图。”他说。一张地图？“日本地图，这样你就能知道比赛都是在哪里举办了。我会往你的电子邮箱里发一份清单。”我不知道自己是不是需要地图，但可能他说得对。至少孩子们拿着地图玩会很开心，可以把地图挂在我们那座没什么装饰的房子里。

他对此不太赞同，结果我买了两份地图，一张折叠的，一张海报式的。

“好，走吧。”他说。我还在往背包里塞地图，他的一只脚已经踏出店门了。

赶去赛场的路上，我们在电车上碰见他的一位老朋友，是报社记者。那人用余光瞟着我，不知该用什么态度对待我。

后来到了跑道上，小串先生去和别的同事说话了，那位记者就凑了过来。

“二十年前，这些锦标赛可是大新闻。”他说，“运动场里坐满了人。但随着驿传越来越受欢迎，田径比赛就慢慢不受重视了。”我举目四望。这座大场馆是为国家级赛事搭建的，里面空空荡荡，几乎没有人。一排又一排的黄色折叠椅都空着。

我们站在跑道边，领队们都聚集在这里。他们穿着深色西装和白衬衣，手上拿着手机和运动员名单，就像赛马主在检查他们的马匹一样。选手的身体素质都在参加夏季训练营后有所提高，领队们是在驿传季开始前检查选手的状态。小串先生告诉我，他们根本不在意运动员们今晚会不会赢。

“赢了自然是好事。”他说，“但没那么重要。”和驿传及大型马拉松比赛不同，这些田径锦标赛不会在电视上播出。到处都是官员和运动员，领队和教练也都在场，这场活动就像一场没有观众的表演。有点像带妆彩排，而真正的重头戏将在另一个舞台上演。

但在看台上，还是有几群支持者姗姗来迟地拉开横幅，举起了旗子。那位报社记者说，他们很可能是刚好在附近工作的公司员工。“他们可能都不是自愿过来的。”他说。他们带了小喇叭，还有响板，在自己公司的运动员经过时发出很多噪音。

之后我也爬上看台。我注意到看台上有几个特殊的观众，明显不是为哪个公司壮声势的。她们几乎都是时髦的年轻女郎，手里都拎着昂贵的手提包，三两一组或单独坐着，看上去对赛况毫不关心。

小串先生说她们是来看柏原龙二的。他是最近箱根驿传上的大明星，人称“山神”，因为他三次打破了高难度山地赛段的纪录，单枪匹马地把无人看好的东洋大学三次推上箱根驿传的冠军宝座。“他就像大卫·贝克汉姆一样。”小串先生打了个我能听懂的比方。

当晚的重头戏是男子一万米跑和女子一万米跑。在几个月前的英国国家锦标赛上，只有十三位男运动员参加男子一万米跑，更奇怪的是，只有一位女运动员参加了女子一万米跑。在日本，虽然观众数量和英国一样寥寥无几，参赛的运动员却比英国多不少。我数了数，有七十五位男运动员和五十位女运动员参加这两项比赛，分为 A 组和 B 组两个组别。

在女子 A 组的起跑线上，我看到运动员花很多时间拍打自己的手臂和双腿，甚至还有拍脸的。我之前也看见立命馆大学的选手这么做。他们说这是为了燃起激情。女子赛阵容中有两位肯尼亚人，分别代表日立公司与九电工公司。她们没有拍打自己，十分显眼。

不少企业队都签了肯尼亚和埃塞俄比亚的跑者，以期在大赛中获得更好的成绩。这些非洲选手在公司吃住和训练，常常还和队友一起参加公司工作。过去十多年里，最优秀的肯尼亚与埃塞俄比亚跑步选手中，有好几位都在日本生活并比赛过，比如二〇〇八年奥运会的马拉松冠军，已故的塞米·万吉鲁[1]，还有二〇一一年世界男子一万米跑冠军易卜拉欣·杰兰。

发令枪一响，那两位肯尼亚女选手就冲到了最前面，跑完第二圈时，她们已经甩开日本选手四十米了。阳光落在两拨人之间，清清楚楚地显露出这些运动员跑步风格的差异。两位肯尼亚选手大步奔跑，十分轻松，而日本选手都用小碎步跑着，摆臂的样子就像发条小人。这样一看，日本选手仿佛都被一条隐形的绳子绑住了腿脚，步子迈不大，看上去有点不公平。

有那么屈指可数的几次，女队领队正好不在周围，我得以和立命馆大学的女选手聊上几句。我设法请教了大森夏树，她是日本顶尖的年轻选手之一。我问她，为什么大部分日本女选手跑步的步子

①原名塞缪尔·万吉鲁，“塞米”为塞缪尔的昵称。

都这么小。

“因为我们腿短。”她告诉我，“那样跑步效率比较高。”她说是教练让她们这么跑的。

随着企业锦标赛一万米跑比赛的进行，肯尼亚选手的优势越拉越大。她们的水平真的领先这么多吗？原来差距并没有那么大。在最后几圈，她们开始疲劳，处于领先地位的一队日本选手依然保持着原先的速度，差距开始缩短。最后两百米的冲刺阶段竞争非常激烈，肯尼亚选手依然夺取了冠军和亚军，然而领先优势几乎已经消耗殆尽。

这场比赛是个很有趣的例子，体现了两种不同的赛跑策略。晚些时候，我碰见一位教练，他指导的选手夺得了第四名，这个成绩令他非常满意。我向他问起肯尼亚选手在比赛刚开始猛冲的表现，他笑了。“不。”他说，“这不是日本的做法。日本的风格就是保持稳定的速度。”

自然，保持稳定的速度更合理，而且不太容易在最后的直道冲刺阶段筋疲力尽，被更冷静的对手反超。但刚才那两名肯尼亚选手还是夺取了第一名和第二名。这是因为她们更优秀，还是因为她们更勇敢？

她们这么做也不是出于幼稚。后来我找到了冠军，她正和日立队的队友在一起，能说一口听起来流畅完美的日语。我问起刚才的比赛，她告诉我，她和另一名肯尼亚选手合作，一起保持领先。

“她领头跑一圈，然后我再领一圈。”她解释道。即使所属队伍不同，她们仍能合作，因为她们都是肯尼亚人，她们的跑步哲学是一样的。当然，一马当先冲在最前面不总是有用，今天晚上这个策略差点就失败了，但这让我想起伟大的马拉松教练雷纳托·卡诺瓦曾对我说的话："要在大型城市马拉松中胜出，你必须狂野一点，别搞得像会计师一样。"你必须冒险，把顾虑抛到九霄云外，摆脱计时器的束缚。比赛前，谁能知道完美的平均速度应该是多少？你可能以为自己知道，但这是给自己设限。这样的限制可能会让你输掉比赛。

我自己就是个开场跑太快，后期很痛苦的例子，所以必须在这里提个醒。在大部分情况下，开场时像野人一样猛冲，后期很可能会节奏紊乱，在最后的几英里痛苦挣扎，好像你突然老了四十岁。但如果看看比赛结果，像二〇一三年的上尾半马中，一百多个日本大学生都跑进了六十五分钟，你就不得不问：为什么冠军才跑六十二分半？有这么多实力雄厚的选手，至少也得出一个半马跑进六十分钟的人吧？

保拉·拉德克利夫曾把马拉松世界纪录一举缩短近两分钟。一般来说，新纪录只会快上几秒，因为选手只需要比世界纪录的速度快一点点就可以了。当然，这种思路是很合理的。如果你眼前是以最快速度跑完特定距离的人，试着比这个人再跑快哪怕一丁点，已经是一个很狂野的想法了。

但那天我和她提起这些的时候，拉德克利夫告诉我，她根本不知道自己的速度有多快。

"我从来没有想过要以某个速度去跑。"她说，"在我的整个职业生涯里，我的座右铭都是'不设限'。我跑的时候脑子里从来没有设置规定时间，也不会固执于每一段跑多少时间，如果你跑得比规定时间快，难不成还要慢下来吗？"

是的，我想大部分人都会设置规定时间。但要跑出非比寻常的速度，像拉德克利夫那样，像肯尼亚人那样，有时候你就得把秒表忘到脑后。我忍不住想，有多少日本选手在那场一万米跑中一直压抑着自己，只因为跑表告诉她们要跑什么速度？这种“日本的做法”，这么精细入微地计算单圈用时，是不是导致她们输给肯尼亚人的罪魁祸首？这个想法实在耐人寻味。

>>>>>

第二天，我回到了跑道上，这不是高水平的长距离赛事，给人的感觉更像是公司联谊运动会，而不是严肃的比赛现场。这天下午阳光明媚，所有人都心情愉快，彼此鞠躬微笑，互换名片。

我漫无目的地四处游荡，不想再看无聊的链球比赛。正好，我发现小串先生正和一个穿田径服的人说话。我不知道他是不是不愿被打扰。他老是把我抛在一边，说有事要做。他提起不少企业队的教练，但一位都没介绍给我。我试着走近点让他看见我，但又不想靠得太近，免得他不想引见却被迫要介绍我。这个距离很难拿捏，搞不好就会显得像是在跟踪他。幸好，他发现了我，还朝我点头示意，我便理解成他想让我过去。

“这位是日清食品队的教练。”他说，“去年的新年驿传冠军就是他们。全国冠军呢。非常优秀的队伍。”

小串先生告诉教练我住在京都，他露出一点笑意，好像我住在那里是什么好玩的事。教练说他老家就在京都。

“京都南边。”他说，“叫京田边的地方。”

“我就住在那里。”

他显然很吃惊。“京田边吗？”

我点点头，为这点缘分带来的小惊喜而高兴。

“你怎么会想到去那里住呢？”他看了看小串先生，小串先生点点头，证明我说的是真话，我确实住在京田边。

我和他说了学校的事。他说他知道那所学校，他堂兄的孩子就在那里上学。

“你一定得来东京看我们。”他说，我猜他说的应该是他们的长跑队。全日本大学驿传冠军队。这真是太棒了。

“乐意之至。”我说，心想怎么能现在就把这件事敲定，“我随时能去。”

“欢迎。”他说。

“万分感谢。”我说着鞠躬致谢。

终于进入圈子了，我想。

9

我们从侧面的小边门进入多福院[①]。门只有四英尺高，我们不得不弯下腰来。

“这让人谦卑。”麦克斯解释道。这种门逼你弯腰鞠躬。走进寺庙时，连武士都要把好战之心摒弃在一旁。

寺院里，一个身着华服的女人正等着我们，她眼睛很大，灰白的头发向后梳起，高高的发髻引人注目。她和我们说话时声音低低的，几乎像耳语一般。

“她说什么？”我问麦克斯，他站在那儿向她微笑，频频点头。我不知道是不是该把鞋脱了。

“她说我很帅。”他说，然后向我笑了笑，那笑容让人生不起气来。他脱了鞋，走上寺庙里架高的地板。我跟着照做，因为要解鞋带而落在了后面。我连忙赶上他们，脚下古老的木地板带来一阵美妙的光滑触感。

我们被带到一个宽敞的榻榻米房间，其中一面全是窗户，对着精心打理的日式庭院。之前下了雨，雨水像珍珠般缀满花园。我们坐在地上，安静地等待。招待的人把我们留在房间里，先离开了。

京都周边的群山中，住着一群跑马拉松的僧人。传说中（当然

---

①日本京都市的一座小型私人寺院。

不少电视纪录片也这么说)，比叡山的僧人会在一千天里跑一千个马拉松，以求开悟。成功完成这一挑战的人将广受尊敬和崇拜，被当作活佛或圣人看待。很少有僧侣选择挑战这项千日任务，或称回峰行，能成功完成的就更少了。在最近的一百三十年里，只有四十六位挑战者成功。我希望能见到其中的一位。

但我不能直接上山去敲他的门，只有受邀者才能与他见面，限制很严格。麦克斯一直努力帮我实现心愿。他认为京都北部这处私人寺庙里的一个女人可能是关键的突破口。她是寺主的妻子，认识其中一位马拉松僧侣。但她要先见见我们，才能决定要不要带我们去见那位僧人。我便换上最精神的衬衫，麦克斯则好好梳了个偏分头。我们坐在屋里，尽力做出一副有所感悟的样子，肃穆地观赏着窗外的庭院。寺庙里弥漫着沉静的气息，仿佛在这院墙内，连时间也停下了脚步。我几乎想躺下睡觉了。我昨晚半夜爬起来，给奥西安擦药膏。虫子似乎对他那来自异国的新鲜血液很感兴趣，每天晚上睡觉时，他浑身都会冒出新的包，痒得半个晚上扭来扭去，睡不好觉。玛丽埃塔也饱受刺痒之苦，炎热的天气令她的湿疹更严重了。

我十分疲倦，眼皮开始打架。此时，招待我们的人带着一个人回来了。她捧着托盘，上面放着一碗碗色泽明亮的绿茶，还有一些做得极为精致的小甜点，几乎让人不忍心吃。他们俩都坐了下来。她问我为什么想见那些僧人。

我告诉她，我总是疑惑自己到底为什么跑步。跑步十分艰难，让人筋疲力尽，我的双腿会感到疲累，有时候很难从沙发上或床上爬起来出去跑步。没人逼我做这些事，也没人要求我这么做。除了我自己，没有人在意我去不去跑步。但我总是会去，有些东西在背后推着我这么做。

我知道有些人跑步是为了减肥，为了健身，或者为了给慈善事业筹款。但对于我和许多跑者而言，这只是副产品。跑步本身就是它存在的理由。如果问那些跑者他们为什么要跑，大部分人都会一脸茫然地看着你。

我越想这个问题，越觉得我们跑步是为了和心中的某种东西产生联系，它深深地埋藏在俗世的层层伪装之下，被各种身份和责任所掩藏。跑步如此简洁、纯粹而残酷，把所有层层叠叠都撕开，暴露出其下原始的自我。这是一种难得的体验，一切都暴露无遗，这可以是某种对抗。有些人会止步于此，几乎被自己吓呆了，惊讶于心脏激烈的跳动，惊讶于大脑中的思想如此激烈地冲撞着，抵抗着我们想抛下它的念头。

但如果我们继续坚持，跑得更用力，跑得更远，更深入这一切所带来的蛮荒之感，逃离俗世，逃离生活中种种成规，这种疲劳感似乎就会消失，我们会感到灵魂出窍，即使那种疼痛仍然存在于肌肉中。我们的思维开始明晰，一种奇特的超脱之感开始降临，但同时又有一种联系感，与自我联结在一起。我们开始体验某种形式的自我实现。

“当然，这其中大部分是潜意识层面的感受。”我说，“但听说有些僧人正在有意识地做这件事，把跑步当成通往开悟的途径，我就想见见他们。”

她微笑着，仿佛明白我在说什么。沉默重新降临到这间屋子里，而后她才开口。

“可惜。”她说，“现在跑步都是为了比赛，不是为了趣味。”

“但这是现代社会，我们需要理由。”我滔滔不绝地说着。麦克斯频频点头，满脸微笑地为我翻译，怂恿着我继续表达内心的想法。

这个世界被设计成这副模样，以迎合理性的、合乎逻辑的头脑，我们需要可靠的理由和好处，才肯付出一点点努力。我们需要在眼前吊一根名为“马拉松”和“最好成绩”的胡萝卜，才能把这个奇怪的习惯合理化，早早起床出门跑步，然后回家，但实际上哪儿也没去。我们需要给跑步的习惯找些理由，建立一种秩序。它要能适应我们的生活理念，那就是奋力拼搏，追求目标。我们一直以来听的就是这一套理论。我自己也的确是这样做的。每当我打破个人纪录，达到某个目标，无论这个目标设置得多么随意，我身上都会涌起一股带着暖意的成就感。对此我无法否认。正是这种浅薄的意义激励我继续跑下去。但实际上，在内心深处，我知道这不过是个幌子。我真正想要的是逃开所有的规矩，逃离有条有理的生活中的复杂和混乱，去接触内心最简单的自我，那被忘在一边、被各种事物层层埋葬的自我。

那个女人露出微笑，点了点头。她又给我倒了些茶。我慢慢地深呼吸。此时此地，发表完这一番高谈阔论，跑步仿佛因此裹上了一层宗教含义。这感觉很对。如果我这么形容的是足球或网球，就该显得匪夷所思了。但现在人人都赞同地点头。他们这会儿也有想跑步的冲动，我看得出来。

那个女人告诉我，她以前也跑，但现在已经不跑了。

“我曾经很热爱跑步的感觉。”她说。

她的同伴一直坐在一边静静听着，他说他也喜欢跑步。

“孩子们都喜欢跑步。”她说，“这对他们来说很自然。”

“是的。他们越兴奋，就跑得越欢快。他们控制不住自己。”

她笑了。“是啊。”她说。

麦克斯起身去洗手间。没有他在一旁代为翻译，对话就中断了。

窗外，雨渐渐落下，滴滴答答地敲在窗上。麦克斯回来了，又重新坐好。

那女人告诉我僧人是穿着草鞋跑千日马拉松的。她曾经见过一位正在跑一千天挑战中的最后一天的马拉松的僧人，她本以为他的脚会红肿溃烂。

“但他的双脚光滑洁净。”她说，“仿佛他这些日子一直是在地上飘动，脚没有沾地。”

我向她问起听过的传闻，据说僧人如果不能完成千日挑战，无论出于什么原因，他们都必须自杀。

她说她不清楚。过去是这样的，但现在不一定了。没有人问起这个问题。事实上，马拉松僧侣身上有许多谜团。我还被告知不能去看他们跑步的确切路径，因为它太神圣了。

女人的同伴收起了茶碗和碟子，鞠躬致意，离开了房间。这意味着我们也该走了。她说她会联系一位她认识的僧人。我们要等一等消息，看他愿不愿意见我们。

回到寺外，世间纷扰依旧。出租车在揽客，西装革履的人赶着去吃午饭，自行车在路口等红灯，一个男人在调整店外的布置。麦克斯为我打开了车门。

“上车吗？”他看我呆站在原地，便问道。

“就来。”我说。我回头向寺庙望去，但木门已经关上了。我钻进车里，我们就此离开。

>>>>>

回到竞技赛跑的世界，立命馆大学校队又组织了一次试跑选拔驿传队队员，作为一次正规的田径比赛在静冈市举行。大家十分严肃地对待这些热身赛，常常出现不少好成绩。上周在东京，箱根驿传冠军日本体育大学就在校园里举行了一次类似的计时试跑大会，欢迎所有大学和高中参加。令人难以置信的是五千米跑安排了四十五场预赛，周日早上七点半开跑，一直到当天晚上九点二十才宣告结束。每组比赛平均有四十二位参赛选手，一共是一千八百九十人。这还仅仅是五千米项目。周六那天，一万米跑的参赛选手总数也几乎与之持平。

来日本之前不久，我也参加了在英国布里斯托大学举办的规格相当的田径公开赛，但预赛只有一场，我是仅有的四位跑步选手中的一个。女子赛跑甚至没有举办，因为连一位参赛者都没有。

东京举办的跑步比赛的水平同样令人印象深刻，连最慢的五千米分组里最慢的参赛者也跑出了十九分左右的成绩。在当天的决赛中，有三十位男选手跑进了十四分零五秒。在英国，全年只有二十位男选手能跑出这样的成绩。

立命馆大学在静冈的这场比赛，附近没有任何箱根驿传的参赛大学，其规模略逊于东京的计时赛。但我对这次比赛很感兴趣。

比赛在一座大型场馆里举行，这里最开始是为二〇〇二年的足球世界杯而造[①]。我大概是下午四点到的。快走到场馆时，天气还很暖和。穿着田径服的跑步选手正围着场馆的混凝土墙慢跑，迅速地经过彼此身边，双眼凝视前方，一语不发。

到处都是各支队伍铺的大块防水布，有些防水布上还铺了毯子，供选手候赛时休息用。在这里，他们也是小心地先脱了鞋才

---

①应为静冈县小笠山综合运动公园体育场。

踏上毯子。

他们让我到场馆的时候给那个助理领队野村打电话。这里不卖门票，也不用安检，我随随便便就走到了跑道边。一群女运动员从我身边掠过，痛苦让她们脸庞扭曲，每个人都仿佛受尽折磨，正被慢慢拖下烈火熊熊的地狱。

我沿终点前的直道走着。这里也有许多队伍的运动员坐在防水布上。西装革履的领队们看上去很专注，眼睛盯着赛况，手里握着秒表。铃声响起——选手们跑到最后一圈了。我听见身后传来阵阵加油声，队员和教练正为同伴呐喊助威。刺耳的尖叫声在空荡荡的场馆里回荡，选手们转过最后一个弯道，此刻正在终点前的直道上交锋，一个个冲过终点线，表情充满了痛苦和绝望。

最后一位选手还没冲过终点时，我听见一声发令枪响。在跑道的另一端，又一场比赛开始了。

我打电话给野村。

“我是芬恩。”我说，“你在哪里呢？”

他告诉我自己的方位，但我听不懂，所以试着告诉他我在哪里，在一百米跑起跑处。在赛场上。“嗯？”他听不懂。“尤塞恩·博尔特。”我说，想抓住最后一根稻草。话一出口，我就知道自己彻底把他弄糊涂了。

“博尔特？”他几乎尖叫起来，好像这位伟大的运动员就在场馆里一样。

最后，他总算看见了我。他在我身后的看台上挥舞着手臂。我走上去加入了队伍。大家都在等五千米跑开赛，比赛很快就要开始。他们见到我很惊讶，但都点头示意，说着“你好”向我打招呼，并告诉我宪司正在赶过来。其中一个叫笠原拓海的一年级学生会讲一点英语。他是一千五百米的选手，但在日本这一点意义都没有，所以他总是被迫跑更长距离的比赛，以求能加入驿传队。

日本的一千五百米纪录只有三分三十七秒，已经是十年前的纪录了。我一直在比较日本和英国，尽管心里偏向自己的国家，但日本总是占优势。然而在这一点上，情况就相反了。仅在二〇一三年，就有三名英国选手打破日本的国家纪录。跑得最快的日本的一千五百米选手在英国跑步史上只能排到第三十九位。

其中一个关键原因是像笠原这样的人刚开始跑步就被推到了其他项目上。在日本,如果你跑得好,就会被鼓励去跑驿传。这很可惜,因为笠原的身材显然很适合一千五百米跑。他比别的队员高，腿部肌肉也比较发达。他没有长距离跑者的轻盈身材。

所以今天早上，他参加了最慢的五千米跑小组预赛中的一场。他的成绩是十五分五十秒——比我的最好成绩快了一分钟——几乎排在最后。

“那距离对我来说很长，”他说，脸上挂着听天由命的神色，“但我努力了。”

不一会儿，月亮升起来了，像纸灯笼似的挂在场馆上空。宪司到了，带着满脸微笑，还说了几个振奋人心的笑话。他穿着干练的黑西装。最重要的比赛——五千米跑的十个最快分组的预赛——马上要开始了。

立命馆的队伍里还没有上过场的选手去热身了，我和宪司与笠原一起前往赛道，笠原答应帮我们翻译。

今晚的比赛根据参赛者的最快纪录分组，最后一组比赛是当晚速度最快的参赛者之间的较量。最先上场的那位立命馆的选手表现绝佳，像风一样跑完最后一圈，轻松夺冠。他身上带着一种坚定又认真的气质，身边有人开玩笑时，他总是恼火地看着他们。

“秘密炸弹。”宪司高兴地说。野村在我身后跟着，纠正了他。“是秘密武器。”他说。

“秘密武器。”宪司重复道，点了点头。八月的时候，这位选手还没什么亮点，现在突然像装了增强生物功能的仿生学装置一样厉害。宪司说队伍有所发展。“前十。”他预测校队在接下来的全日本大学驿传上能取得这个名次。如果预测成真，这可是了不起的成就——在参加全日本大学驿传的二十四年历史中，立命馆大学只取得过一次前十的成绩，那是在一九八四年，他们拿到了第十名。去年宪司还没来的时候，他们是第十三名。

每比完一轮，一群新选手都会涌上赛场，发令枪一响他们就出发。总体算来，女子赛一共二十场，男子赛一共十七场，每场大概有四十位参赛选手，但其中也有一些职业选手，还有那么几位勇敢的业余爱好者。

眼前的赛事如火如荼，我们站在弯道区的第四道上，身边还有许多别的队的教练和领队。队里的选手经过时，宪司靠上前去，给他们提些建议，同时也在和其他的领队打招呼。很多人都认识他，过来和他寒暄。大家互相鞠躬。不少人在交换名片。

“教授”和队长参加的是同一场比赛，但这次队长名副其实，一直紧追着领先选手直到最后，夺得那一组的第二名。而“教授”表情扭曲，扭头看着一边，因为吃力而眯缝着眼，大概排在中间靠后的位置。

“他是跑得最快的一年级学生。”笠原告诉我，有点佩服他朋友的跑步能力。

许多选手都绑着头带，带子一直拖到背上。他们都是高中选手。

在某种程度上，高中赛跑甚至比大学赛跑和职业赛跑更严肃。

“在高中时，训练强度太大了。”笠原告诉我。他是一年级新生，才刚刚高中毕业。“就像军队一样。”

我问他是不是更喜欢上大学。

“是的。”他说，为了表示强调，又对我笑了笑。

高中选手都剃了头发，脸上的表情肃穆而坚定。他们虽然年纪比较小，但也是比赛中不可忽视的力量，连速度最快的预赛组里也有他们争抢领先位置的身影。队友在旁边尖叫着鼓励他们，仿佛每一秒都性命攸关。我们身边的一位高中生甚至还带来了扩音器，响亮地喊着加油，压住了周围人的声音。在两百米处的半圈点的位置，一群拿着秒表的女人朝他们的选手喊出单圈用时。她们在同一时刻大喊大叫，真是一片混乱。

当晚最后一场比赛，队里的王牌和二号王牌都参赛了。笠原告诉我，王牌吉村想跑出十三分五十五秒的成绩，比他现在的个人最好成绩整整快二十秒。“他能做到。”宪司的助手野村说。他也来到了赛场上，和我们站在一起。他告诉我，队里每个人在这几个星期都跑出了新的个人纪录。现在队里一切都在往好的方面发展。

“明年，”宪司激动难耐地说，“前五。”他又在说全日本大学驿传。他伸出五根手指，大笑起来，自己也知道这个预测乐观过头了。

在比赛开始前的忙乱中，宪司介绍我认识了另一支队伍的领队。宪司告诉他，我在肯尼亚跑过，而且还和宪司说过肯尼亚人更喜欢在土路而不是混凝土路面上跑。那个男人听说后十分惊讶。

“在日本，”他用英语说，“在日本，只有混凝土路。”

这段时间里，我要么在混凝土路上训练，要么在跑道上训练。但日本总不至于到处都铺满了混凝土吧？

但我们没时间再多讨论了，比赛即将开始。王牌又高又瘦，像一条灰色的猎犬，显得十分克制，紧跟在领头的选手身后。那是个健壮结实的高中生选手，戴着眼镜，头上系着紫色发带。

他们六十五秒就跑完了一圈，以这样的速度跑完全程大概只需十三分三十秒。第四圈后，王牌渐渐被甩开了。刚开始差距很小，但随即开始拉大。其他选手嗖嗖地超过他，他看上去像是个在跑道上飘荡的被抛在后面的物件。二号王牌南云也超到他前面了，此时正慢慢跑过赛道，王牌被落得越来越远。

后来，我们发现原来是他的跟腱开始痛了。但他没有退出比赛保护伤处，而是坚持到了最后，一瘸一拐地跑到终点，最终成绩超过了十六分钟。我瞄了宪司一眼，他看上去忧虑极了，嘴唇紧紧抿在了一起，我决定还是暂时不要问他现在是怎么想的。

晚些时候，在赛场高处的阴影中，他们围成一圈做了全队总结。我不清楚宪司和他们说了什么，但王牌受伤后，队里人的情绪都很低落。我们似乎是最后一支离开体育场的队伍，大家孤独地走向电车站，宽阔的路边插满了旗子，这些旗子最初是二〇〇二年用来迎接世界杯的球迷的。

我发现自己与笠原以及“教授”走到了一起，后者的真名其实叫土井正人。他们正说着话，看起来想问我点什么。

“你喜欢日本漫画吗？”笠原问道，“教授”也看着我。漫画书在日本颇受欢迎。如果你走进日本的漫画书店，会发现里面挤满了各种各样的人，从生意人到年轻姑娘。没有人会因为在电车上看漫画而感到羞耻。但我并不算是个漫画迷。我看不懂，这不用多说，但我觉得要是说不出什么话来，会让这两个朋友失望。

然后我记了起来，我们刚到日本的时候，刚刚下船，累得几乎要瘫倒在混凝土路上，向导把我们带到了镜港市一个叫妖怪路的地方。这是个港口小城，这条街上到处装饰着一位著名漫画家的作品。这位漫画家名叫水木茂，老家就在这个镇上。我和他们说起了这件事。水木先生笔下最著名的角色是个独眼男孩，名叫鬼太郎。

笠原把我的话翻译给“教授”听，“教授”激动起来。“他高中时的外号就叫鬼太郎。”笠原向我解释道。

“你们喜欢漫画吗？”我问。“教授”的眼睛睁大了。

“喜欢。”他用英语说，“非常喜欢。”

他们说得对，他看上去不像个跑者，我觉得他也不怎么像教授。鬼太郎是个矮个子小鬼，留长了头发，遮住瞎的那一只眼睛，看上去确实和“教授”有点像。他还穿着装有喷气动力装置的木屐。这孩子跑得这么快，叫这个外号更合适。

离全日本大学驿传大赛只有几周了，十一月近在眼前，队伍的准备工作已经基本完毕。但王牌这一受伤，他们可能需要几个穿着喷气动力木屐的队员，才能跑出宪司预测的前十名的成绩。

10

在长崎市的一座小山上，九位跑步选手站成一排。六十八年前，就在这里落下了世界上第二枚，也是最后一枚原子弹。电视摄像机对准了他们，一小群观众在清晨明亮的阳光中挥舞着旗帜。枪声一响，他们跑了出去，冲下山坡。这是世界上最长的接力赛跑，七百四十公里的九州驿传的第一赛段。

我们还来不及看到他们跑过眼前，就得赶到媒体采访车那边去。这是我第一次看顶级的驿传比赛，光是能在现场亲眼见证就让我激动不已。宪司有位做记者的朋友，得知我千里迢迢来日本学习跑步后十分感动，邀请我来看比赛。他所在的报社是赞助商，所以他替我办理了一切证件。他说我可以坐媒体采访车，我以为是可以坐在车上，看着领先的选手在车后奔跑，全程观战，但结果并非如此。

驿传比赛的比赛距离不一，每个赛段的距离也不一样，其中九州驿传的比赛距离是最长的。这项比赛还有一个特点，它的参赛者包括职业选手、大学生选手和业余爱好者。日本第三大岛的九个区域各派一支队伍参加[①]，赛跑距离环绕全岛一周。至少以前是这样的，全程共一千零六十四公里，直到几年前才稍有缩短。现在赛道全长

①“日本第三大岛”指九州岛。按照行政区划，九州本岛共设有七个县。九州驿传的九支队伍，实际上分别是由九州本岛七县，与九州岛隔海峡相对的本州岛山口县，以及同属九州的冲绳县的选手组成。

仅七百四十公里。每天，每支队伍二十五位选手中的六位将轮流接力，每人跑大约十五公里。

这场赛事在二战结束后的一九五一年首次举办，当时的日本，尤其是长崎正努力在被原子弹轰炸过的废墟上重建家园。这场赛事充满了象征意义与历史印记。正因如此，比赛开始前一天的开幕式上，许多人面容悲戚，演讲也充满感伤，而且这届比赛将是最后一届了。

从某种程度上说，这个比赛是市场力量的受害者之一。日本的经济在多年衰退后深陷泥沼，九州驿传大赛已无法再让人充满想象力，就像日本另外一些驿传赛事一样。更重要的是，它无法再吸引全国电视转播的关注，所以失去了随之而来的广告收入。

这可能是因为足足要跑上十天（现在已经在缩短距离后减为七天），这么长的时间无法让人持续关注。在日本，闲暇时间得来不易。箱根驿传之所以如此有名，要归功于它被安排在日本寥寥的几个国家法定假日期间。

九州驿传大赛境况不佳的另一个原因，可能是它本质上是一项远离东京的地方性赛事。在它的整个历史上，只有两支队伍曾在这个比赛上夺冠。

官方给出的撤赛理由是警方声称道路交通太繁忙，维持如此大规模的比赛的治安十分困难。比赛期间道路并不封闭，在跑步选手们身边，人们的生活一切如常。第一天的比赛中，一位选手必须停下来等待火车经过，让对手取得了关键优势。

我还听说，其中一些职业队还在到处游说，想停止这个比赛，怕它对于选手来说太危险，负担也太重。大部分顶尖选手在七天内至少要跑两个赛段，有时候还要跑三个赛段。

肯尼亚已故的奥运会马拉松冠军塞米·万吉鲁是史上最伟大的公路跑选手之一。他在日本生活和训练期间，曾几次参加九州驿传。本地人还记得他，也十分喜欢这位选手。“我们以前会冲他喊，说他在公路上超速了。”有人开玩笑说。

在开幕式上，一位眼含热泪的组织者回忆起这项赛事中出现过的伟大选手，其中就包括万吉鲁。在这个清单上，我也听见了宪司的名字。宪司曾七次参加九州驿传，他的队伍七次都胜出了——有一次，他还被选为最佳跑步选手，或者叫作最有价值选手。

他说他第一次参加这个比赛时还只是个十八岁的高中生，那次经历告诉了他驿传是多么艰难——那年他跑了四个赛段，只在其中一个赛段中获胜。“这是无与伦比的经历。”他说，“它为我的职业生涯打下了基础，第二年我就加入了一支企业队。”

史上最后一次九州驿传的开幕式在长崎火车站举办。刚开始时人头攒动，似乎都是特意来见证此次活动的。但在穿着队服的运动员逐一落座、演讲开始后，大部分人就跑掉了，他们被一辆刚到站的崭新的豪华电车吸引了注意力。这趟列车刚刚结束了第一次运行。车上的乘客都是年长的显贵人士，他们下车后专门被安排在车站大厅观赏一场热闹的舞龙表演，而运动员们坐在原地，几乎听不见驿传比赛的赞助人和教练如何哀悼这一赛事的终结。

这样谢幕实在悲伤，一辆豪华列车就夺走了它所有的风头。

我还是忠实地留在那里，看着不同队伍的教练和领队轮流上台发言。福冈队的教练上台时，我的联系人——那位报社记者——靠了过来，小声说：“他在巴塞罗那奥运会上拿了银牌。”

福冈队是赢得比赛的两支队伍中的一支，共拿到了二十五次冠军，另外三十六次的冠军则被宫崎队收入囊中。

但福冈队的教练打算抓住最后的机会，用这最后一次胜利的荣誉一雪前耻。

“赢了多少次不重要。”他说，“最后一战才至关重要。我们会竭尽全力，夺得最后的胜利。”

>>>>>

媒体采访车把我们带到了第一赛段结尾的接力点。算上我在内，车上似乎只有三位记者。我那位报社的朋友埋头坐着，手捂着脸。他看上去有点反胃。车一停，他就冲了下去，跑进了最近的建筑。我也不知道该干什么，只得站在太阳底下等选手们到达。赛道两边站满了走出家门给选手加油的人。这让我想起了环法自行车赛。不少家庭都挥舞着代表九州的旗子，还有些老太太系着围裙就出来了，让人觉得她们是把烤箱里烤到一半的食物扔在一边，趁选手经过时赶快跑出来看看。

“对我来说，驿传是所有运动中最激动人心、充满趣味又惊险刺激的一项。”我和一个男人简单聊了聊，他这么对我说道。在接力点，下一名要开跑的选手不断地走来走去，准备随时出发，正等着他们的队友出现。突然间，他们来了，挣扎着跑过最后几米，伸出手把接力带递过来。他们传递的是那条“襷”，那条驿传的象征，那条把所有人连接在一起的链条。

跑完赛段的选手踉跄着踏过终点，催促下一位选手加油奔跑，然后整个人瘫在地上。其他队友跑上去把他们扶起来，给他们裹上毛巾。这个场景充满了戏剧性。

这交接的场景就是驿传的关键看点，也是这种运动形式如此引人入胜的原因之一。电视转播总是流连在这些场景上，观众们得以看到比赛最精彩的部分，不断地重温选手开跑和结束时的表现。每次交接,赛况都为之一变,新选手就此上场。仿佛每过二十公里左右，比赛都重启一次，变得面目一新。

今天的比赛只有九位参赛选手，第一个接力点的精彩场面很快就结束了，我们又回到车上，急匆匆地赶往下一站。报社的朋友勉强赶了回来，瘫坐在座椅上，闭上了眼睛。我后来发现，为了庆祝这次比赛，前一晚他们一群报社记者出去喝了酒，他现在正被宿醉折磨。

这辆车不能说是媒体车，更像是一辆保姆车，只要是跑完的选手，都被接上了车。其他的交接场景我们一个都没赶上，我原本是来看比赛的，却被比赛造成的堵车卡在路上，在车上待了一天。第一天刚到半途，我那位报社的朋友就不见踪影了，只把我一个人扔在越来越拥挤的车上。我试着采访了几位运动员，但没有一个人会说英语。我坐了回去，闭上了眼睛。

我正神游天外，听到一个熟悉的口音。那是一位肯尼亚选手，他正在接受日语采访，他的日语似乎说得不错。等那位记者折磨完他，我便挤过去和他说话。

“嗨。”我说。

他十分谨慎地看着我。他可能想着刚才就是最后一场采访，还以为总算能好好坐下休息了。

“说英语行吗？”我问。

“可以。”他说着，四下看了看，似乎想弄清楚我在这里做什么。我告诉他我在写一本书，我去过肯尼亚，想跟他认识认识。他告诉我他是某支大学队的选手，来日本三年了，在肯尼亚长大，他家离塞米·万吉鲁家不到一百米，就是那位曾住在九州、多次参加这一驿传比赛的奥运会马拉松冠军。

“我来九州，是因为一位朋友从这里的大学毕业了，需要找人接替他。他推荐了我。”

他说能来日本让他很高兴，这是个不错的机会。但当我问起这里的训练时，他突然激动起来，开始说个不停。

“训练,不好。”他摇着头说,“这里的人喜欢运动员,这真的很棒。他们比别的国家都热情，比肯尼亚还热情。但训练得不好。如果他们采用肯尼亚的训练方法，那全世界的纪录都会被日本垄断。”

这话口气可不小。一直到现在，我都在试着弄清为什么日本人这么擅长跑步，但实际上，也许我该问的问题是为什么他们会输给肯尼亚人和埃塞俄比亚人。他说得对，说到基础设施和物资支持，日本是远远领先于其他国家的。

但训练到底出了什么问题?

他给出了一个让我吃惊的回答。“他们训练得太多了，也太早了。”他说，“我在内罗毕的时候，一万米跑的最好成绩是二十八分五十二秒。来日本三年后，最好成绩才二十八分三十二秒。今天跑的这一赛段，我是最快的。但两天后，就是星期三，我又得跑一个赛段，又是十七公里。到了星期日，我还要参加另一场大型的大学驿传比赛。

“到了二十五岁，日本跑步选手的运动生涯就结束了。他们还是小孩子时就练得太狠，而且几乎都是在沥青路上训练。”

这是问题吗？我问他。

“是个大问题。”他说，“而且，你也知道，日本男人都像独裁者一样。”

他说这些话不能对这里的任何人说，他只能适应环境。但看得出来，他很担心这会影响未来的职业生涯。然而，许多肯尼亚人和埃塞俄比亚人都来日本训练过，表现也很好。

“那些成绩好的肯尼亚人，”他说，“在大型比赛前会回肯尼亚，以减少训练量。”

日本人跑得更慢是因为训练强度太大，这个说法看起来不合常理。世界上有很多跑者认为，如果你每个星期能跑一百五十英里就能进步，无法完成目标的人一定是因为懒惰。但肯尼亚人不太在意跑步量大不大。我在肯尼亚那段时间，比起他们跑步的量，更惊讶于他们对跑步训练的闲散态度。当然了，他们跑得也不少，大部分时候是每天跑两回。但他们休息得多，大部分肯尼亚选手每周都会休息一整天，还经常逃掉训练，如果某天觉得累了就随便跑跑敷衍了事。

在日本，跑步选手要无条件地服从教练的指导，大部分教练则根深蒂固地相信只有努力才能成功，所以跑得越多越好。选手自己感觉疲劳不是取消训练的合理原因。这就是为什么在九州这位肯尼亚选手觉得日本教练太专横，因为他们老是指手画脚地命令他。

英国历史上速度第二快的马拉松女选手马拉·山内嫁给了日本人，她的职业黄金时期有五年是在日本度过的，生活和训练都在日本。但她从来没有加入任何一支队伍。

“在日本如果进了队伍，”她说，“你就得乖乖地听教练和领队的话。但我不是那种盲目听从命令的人，必须知道自己为什么要做某件事。”

虽然日本的科技发展居于全球领先地位，体育训练方面的传统做法却远远称不上科学。

罗伯特·怀丁在他有关日本棒球的《和谐为上》一书中写道："日本人认为只有埋头苦练才能达到身心合一的境地，而这是打败对手的必要条件……在这片富饶但狭小且物资贫瘠的土地上存在一种传统看法，所有东西都来之不易，只有通过努力，通过在逆境中坚持不懈，才能够成功。"

他还指出，日本的国家级电视台 NHK 的一项调查显示，努力是在日本"最受欢迎"的一个词。

马拉·山内的丈夫兼教练成俊说，从跑步的角度看，日本对努力的执着可能会导致一些问题，因为在跑步上，巧妙的训练技巧很重要，不能总是追求更高的训练强度。

"在日本，科学和奋力工作的理念总是会产生冲突。"他说，"因为这已经深入人心，人人都认为只有努力才能成功，绝对不能用科学反驳。要让这种观念起效，就绝对不能去思考，不能质疑我为什么要这么做。你必须顺理成章地接受它。"

但有时候，做得少一点反而是好事。至少在跑步上，总是跑得更多可能会十分低效，也可能导致伤病或耗尽热情。

史蒂芬·玛亚卡是日本第一批肯尼亚跑者中的一位，一九九〇年就来到了日本，据他说，当时全日本只有十五位肯尼亚人，大部分在大使馆工作。

"我走进店里的时候，人们会尖叫。"他回忆道。近二十五年过去了，他依然在这里。如今，他是一位猎头，时常回肯尼亚寻找新的人才，为日本的企业队和大学队输送新鲜血液。

然而，他似乎已经完全接纳了日本的训练方式。

"肯尼亚人不想努力训练。"他说，"但他们没有意识到，在低海拔地区，你必须练得更苦。"他说大部分肯尼亚人有单独制订的训练计划，所以不需要跑太多。

虽然他关于低海拔要多训练的说法可能有一定道理，但是肯尼亚人在日本和其他地方的惊人成绩让人很难批评他们轻松的训练方式有问题。

宪司说他相信应该采取更克制、更理性的方法。他抱怨说，在日本，一切都要让步于传统和教练的突发奇想，而不是尊重科学。他非常喜欢美国教练阿尔贝托·萨拉萨尔，就是我曾在莫斯科的卢日尼基体育场碰巧见过一面的那一位。萨拉萨尔一手把莫·法拉赫送上了世锦赛和奥运会的五千米及一万米跑的冠军宝座，令他击败了所有的肯尼亚人和埃塞俄比亚人。

“萨拉萨尔说的很多东西都非常准确。”宪司告诉我，“他用数据和百分比来表达，而不是泛泛而谈。是科学，而非直觉。”

他说，他成为立命馆校队的教练后做的第一件事，就是减少队员们的训练量。他来以前，队员会高强度训练两天，然后低强度训一天。他一上来就改成了一天高强度，两天低强度。

他还会把训练安排解释给队员听。他希望他们能明白为什么要这样训练，而不是盲目地纯粹遵守教练的指令。

宪司站在两条道路的交叉点上，其中一条是传统模式，教练独裁专断，信奉无休无止的训练，信奉努力，要跑到力竭为止，而这条道路正受到质疑。没有人鼓励他走另一条路。宪司告诉我，经常有人批评他的训练方法。

“我就是那枚出头的钉子。”他说，“但我希望小时候能知道现在我知道的这些东西。我本来可以赢奥运会金牌。但当时，我只是乖乖地听教练的话。”

>>>>>

媒体车驶进停车场，停了下来。所有人都下了车。我想我们应该是到终点了。堵车堵了好几个小时，比赛早就结束了。我们面前似乎是个仿造的荷兰小镇[①]，有风车、运河，广场上开满了咖啡店，店里卖过分昂贵的法棍面包。我甚至觉得自己也成了一件展览品，因为有一群打扮成十九世纪贵妇模样的女人冲我招手，让我过去和她们合影。我吸引了太多关注，这弄得我有点狼狈，此时那位报社的朋友突然再次出现，把我救了出来。

现在他看上去气色好多了。他想带我见一位教练，叫森下广一。"他在巴塞罗那奥运会上获得了银牌。"他说，眼睛紧紧盯着我。我点点头，他已经告诉过我了。森下不仅在九州带福冈队，同时还是一支职业驿传队的教练。我可能终于等到了进入职业长跑世界的机会。我在东京田径赛上认识的日清食品队的教练，老家在京田边的那位，一直不回复我的邮件，不和我敲定见面的时间。

报社的朋友把我带到假镇子里的礼品店，他另外两位同事也在那里等着。教练们都在楼上开会，他们这样告诉我。他们希望等教练开完会出来，能和他们说上两句。其中一位同事凑了过来。

"森下先生就在楼上。他在巴塞罗那获得了银牌。"他说。

我点点头，做出十分赞赏的样子，假装并不知道这件事。我们身边都是孩子，他们在看店里的玩偶。不知为什么，里面有很多海盗玩偶。我挑了一个，想买给奥西安。这时报社的朋友扯住我的手臂。教练出来了。我们拥了过去。

---

①应为豪斯登堡，日本三大主题公园之一。

报社的朋友把森下教练拦下来，向他鞠躬，同时伸出一只手将他往我站的地方引。教练疑惑地看着我，报社的朋友正跟他解释我是谁。我们握了握手，我手上还拿着海盗玩偶，场面有些尴尬。

“很高兴认识你。”他说，“我现在得走了，谢谢。”说完，他就匆匆离开了。

>>>>>>

采访比叡山僧侣的计划也已经搁置了一段时间。终于，麦克斯从京都那所寺庙的女人那里得了消息。她的丈夫，就是寺主也决定见见我。

“在日本就是这样的。”麦克斯告诉我，“尤其是在京都。你得打通很多关节，才能把事情办成。”

于是几天后，我们回到了先前那座私人禅寺。我早早就到了，决定先去附近的龙安寺逛逛，就在街对面。这是日本最举足轻重的寺庙之一，尤以寺中的枯山水声名远扬。

我进入主殿时，身边正好有一大群女中学生。等我排队放好鞋，穿过第一群学生时，时间已经快到了，我该走了。我和大家一起站在寺庙的游廊上，看着庭院的景色。

这是一个布满碎石的方形庭院，中央还有几块突起的大石头。碎石被耙出整洁的曲线纹理。庭院所表达的意思，即使曾经确实意有所指，在这么多年后也早就散失了。枯山水已建成五百年，尽管确定的日期并没有人清楚。我从门口领的小册子上写着，这个景致可能是要模仿从浓雾中冒出的山峰，也可能描绘了小老虎在河里游泳的样子。

我肯定漏掉了一些东西。游人专程前来欣赏这方庭院已逾五百年之久的历史，但我感觉它有点像皇帝的新衣。我都能想象我家的一个孩子站在这里，说：“但这只是几块古老的石头啊。”

我走开了，免得被那群女学生挤到身后的游廊上。木地板在我穿着袜子的脚下光滑得令人迷醉。这光滑的触感是被无数饱含崇敬、小步走过的双脚摩挲出来的。

回到那座寺庙，麦克斯正站在门外等我。我们弯腰走进低矮的门，麦克斯撞到了脑袋。

“还不够谦卑。”他微笑着说。

寺庙前，一个穿着田径服的男人正在打理庭院。他听到了脚步落在碎石上的声音，抬头看向我们。

“噢，你们来早了。”他用英语说，随即走开了。

“就是他。”麦克斯说，“寺主。”

几分钟后，他穿着僧服回来了，那是一件样式简单的棕色长袍。他领着我们回到了上次那间榻榻米房间里，我们安静地坐下，寺主夫人给我们上茶。空房间里的寂静再一次充满我的心灵。我看着阳光落在庭院中，等他开口。气氛毫不匆忙，也并不令人尴尬。

“你的日本之旅怎么样？”他终于开口问我。我和他说起列车之旅。我们谈到我的几个孩子和肯尼亚。他告诉我，他曾和法国天主教堂的修道士参加过交换项目。这个项目是教皇约翰·保罗二世策划的。

他说，修道士们来的时候去看了街对面龙安寺的枯山水。一看到那个景致，他们就坐下来不愿意走了，完全着了迷。

我告诉他，我今早也去看了。

“你悟到什么了吗？”他问我，嘴角带着一丝坏笑，仿佛知道这问题是个陷阱。有那么一瞬间，我真想天花乱坠地说一通，但知道那听起来肯定很做作，连我自己都会觉得做作，更何况是面前这位禅宗寺主呢。因此我认为实话实说才是最好的选择。

“什么也没悟到。”我说。

他似乎一点也不吃惊，但我忍不住要找些借口，做点解释。当时人太多，我又赶时间。我清楚这种东西是需要足够的时间和空间去体悟的。别的寺庙充满魔力，是因为我参观的时候满心崇敬，十分虔诚。但像这样赶时间，身边又有一大群游客，那感觉就不对了。重要的不是场所，而是你和那个场所之间的联系。

他若有所思地点了点头。这地方有种力量，总是令我夸夸其谈。我向他问起跑步的僧人的事。他能帮我联系上他们吗？

他告诉我，那些僧人中最负盛名的那一位刚刚圆寂。他完成了两次千日挑战，这极其罕见。所以现在不是联系他们的好时机。我们得等上几个星期，他说。

他改用日语，开始告诉我更多关于那些跑步的僧人的事。他说在千日挑战这种不断运动的行为背后，真正的目的在于耗尽精神、自我和肉体，直至空无一物。

“当达到这种空无时，就会有东西突然间自动生发出来，填充这片空白。”

他模仿了气泡破裂的声音。

这种东西，他告诉我，就是潜藏在我们表面的生活之下的庞大的意识，超越了平庸日常的经验。那是与宇宙合一的感觉。

我们在沉默中静静坐了一会儿。或许是感觉到寺主已经说完了要说的话，寺主夫人无声地走进房间，弯腰收拾茶杯。她对我们友好地微笑，她的丈夫站起身感谢我们前来。

在出去的路上，就在寺庙门口，我们停下脚步，看向一座小小的用木头雕成的神明的塑像。一进寺庙，最先映入眼帘的就是它。

“你知道这是谁吗？”他问我，又说起了英文。我摇摇头。

“韦驮天。”他说，“奔跑之神。”他拍了一下手。“就在这么短的时间里，”他又拍了一下手，以示强调，“就在这么短时间里，他能绕着地球跑上七圈半。”他露出胜利的微笑。

“比尤塞恩·博尔特快。”他说。

11

我再一次回到宪司的绽放队，是为了参加他们的月度训练，就在离我住处不远的京都举行。现在已经是十月初，但依然十分暖和，气温二十七摄氏度左右。我们在一个大篮球场外集合，躲在树影下。地上铺好了塑料布，让我们放包用。宪司的一位才能出众的女学生在这里帮忙计时。她受了伤，不能上场跑步。她露出坚毅的微笑，告诉我她的膝盖必须做手术，整整一年都不能跑。宪司做完手术到现在还是不能恢复训练。他像个老海盗一样到处跳来跳去，只不过他率领的是兴致高昂的绽放队的队员，他们都身着氨纶面料的运动服，正迈着碎步地跑着。宪司的一位助手大声念出今天的温度和湿度，他们都在自己的训练日志上整整齐齐地记下这些信息。

记录完后，我们便出发去做热身跑。这次麦克斯又来了。他告诉我，他一直在独自训练。他说想报复上次训练中超过他的几位跑步运动员。“我现在肯定走上正轨了。”他说，“等这六个月结束，不光是你，连王牌都要对我有所忌惮。”他都规划好了，说自己在训练的时候仅用五十分钟就跑完了十公里。下个月他要将这个时间缩短到四十五分钟，然后是四十分钟，然后是三十五分钟。

“再下个月就是三十分钟啦？”我问他。

他冲我咧嘴一笑：“谁知道呢。为什么要给自己设限？”

慢跑时，在我身边一起跑的女人告诉我，第一次在大阪训练的时候我击败了王牌森田，他有点不高兴。那天是我第一次来训练，这么做可能不太礼貌，我想，于是道了个歉。

“别啊，加紧跑，让他更难过点。”她笑着说。她似乎是在营造某种对决的气氛。今天的训练内容是五公里计时赛。至死方休的计时赛。

“他今天不跑。”另一个跑在我们前边的人回过头对我们说，“他受伤了。”

我们回到起点时，森田正好就在那里，很难看出他是否在生气。他从刘海后面向我投来阴沉的目光，但似乎他平时就是这么看人的。他今天只慢跑。只是一点小伤，他说。

我问他是否还参加上次邀请我去的将在琵琶湖举行的驿传赛。“当然参加。”他说，跳过麦克斯直接和我说起了英语。他有种美国口音，这让他看起来更像查尔斯·布朗森。“到时候我的伤肯定好了。”原来他在加利福尼亚的圣地亚哥住过五年。他们以前都叫他墨西哥人，因为他长得有点像墨西哥人。“你要跑的那一段就是五公里长，今天的练习非常适合你。”

我必须承认，我本来期待会有比五公里计时赛更激烈点的内容，而且经历过前往日本的那趟旅行后，我还在努力恢复最佳状态。天气这么热，我很难判断自己能跑成什么样，我觉得现在还没有回到几个月前刚踏上列车之旅时的水平。

既然森田不跑，我便决定刚开始跑的时候轻松点。先跟在领头的队员身边，然后再慢慢加速，我这么盘算着。但第一个上坡刚爬到一半，计时还没过二十秒，我就加速冲了出去。

开头这段礼貌有加的谦让真让人精疲力竭。日本的情况比英国还糟糕。你站在前边吧。别啊，还是你站在前边。我们都排好队准备出发了，绽放队里却没有一个人愿意站在最前面。也就是说，所有人都离起跑线二十码远，尴尬地围成半圆形。别做出头的钉子。别做任何自以为是的事情，包括在开跑前排在队伍最前面。但总得有人站在最前面。我便过去了，大步跑进前方炎热的空气，跑进从篮球馆里涌出的人群，跑进周末到公园周围散步的一家家的游人。

跑到第三圈，我已经蔫了，阳光灼烧着我的眼睛，腿也被烘烤成了软面条。我挣扎向前，在最边上奔跑，汗水哗哗地流过太阳穴。我看见森田从前面朝我慢慢跑过来，十分沉静地缓缓跑着。擦肩而过时，他对我微微鞠了一躬。我瞟了一眼身后，有一个人正在试图拉近距离。我想起宪司的话，“在驿传比赛中，你永远不会让任何人超过你”。我又加了把劲，想象着我是为自己的队伍而跑，于是坚持到了最后，以十九分十四秒的成绩“赢”了这一场。这个成绩不能说是最好的，更比不上我的五公里纪录，但考虑到天气炎热，还不算太糟。在琵琶湖举行的比赛几周后即将开跑，我希望能做好准备，尽一份力。

麦克斯跑进了二十四分。他确实进步了，看上去不再像足球运动员似的左摇右晃，更像一位跑者。“对。”我告诉他时，他说，“我正在努力练这个，保持跑直线。”

大家都跑完之后，我们像往常一样围成一圈开总结会，宪司给了我们几条建议，告诉我们训练之后的休息有多么重要。宪司说，在他十二年的职业生涯中，他只喝过四次酒。他环视四周，发现大家没怎么注意听。他们想送他一份礼物。原来，这是绽放队的第二百次训练。有人一直数着呢。为了庆祝这一里程碑，他们送给宪司一盒咖喱粉，还有一个定制的名片盒。

“估计这两百次，他每次都参加了。”我说。

“绝对都参加了。”麦克斯说，“上次他们告诉我，有一回他是拄着拐杖，脚浸在一桶冰里出现的。”

>>>>>

琵琶湖那场比赛当天早上，我和森田早早约在京都的电车站碰面。他面带微笑，不像平时那样阴沉。现在才周六早上七点，车站里却已经人流如织。不少人都穿着运动服。在日本，人们很少有空闲时间，所以有空的时候很少有人用来睡觉，都想好好利用。周末早晨的车站比一周中的其他时候更繁忙。

走向站台的路上，森田告诉我，他的伤已经好多了，但一个月没好好训练了，而且队里有两个人退出。

“他们得去工作了。”他说。

其中一个替补是小野，他是八百米项目的运动员、私人教练，还是兼职模特。他也受了伤，也是一个月没跑了。我见到的每一个人似乎都有伤病。小野还得早上四点钟起床见大阪的客户，所以累得够呛。我开始猜测，这么高的伤病率是不是和日本人睡眠时间太短有关。

根据美国国家睡眠基金会最近一次的全球睡眠习惯调查，日本劳动者的睡眠时间比世界上任何国家劳动者的睡眠时间都短。无论什么时候登上日本的电车，你都能看到半车厢的人闭着眼坐着，试图补补觉，头像驴似的一点一点的。就连在办公室里，也时常有困倦的员工在桌前睡着。这种做法叫居眠，也就是“打盹儿”，这不仅不会招人非议，反而还被视作全心全意为工作献身的证明。

有一天，我受邀到立命馆大学发表演讲，主题是我在肯尼亚的经历，现场来了大概两百多个学生，坐满了整个报告厅。我开始前，平时负责上课的讲师偷偷过来小声说："等一会儿你演讲的时候，可能会有很多人睡着。他们不是不尊重你，平常就是这样。"

他说得没错，我才讲了十分钟，就有人开始打盹儿。等我讲完，报告厅里近三分之一的人已经进入梦乡。我很高兴事先有人提醒我。

然而，不睡整觉严重影响体育竞技状态。美国的某项研究显示，青少年运动员如果保证每晚八小时或八小时以上的睡眠，在运动中受伤的可能性就比习惯少睡的运动员低百分之六十八。这其中的差别十分可观。美国睡眠基金会的调查则显示，平均而言，日本劳动者每晚睡眠时间仅为六小时二十二分钟。

"嗨。"替补队员小野朝我们打了个招呼。我们是在车站碰面的，碰面时他还打了个大大的哈欠。他高大得惊人，看上去更像是一位太平洋群岛上的橄榄球选手，而不是来自日本的跑步运动员。"很高兴认识你。"他能说一口流利的英语，还眨眨眼并和我握手，很少有日本人这么做。我有些措手不及。

前往赛场的路上，我们的队长——王牌森田告诉我，他在市场部工作，负责推销一种新型保健品。我问他具体是哪种，他说是"在醋的基础上开发的"。他其实只跑了几年，马拉松最好成绩才三小时二十六分，比我的最好成绩慢了半个多小时。他以前是山地车选手，但自从朋友骑车受了重伤后，他就决定再找一种一个人就能做的运动。

刚开始他在另一个俱乐部跑，但那些人跑得太慢了。于是他加入了绽放队。

"我第一次和他们跑，就发现这支队伍水平比较高。"他说。

我问他之所以加入绽放，是不是也因为能和宪司一起跑。

“不。”他说，“我当时不知道他是谁。那时我还不是长跑迷呢。”

>>>>>

我们在开赛前一小时到了琵琶湖。队里的一名女选手带了一张地垫，铺在起点附近。我们把包放了上去。然后大家都开始热身。我觉得现在热身有点早，便先按兵不动。我四处张望，想找个地方坐下。如果坐在草地上，会不会招来强烈抗议？草地是干的，但既然他们不愿意把包放在上面，如果看见我直接坐了上去，大家会怎么想？我看了看别的队伍，没有一个人坐在草地上。有些队伍甚至搭了帐篷让人进去坐。

我试着坐在一棵大树的树根上，但太硌了，最后我只得选择慢跑来消磨时间。

我找到一处清静的地方，决定先停下，在这里看着我们队领头的几位队员跑过。我坐在草坡上，没人看得见我。跑道沿着马路一直延伸到湖边，穿过染上秋色的枫叶林，又掉头回到终点，每个交接点都竖了一个黄色充气大拱门。我是第六个要跑的，还要等一个钟头。

这场驿传比赛的参赛队都由四男三女组成。我们的第一位选手就是上次那名女队员，她告诉我森田在训练时被我击败后有些不高兴。开赛前，她给我看手机里她的猫的照片，开比赛的玩笑，想逗森田生气。他没上钩，而是对她露出了富有布朗森特色的阴沉表情。

虽然出发时速度很慢，脚步充满试探，但等到这一赛段快结束时，她已经把外套扎在腰间，双臂像拳击手一样前后摆动，从一群对手中脱颖而出，似乎他们都黏在糖稀里挣扎扭动，而她周围的糖稀远没有他们身边的那么黏稠和令人泄气。所有人都挣扎着跑过终点，但她还是在八十多位竞争者中跑到了第二十九位。

我们的下一名选手是个六十岁左右的男人。他在京都一所学校里当老师，想和我聊聊他们学校的驿传队，但他的英语同我的日语一样糟糕，我只弄清楚了他们学校有这么一支队伍，再没有别的进展了。好像他妻子也在驿传队里，我猜。

他出发时的速度很稳定，前几百米就有几个跑得飞快的年轻人超过了他。我做好了最坏的打算，等到他这个赛段的最后，他从山坡上气势汹汹地跑下来冲向终点，大口喘着气，双腿移动得很慢，但我们的排名只是又落后了几位而已。

我努力想给自己酝酿一点团队感情。我希望在接过接力带时，能感受到那种精神，那种重负，仿佛整个队伍的责任都压在肩上。我每往前追一名，都至关重要；我哪怕只下滑一位，也会刺伤全队人的心。这就是驿传的关键，别人告诉我，要为队伍而战。但队里大部分人我今天早上才刚认识，我心里的热情不像燃烧的火焰，更像是在寒冷的早晨搓搓棍子带来的那么一丁点热度。我不知道这能否激励我跑出什么好成绩。队里其他人看起来也不怎么在意比赛结果，这对我试图点燃激情没有半点帮助。

>>>>>

轮到我了。我和身边的四十多名选手一同站在一个围栏中，每个人都是身材细长的正儿八经的运动员。大家都把最强的选手留到最后了吗？我是七个赛段里第六个上场的。我刚才跑去热身了，不知道我们队现在表现怎么样。但我做好了开跑的准备。

我得集中注意力。他们在大声念号码，让选手去排队。我在等着那声四十二。等他们喊出你的号码，你就得上赛道，在队友跑到面前时抢过他手里的接力带，那条象征性的带子。每个队都要带着它，从比赛开始一直到比赛结束。

一位选手跑到我们眼前，发出一声号叫。接替他跑的下一个人显然在做白日梦，根本不见踪影。突然，他从我们之间跳了出来，抓起接力带飞奔而去，留下刚到的这位选手停在原地摇着头抱怨。

另一个人踉跄着通过终点，缓缓倒地，滚了一下，在地上躺了几秒。两位工作人员过去扶他，他才站起身来。

“四十二。”广播里喊道。该我了。我站到跑道上。好像规定要朝过来的选手挥手，让他知道你在等他。我便挥起手来。过来的是森田，他是视野里唯一的一个人，还不错，这意味着我不用担心有人紧跟在我身后。

他把接力带交给我，一句话也没说。我套上接力带，之前练习过，要先套在头上，然后把尾端塞在短裤里。我从黄色拱门外出发，队友们在路边爆发出一阵欢呼。好，队友们，我这就开跑了。

我一个人跑着，但前方远处还有人可以追赶。我跑过时，路边的人交头接耳，显得十分惊讶。我愿意把他们的反应理解成我跑得实在太快，但很显然，他们只是惊讶于我这个外国人会来参赛。这么多选手中，只有我一个不是日本人。我跑得这么快，也多少加深了他们的惊讶，对吧？

当然了，我跑得也并不是特别快。我的五公里个人最好成绩是一九九一年创下的，那是个温暖的夏夜，我的长跑俱乐部没有做常规训练，而是举行了一场五公里场地赛。我当时十七岁，和弟弟踢了一整天足球。跑道是用煤灰铺的，而且我当时从来没跑过五公里。

所以那天晚上，我没怎么在意这个成绩，十六分五十秒。二十二年来，我认真尝试了好几次，一直没办法打破这个纪录。从肯尼亚回来后，我的成绩是十七分十秒，但过去这两年里，我没有一次跑进十八分。

到中点前，这一赛段的路基本是缓和的上坡，路边的工作人员每隔五百米就记录一次我们的号码。我想这应该是在赛后做复杂的统计图表用的。不管怎么说，我现在开始超过前头的人了。一个，两个，三个……其中有几名选手跑得实在太慢，我都怕跑得太近把他们带倒。

转折点来得出人意料地快。我觉得才刚开始，就跑到回程的下坡路上了。我加快速度，很快一个个地超过前头的人，凭一己之力把队伍带到了领先位置，像传说中的箱根驿传选手一样。他来自海的另一端，速度如风一般……

赛后，我告诉队友我大概超过了十个人，努力不让自己听起来太得意。

“那挺好。”森田微笑着说，“因为我大概被十个人超过去了。”

最后，我们队在八十多支队伍里排在第二十六位。森田说绽放队能拿到这个成绩非常好，因为前面那些基本都是大学校队。在我那个赛段，我的速度列在第四位，成绩为十七分四十九秒，比多年前十七岁的我拖着疲累的双腿在煤灰路上跑出来的成绩慢了近一分钟，比上星期在京都参加的绽放队的计时试跑要快一分多钟。这也算是有些进展。

>>>>>

实话说，我进步的速度没有我希望的那么快，几年前能跑出的最佳纪录现在看来渐行渐远，慢慢变成了过去，仿佛仅仅是微茫的青春记忆。问题是我找不到和我水平差不多的人一起跑步。和绽放队跑的时候，我觉得自己简直在飞。琵琶湖那场比赛过去几周后的某个晚上，我又去围着大阪城跑步，队友一个个地被我超越，他们惊讶得倒抽冷气，这真让我陶醉不已。我感觉自己是威尔逊·基普桑，那个最近打破了马拉松世界纪录的人，我的双腿移动得如此流畅，丈量大地是如此容易。

但第二天早上，我又回到立命馆校队训练。他们跑的是三千米计时赛，计划是让我跟他们一起跑第一个一千米。才刚开跑，我就觉得自己像个衰弱的疯子，拼命飞奔也只能勉强跟上他们的脚步跑完两圈半。我的成绩是两分五十秒,到后来已经被他们甩开了。这个速度对我来说已经很快了，不过我平时都跑好几英里，所以也不太确定。不管怎么说，我和立命馆队员的水平差得实在太远。

看起来，大家不是比我跑得慢太多，就是比我快太多。总有人速度和我差不多吧，但很难找到这样的人。或许我该组建自己的驿传队，招一些水平最为接近的队友。我们可以一起训练，一起参加驿传。

我在考虑这个做法是否可行时，宪司给了我一些信息，京都还有一个长跑团，一个月见一次面。他们那里可能会有严肃对待跑步的业余爱好者，他说。然而，周六早晨坐电车去见他们时，坐了一个小时后，我却回到了原点。我完全搞不清这是怎么回事，因此也很难向检票区的女检票员解释，她想知道我为什么要在上车的那一站下车。

我得另找一天再试了。但直到我建立自己的队伍为止，我都只能卡在中间地带，在立命馆队和绽放队之间苦苦挣扎。

12

三大大学驿传比赛中的首场比赛在出云市举办，这是本州南部北海岸线附近的一个小城，离我们抵达日本时下船的镜港不远。立命馆大学没有参赛资格，但我设法搞到了邀请，跟着美国常青藤特选队去见识见识，这支特选队专程赴日参赛已经有十五年之久。

我坐电车到达出云市，又叫了一辆出租车前往比赛区域。我猜主教练杰克·富尔莰应该很好找，他是一九七六年的波士顿马拉松冠军。看，他不就在那里吗，皮肤白皙，还不出所料地戴了一顶棒球帽。我走了过去。

“噢，芬恩，那个作家。”他说，“欢迎欢迎。”他结结实实地和我握了个手，马上讲起长跑队参加这项比赛的渊源来。

“这个常青藤项目是从一九九〇年开始的，是弗恩·阿尔登博士的主意，他是位美国商人。他今天也会来。他和朋友一起运作这个项目，他的朋友河野先生是一位很受尊敬的日本政客。据我所知，他们以前是因为生意往来而结识的。”

刚开始，常青藤队参加的是距离较长的名古屋驿传，全程八赛段，每赛段约二十公里。

“结果发现这对我们的选手来说难度太高了。”杰克说，“他们刚从大学毕业，不习惯跑这么长的距离。这样一来，选手们的表现也就不怎么样，所以参加距离较短的出云驿传更合适。”

我们身边只有第一赛段的选手，他叫乔·斯提林，眼下正坐在一把对他来说实在太小的椅子上沉思。他走神了，没听杰克说话。乔在做赛前准备。其他选手都在自己的参赛点上。

乔高大帅气，一头浅金色的头发，是一位真正的美国英雄。

“他水平很好。”杰克告诉我，那会儿我们俩正一起看乔做热身。“五千米能跑十三分三十三秒。普林斯顿的尖子生。”不过他好像搞不清短裤怎么穿。

“短裤穿反了。”杰克对他说。

“噢。”他说，“我说怎么看起来怪怪的。”

起跑点在出云大社[①]的石门下，周围站满了欢呼喝彩的观众。这些队伍在下个月的全日本大学驿传中将成为立命馆校队的对手。而且，在一月二日至三日的箱根驿传上，其中的许多支队伍将让整个日本为之驻足。

我和杰克到了终点附近的小房间，在电视上看了大半程的比赛。我没怎么看进去，因为杰克是个话痨，对什么都能评论几句，从肯尼亚人是否都嗑了药聊到美国长跑的现状，再到他现在爱打的高尔夫。他说除了长跑和棒球，日本最受欢迎的运动是高尔夫。我们聊着天，他的日本跟班不断给我们带来最新赛况。乔第一赛段起头起得不错，这一段结束时跑到了二十一名选手中的第十位，但接下来队里的表现就越发下滑了。每一条新消息都比前一条更糟，选手们最后加了把劲，结果排到第十四位。

跑完的选手一个个出现了，他们找东西吃，向杰克汇报自己的参赛情况。大部分人都不怎么开心。一位选手说，天气太热了。“我

①日本最古老的神社之一。

今天真不在状态。”“我抽筋了。”“我尽力了，不求其他。”没有一个人提到团队。

真相是美国选手没有为这项任务做好准备。日本的队伍都花了六个月时间准备比赛。这是三大比赛中的第一场，全年最重要的赛事不过这三场。他们知道会是什么情况，也背负着别人的期待。这场比赛将在全日本进行电视直播，街道上将站满他们的支持者。

而对美国选手来说，这不过是一场令人好奇的玩闹，可以在赛季间休息时免费到日本玩一个星期，也就是找个乐子，随便跑场接力赛。他们并不专心，也缺乏紧张的心态。

“另外，驿传比赛对美国选手来说也很陌生。”杰克说，“这种比赛非常特别。我们大部分选手对公路赛跑都很陌生。在大学里，不是越野跑就是田径跑。”

甚至在随后的闭幕式上，常青藤队和其他队伍之间的差异也十分明显。这些美国人是最后到的。仪式下午三点四十分开始，所有运动员都整齐地排好了队。杰克的日本跟班简直要疯了，拼命赶着心不在焉的常青藤选手往举行闭幕式的大厅里走。

“日本的仪式非常非常准时。”他说。已经下午三点四十三分了，闭幕式现场属于美国选手的位置空空的，惹眼得很。他们散漫地走了过去，衣冠不整，脖子上挂着毛巾，肩膀上斜背着背包，还四处张望，饶有兴致地观察着情况。而日本选手都立正站好，身上的运动服整齐地拉好了拉链，双眼直视前方。

还有一名美国选手没到场。

“快点，快过来。”杰克说，最后一名选手总算出现了。他显然被自己的拖沓弄得有些尴尬。“还有，让他们站直点。”他说，“像什么话。”

然而，美国人似乎做什么都是对的，就算是这么自由散漫，头发胡子留得老长也没关系。大家都没生气，反而还迎到我面前来，以为我是美国队的一分子。那些日本人告诉我，我们能来真是给了他们很大面子，他们荣幸之至。他们显然也对美国人最后的成绩感到满意。“你们非常努力，跑得不错。”他们这么告诉我。

几年前，常青藤队从别的美国学校招了几位选手。我不太清楚这其中的打算，但这支队伍最后拿了第八名，组织者不太高兴。所以今年他们制定了严格的规则：只有真正的常青藤学生可以参加。

话说回来，这次比赛的冠军是驹泽大学，总成绩打破了比赛纪录。今天的明星选手是村山谦太，日本最耀眼的长跑新星之一，他在第三赛段打破了比赛纪录，比此前的纪录快了十二秒。

紧随驹泽大学之后的是亚军东洋大学。这两支队伍将在下个月的全日本大学驿传中再次相遇，而立命馆的队伍也同样会站在那条起跑线上。之后，两支队伍会再次在一月的箱根见面。在那场比赛上，几支队伍针锋相对的对决将令全日本目眩神迷。

当晚有一场派对。常青藤的选手兴致高昂，取笑着日本人的种种古怪举动：带我们走下大巴的举旗的女人，我们经过时发出咯咯笑声的日本女人，还有日本人鞠不完的躬。我们被领到一间摆着十几张圆桌的房间里，桌上摆着煮食物的锅和燃气炉。我们一人拿到一顶可笑的帽子戴到头上，人们不断来和我们握手，问我们今晚表演什么歌曲。我感觉像是闯进了别人的宴会，但还没有人意识到我不属于这里。杰克被带到一边介绍给大家认识，除他以外，我真正认识的人就只有乔，便坐在了他身边。我没有多少选择，只能跟着他们，因为杰克在他们住的酒店给我订了间房，我根本不知道酒店在哪里。

我们这桌坐了一个会说英语的日本人。没人认识他，不知道他是想和我们认识，还是被主办方安排在这里招待我们的。他看起来很了解驿传队的事。他喝了几杯酒，和我聊天时或许有点口无遮拦。

“有位教练，”他说，“今天他的队伍表现不太好。他告诉我：‘我得和校长谈谈。我需要更多的钱。’”

他说顶级的大学校队会给顶尖高中选手的父母偷偷塞钱，让这些年轻人加入自己的队伍。这是违规的，但很多人都这么做。当然，招到最好的选手是成为顶级驿传队的关键。

他说，这些最好的选手在大学根本不需要学习。“但这也是个问题。”他说，“他们后来的人生会很艰难。”

有人在开肉罐头，把它倒进嗞嗞作响的锅里。

“你知道这是什么吗？”这位会说英语的朋友说，“来，猜猜。”我们看着罐头。根本不可能猜出来，但我大概有预感。

“鲸鱼肉。”他大喊，开始给所有人倒啤酒。现在房间里已经坐满了人，屋外还摆了更多的桌子。人们不断来我们这儿，给我们拍照。我不知道是否该回避一下。别人也不太清楚。整个场面有几分尴尬，我便站起来，打算到处转转。

“我觉得外面好像有饭团。”杰克说。他已经回到了桌边，知道我不能吃这个鲸鱼锅。

屋外大声播放着音乐，人们在大帐篷下排队拿吃的。我也排了进去。就在我排队的时候，一位日本选手和他的朋友凑了过来。他的头发很短，用发胶抓成尖刺形，脸上满是痘印。他和我握手，靠了过来。

“我老二很小。”他边傻笑边用英语说道，还指了指自己的胯部，示意他并非胡说八道。我不知该如何回答。他的朋友穿着和他一样的队服，咧嘴笑着，好像我被他们捉弄了似的。我可能的确是被捉弄了。他也指着自己的胯部。

“我老二很小。”他说。我不懂这有什么好笑的。

“那挺好。”我说，后悔没留在队友们身边。

“你呢？”他们俩一起问道，向我贴了过来，像噩梦般的游乐场里那些俗气的木偶一样。队伍纹丝不动。我被逼到了绝境。

“中等水平。”我说。我不知道他们听没听懂，但他们都欢呼一声，还和我击掌。另外几个美国人从餐厅那边走了过来。两位日本选手走到人群里不见了，我松了口气。终于，我拿到了饭团。

>>>>>

那天晚上的最后，我和常青藤的队员在一个大舞台上一起唱了一首《YMCA》，我其实只是假唱。有个人还弄来一个巨大的充气箭头，我们乱哄哄地唱完了这首歌，大家都醉醺醺地哈哈大笑。等唱到最后，我们的表演已经烂到让人痛苦了，但观众似乎很喜欢，他们不断欢呼，不少人还冲上台加入了我们。

所有队伍都要表演节目，唱完后我们爬下了台，回到人群里。当然，所有人都以为我是美国人。在看顺天堂大学的啦啦队员表演高抬腿和翻筋斗时，站在我身边的一个人说：“日本人喜欢美国。我们在努力赶上美国。”

几天后，我和麦克斯聊起这些，他告诉我日本人在面对西方时有种自卑情结。“他们真的以为他们的阴茎比较小。”他告诉我，“我猜从统计数字上说，可能是小一点点吧，但其实没什么差别。”

我不知道他是从哪里知道这些数据的，但原来不少人都有这种刻板印象。这些印象不仅限于阴茎的大小。麦克斯说，电视评论员一天到晚都在说日本的跑步选手身高有多矮，还不断强调虽然他们腿短，但依然能与全世界的运动员抗衡，这全靠他们的勇气。他们说，这就是日本选手的品质：充满勇气，精神顽强，坚持不懈。虽然身材不占优势，但他们勇往直前。

在身高的问题上，至少有许多研究可查，结果显示，日本人的腿相对于身高而言确实较短，比不上别国人的。

《运动基因》一书的作者大卫·爱泼斯坦说，这种身材比例对跑步而言不是很理想，他相信这可能也导致日本在短于一万米的赛跑中的纪录都慢得有些惊人。

“日本这样一个跑步大国，比赛表现却这么差，直到现在都让我很吃惊。”在我向他提出这个问题时，他告诉我，“日本连一万米纪录都超过了二十八分钟。他们的国家纪录甚至无法在中央公园健康肾脏万米跑[①] 这样的二流比赛中胜出。事实上在我看来，一般而言，他们没有适合快速奔跑的理想的身体结构（双腿相对于身高来说比较长）肯定是原因之一。”

然而日本人在一万米及一万米以下的比赛中表现不佳也有另一种解释：这些比赛在日本从未受到认真对待。重要的比赛只有驿传和马拉松。唯有这些比赛有电视转播，能吸引大学和企业队的老板，其他的都只是练习赛。中等距离的跑步选手，就像立命馆大学的笠

①每年都会在纽约中央公园举行的民间长跑活动。

原，年纪轻轻就被硬拉去跑驿传了。

在出云驿传中，冠军队在第四赛段的选手是全国大学一千五百米跑冠军油布郁人。在箱根，他要跑第三赛段，全长二十一点五公里。这才是他的训练重心，而不是一千五百米跑，就算他是日本最有前途的中等距离跑步选手之一也无济于事。

同样，如果他们确实受到了基因的限制，至少也会有几个例外能在如此发达完善的日本长跑系统中脱颖而出，跑出可观的好成绩。这就好比你找不到任何伟大的德国橄榄球选手，不是因为他们的体格不适合打橄榄球，只是德国人对橄榄球不感兴趣而已。

英国马拉松冠军马拉·山内也同意这种观点："日本的所有训练都是向长距离项目发展的。我想，如果其中某些运动员和队伍能把焦点转到较短距离的比赛上，如五千米和一万米，他们将会有惊人的好成绩。因为日本人非常刻苦，也有高水平的教练指导和运动治疗等辅助支持，整个体系很有条理，同时资金也十分充足。"

不管怎么说，无论腿是不是比较短，日本人在体型上的自卑情结都可以说是不甚合理的，因为体型小巧在长距离跑步中也可以称为一种优势，尤其在距离较长的项目中（如半马及全马）更是如此，日本人在这些项目上也确实具有优势。山内认为，日本选手的体型其实给他们带来了不少帮助。

"我最理想的比赛体重是四十九公斤。"她说，"但很难减到这个重量。可是大部分日本女选手体重都在四十到四十三公斤左右，这对她们来说十分有利。"

身材更矮的跑步选手更能耐受高温环境，因为娇小体型有利于身体散热。这给野口水木带来了极大优势，帮助她在二〇〇四年雅典的炎热夏日中打败了较为高大的保拉·拉德克利夫，赢得了马拉松项目的奥运金牌。我在莫斯科看的那场世锦赛上的马拉松，也有两位矮小的日本女选手在闷热难耐的环境下分别拿到了第三名和第四名的好成绩。

在男子赛跑中，最优秀的长距离选手也全都身形较小。他们之中被公认为最伟大的跑步选手的海勒·格布雷西拉西耶，身高仅一米六五，而五千米及一万米赛跑的世界纪录保持者肯内尼萨·贝克勒只比他高一点，身高一米六七。

山内说，一些日本男选手体重只有区区五十公斤，即使他们的饮食十分丰盛。“他们这个体重不是通过刻意减重达到的。”她说，“他们天生的体型就是如此，这种体型对长距离赛跑而言是最为适宜的。”

法国的一项研究发现，二〇一一年全球最顶尖的一百名马拉松男选手的平均身高是一米七。这刚好是日本男性的平均身高。

13

眼下已到了十一月，驿传赛季已经全面启动。下一场即将来临的盛事是备受关注的千叶国际驿传大赛。这将是一场男女混合接力赛，参赛的队伍来自世界各地。由于没有英国的队伍参赛，我不知怎么回事，又一次混到了一群美国人中间。

我和小串先生结伴前往赛场，他先在东京站和我碰面。他打算一到赛场就把我交给美国人，美国队那边答应让我跟着他们观看当日的比赛。

过去的二十五年中，千叶驿传大赛邀请了全球选手来体验驿传赛跑的惊险与刺激。在顶级驿传赛事中，千叶驿传独树一帜，队伍里必须有男有女，由各国派出三男三女组队参加比赛。同时，千叶的比赛长度为四十二点一九五公里——正好是全马的长度。去年的参赛者包括世界上最优秀的跑者，如加伦·拉普（二〇一二年奥运会奖牌获得者，美国选手）、埃德温·索伊（二〇〇八年奥运会奖牌获得者，肯尼亚选手）。最终，肯尼亚队以数秒优势击败日本队拔得头筹，美国队位列第三。听起来实在是一场惊险的比赛。

“也就是玩玩，不是正经比赛。”小串先生不屑一顾地说。

我点点头，不知该说什么。我们站在拥挤的电车上，电车正嘎吱嘎吱地驶过东京的东郊，窗外闪过大片铺着细瓦片的房屋，像一片海洋。他拿出手机，开始翻动屏幕。

“今年日本能赢吗，你怎么看？”我问他，想激发出些许爱国之情，看能不能让他对这场比赛热情一点，但他根本没听我说话。

电车进站停下，门哔的一声开了。

“走吧。”他说，把手机揣回口袋。

到达体育馆门口时，一个说一口完美英语的日本女人不知怎的认出了我，把我从小串先生那儿带到了美国队。领队是个叫帕特丽夏的女人，早就在等我了。“噢，你就是那位作家。”她说。

所有参赛队伍聚在一间地堡似的房间里，房间位于主看台下方。门外，跑道沐浴在明亮的秋日阳光中，屋里却冷得要命。离比赛开始还有一小时，我站在帕特丽夏身边，问她美国队有几成胜算。

“这是一支年轻的队伍。”她说。虽然来日本参加驿传比赛是有趣的经历，但不是所有人都愿意来，国际跑队的领队只能接受现实，带他们能找到的最好的选手来日本。

突然冒出一个日本男人，要把我轰到某个地方去。“快点，快点。”他拉着我的胳膊说。我乖乖地跟了过去，我在日本已经习惯这么做了。“开幕式。站在国旗后边。”他指着某个扛着一面巨大的美国国旗的人。

“啊，你是想找一名运动员吧。”我说。

“是啊，运动员。”他看上去有些困惑不解。

“稍等一下。”

我突然意识到他们给我的通行证上写的是“美国队：正式选手”，所以也不能怪那个日本人弄错了。我身上的衣服正巧还和美国队队服一个颜色，虽然蓝牛仔裤、羽绒夹克衫加上红色便鞋这样一套衣服根本算不上是美国的跑步服装。不管怎么说，这副样子居然能让人误认为国际运动员，我觉得这是在夸我。

门外的跑道上，真正的运动员们正在热身，身上洋溢着优雅与力量。从某种程度上讲，在比赛前这一刻，顶尖跑者才最光彩夺目。他们为即将到来的赛事做着准备，似乎因此而变得更加高大。他们目光专注，轻松地沿着跑道迈着大步，那修长的腿和健美的肌肉令他们看起来仿佛是某种特别的超级物种。不久后，当他们挣扎着跑过终点线，无力地瘫倒在地，或是在大巴上喝啤酒、讲故事时，这些运动员好像又变得普通了。

国际赛事上的种种颜色和旗帜不由得让人心情激动，但小串先生对此漠不关心。我们心中对不同的参赛队伍已有所好恶，感情既复杂又微妙，这也正是使运动如此引人入胜的部分原因。无论是哪种运动，如果对运动员或参赛的队伍一无所知，无法产生任何共鸣，那么你也就不会太投入。

我总是觉得运动在某种程度上就像是肥皂剧。在英国，最受欢迎的运动是足球，我也是个铁杆球迷。观看顶尖球队在关键赛事中一较高下真是惊心动魄。但足球比赛本身真的这么有趣吗？看自己完全不了解的两支球队踢比赛，比如说挪威足球联赛吧，要看出热情来可不怎么容易。没有了球员和球队的背景故事，球赛就大不一样了。

正因如此，在驿传发展的早期，比赛风靡日本的关键就是报社赞助与媒体报道。相对而言，千叶驿传大赛算是后来者，一九八八年才举办第一届。

第一赛段的选手正在跑道上排队。下午一点零七分，比赛准时开始。这是为了给电视公司留下足够的时间介绍赛事，再趁比赛还没开始时播一段广告。参赛队伍除各支国家队外，日本还有一支大学队参加，千叶县也派了一支队伍参赛。美国队——我今天所在的队伍——第一赛段的选手是威尔·莱尔。他身高至少一米八，留着一头长发和一把乱糟糟的大胡子。他身边那位戴着墨镜的选手是个阴沉的俄罗斯人。站在远处的是新西兰选手尼克·威利斯，他曾是奥运会一千五百米赛跑银牌得主。但还有一个人身上的比赛背心十分夺目，似乎在场上散发着威势。这件黑红绿三色背心穿在肯尼亚人约瑟夫·埃布亚身上，他是二〇一〇年世界越野跑锦标赛的冠军。

一位圈内人告诉我，组织者特意做了手脚，保证肯尼亚不派最强阵容来比赛，好给日本留一丝机会。我不知道这是真是假，但肯尼亚派谁参赛似乎无关紧要。过去两年，肯尼亚已两次夺冠。每个人都清楚，今天说不定还是他们获胜。

确实如此，比赛刚一开始，选手们跑向千叶的户外赛道前，会绕跑道跑两圈，埃布亚就有意地跑在了所有人前面。

威尔·莱尔赛后告诉我："我们一跑出场馆，肯尼亚那家伙直接就发力了。选手之间很快分出了梯队。"

在地堡一样的房间里，我听见一个正在看电视直播的人说："领头的只剩肯尼亚选手和一个疯狂的日本选手了。"这时，选手们才刚离开场馆不久。

那个疯狂的日本选手村山谦太十分年轻，来自驹泽大学，最后还是被甩开了。在那之后，再也没有人能追上肯尼亚人。他们遥遥领先，再一次创下比赛纪录。美国队开头不顺，后来奋起直追，终于夺得了第五名的成绩。日本则再一次获得亚军。

我在房间里看了大半场比赛。领队、教练、理疗师和像我这样看热闹的人，还有替补队员——没派上用场的备用选手——都围着两台小电视，盯着赛况变化。只要队友出现在屏幕上，肯尼亚人就会欢呼鼓掌。但肯尼亚选手很快就远远甩开了其他队伍，于是摄像机都聚焦到亚军争夺战上。新西兰队短暂参与到了争夺之中，但很快，只剩下日本队和俄罗斯队争夺亚军。俄罗斯队的人坐在地堡似的房间里，安安静静地看着。连运动员跑完所属赛段回到房间后也是如此，肯尼亚的队员互相拥抱，为彼此披上国旗，而俄罗斯队员只是简单握了个手，互相看也不看。

突然，我发现驹泽大学校队教练也在这里。这支队伍刚刚在盛大的出云大学驿传中夺冠。我还记得他站在终点线上的样子，沉浸在队伍的胜利中，被阳光晒得黝黑的皮肤与用发胶向后梳的头发都闪着成功的光芒。我在他身边坐下。我想问问他有关队伍的事。他们肯定有什么制胜法宝。人们已有传言，他们很有希望在箱根驿传中夺冠。

“不好意思，你会说英语吗？”我拼了命也就能说这句了。

他盯着我看了一阵。“不会。”他转开脸，双臂抱在胸前。我试图用日语继续对话，但徒劳无功，他直接转身背对着我。对话已经结束，我不好意思地溜走了。

“典型的日本人。”站在房间另一端围观了全程的小串先生说。

>>>>>

赛后，太阳开始西沉，我和美国队一道离开了场馆。一小群日本粉丝挥舞着小小的美国国旗聚了过来，请我们签名，然后又挥手和我们道别。我没给任何人签名，但登上队里的大巴时，我还是忍不住向他们挥手。

在车上，运动员们都更放松了。有一个人开始分发听装啤酒，另一个人用手机播起了嘻哈音乐，还将音量调到最大。

“哥们儿，我们应该也在美国搞这么个比赛。”一位队员说，“你觉得会有人来看吗？”

“如果在硅谷举办，把公司长跑队都拉进来，应该没问题。”另一个人建议道，“你懂的，比如谷歌。但如果像这样只有顶尖运动员参加？那可永远行不通。”

长跑在日本与在世界其他地方的一个主要区别，在于顶级的长跑作为观赏性运动拥有高涨的人气。一位不愿透露姓名的内部人士告诉我，二〇一三年在莫斯科举行的世锦赛马拉松比赛选在下午举办，那正是八月阳光最毒辣的时刻，就是为了日本的电视转播。马拉松在日本实在太受欢迎，电视节目公司游说国际田径联合会在下午两点开赛，这样才能赶上日本的晚间黄金时段。

今天，千叶的街道上挤满成百上千的观众，赛况同时还在国家级电视台实况转播。这一项长距离赛事中没有大批业余爱好者，没有慈善选手，也没人穿着奇装异服。赛道全程到处都是观众，他们在十三位运动员跑过时摇旗欢呼。美国人说得对，除了这里，这在世界上任何一个地方都不可能发生。

“外面的人都很激动。”威尔·莱尔告诉我，“我不知道他们在说什么，但他们看上去很兴奋。”

正是这份对运动的热爱，推动并支撑着整个职业界和大学界的驿传系统。如果缺了这份热爱，日本人不会在长距离奔跑方面如此出色。

14

来日本的几年前，我发现了赤脚奔跑法。读过《天生就会跑》，我像千千万万人一样被说服了。它极其简单。要想跑得快，有效率，不受伤，你要做的只有一件事，那就是把鞋脱掉。

克里斯托弗·麦克杜格尔这本畅销书问世后，引起了激烈的大讨论，如果把各方观点放在一起出本书的话，其长度可达原书的十倍。这本书的核心部分是哈佛大学的科学家提出的理论，即人类经过锲而不舍的狩猎生活后，进化出了长距离奔跑的能力。人类曾赤脚追捕猎物，直到猎物精疲力竭，倒地身亡。根据这一理论，我们其实天生就会跑，我们总是跑得艰难，容易受伤，都是因为脚上这双又大又碍事的鞋。鞋子让双脚无法按应有的模样发挥功能，无法轻盈小心地落脚，无法通过双脚把信息反馈给大脑，以调整跑姿。结果，我们无法像肯尼亚人那样如风一般地奔跑。他们从小就光着脚跑来跑去，而我们像设计糟糕的机器人那样横冲直撞，穿着沉重得像砖头似的鞋，笨拙地在沥青路面上落脚，让双腿承受强烈冲击，损伤膝盖与其他关节。

当然了，这套理论没有我说的这么简单，但只要是让我们回到自然的，告诉我们简单才是最好的，说想得太多会把所有事情都搞砸的说法，我都特别愿意接受。于是，我拜访了一位赤脚奔跑专家李·萨克斯比。他在伦敦北部的一个拳击馆锻炼，自称是跑步界的切·格瓦拉。他教我跑步的技巧——抬头挺胸，身体稍向前倾，用脚掌中部着地，而不是脚后跟，双腿转圈运动，像骑自行车一样。他还让我穿上了一双超薄的鞋子。我仍然需要穿鞋，大部分人都需要，因为双脚套了这么多年盒子，脚掌已经软得不能真的赤脚跑步了。但这双鞋很薄，足以模拟赤脚的情形。因为赤脚鞋这个名字实在是自相矛盾，所以它们通常被叫作极简鞋。

这双鞋穿起来感觉太棒了。它不仅帮我养成了速度更快、更有效率的跑步姿态，鞋子本身还非常轻便，脚感极佳。突然间，只不过是换了双鞋子，我就变轻变快了。我穿着这双鞋，激动地到处向愿意了解这件事的人推销穿着它们跑步的好处。我穿着极简鞋跑了三次马拉松，最快的一次跑进了两小时五十五分。我就是这种鞋子的活广告。

但我有个不可告人的秘密。刚开始“赤脚”跑步时，一切都很完美。我多次刷新了个人纪录，感觉棒极了。我记得有几次故意用原来那种脚跟着地的跑法，只为感受一下那到底有多差劲。那感觉似乎是在公路上以七十英里的时速狂飙的同时挂上了二挡。一切都嘎吱作响地停住了。

在第二场马拉松上，我的跟腱就有些疼了。情况不是太严重，我撑了下来。我还是深信赤脚跑步好处良多。这个理论真是太有说服力了，我把跟腱疼抛到了脑后。但跑到第三场马拉松，在伦敦的那场，我双脚的跟腱都开始疼了。我无法理解这是为什么。我也不明白我爸和主办方拍下来的照片是怎么回事，半马和全马的照片都有，都是比赛快结束时的照片。有些照片上，我看上去是脚跟先着地的。这说不通。我把这归结为偶尔的动作变形。另外，静态照片也很难用来判断动态姿势，这是人尽皆知的。在照片上，看起来很像是要脚后跟着地，但不到真正落地的那一刻是无法判断的，很可能等到真落地了，向前的动力导致实际上落地的不是脚后跟，而是脚尖或脚中部。但有那么几张照片，我的脚后跟是真的已经触到了地面。

所以来日本前，我回去找了李·萨克斯比。自从上次见他以后，赤脚跑步已经成了一桩红火的生意，他现在在伦敦市中心的唯我赤足公司里拥有一间高科技实验室。我没和他说跟腱的问题，只是请他评估一下我现在的状态。

他让我上跑步机，观察我的跑步状态。他说我表现不错，没什么问题。但他弄了个新“玩具”。那是块电子受力板，可以测量双脚施加给地面的压力。他让我站了上去。在机器显示的图像上，我没有脚趾。

“你的跑步体态很好。”萨克斯比说，“我把这个叫作软件。你的大脑知道正确的信息，知道该如何运用它。但你的硬件，也就是双脚，显然有问题。”

我的脚趾，尤其是大脚趾根本没起到任何作用。大脚趾本来应该像锚一样，在跑步时提供稳定性，让我得以直线向前推进。但我失去了平衡，身体的重量过多地压在了脚后跟上。

“这意味着你的脚踝和跟腱会出问题。”他说。我点了点头，十分震惊。他不只是跑步界的切·格瓦拉，还是跑步界的达伦·布朗[1]。问题是该如何补救呢?

萨克斯比说我是个典型的“动物园人类”，这个令人忍俊不禁的说法指的是在现代社会成长的人，从小穿鞋，大部分时间都坐在

①英国当代著名心灵魔术师。

设计糟糕的椅子上。为了证明他的说法，他让我做一个深蹲，同时保持全脚触地。我试了试，根本做不到。我只能弯曲膝盖，像九十岁的老头一样摇晃着，试图找到屁股后边的那把椅子。

“你的脚踝完全失去了灵活性。”他说，“这就是你会出问题的原因。”

在肯尼亚，所有人都蹲得下来——至少在出优秀跑者的农村社区里，所有人都能深蹲。如果他们不能，那就意味着他们用不了蹲厕。双脚和关节的灵活性和力量是肯尼亚人在跑步上的优势之一，据萨克斯比说，这是因为他们小时候就赤脚走和跑，长大后也一直保持着下蹲的能力。

日本人也都能下蹲。这同样是因为传统的厕所都是地上打出的洞，所以你必须蹲下，还不能扶着别的东西。在日本很多餐厅和火车站，你可以选择是用日式蹲厕还是西式的马桶。

但日本人一般没有肯尼亚人那种强烈的“赤脚”跑步的风格。一部分原因是日本人出门时总是穿着鞋，更重要的是，日本孩子从小是穿着鞋长大的。另外，小碎步跑的风格更为流行，教练们经常要求运动员这样跑，相信跑步时弹跳较少效率更高。

宪司认为这种观念是错的，正着手在大学里进行研究，为何肯尼亚跑者的跑步方式如此强健，充满弹跳。他对“赤脚跑步”很感兴趣，这个概念在日本跑步界还非常边缘化，基本上只在不那么较真的业余跑步圈里流行。这种跑步技术的鼓吹者会引用日本古代跑者所穿的传统的鞋子的例子，比如马拉松僧侣穿的简单的草鞋，而最初的驿传使者，在京都和东京间奔跑传信的信使，穿的也只是薄底分趾鞋，人力车夫也会穿着这种鞋跑一整天。分趾鞋的鞋头把大脚趾和其他脚趾分开，看上去有点像现代的伐柏拉姆五趾极简跑鞋。一九五一年，十九岁的日本选手田中茂树就穿着分趾鞋赢得了波士顿马拉松，一时传扬天下。

立命馆大学的一位运动科学教授就告诉我，越来越多的日本跑步选手都在改变风格，“因为得知‘脚后跟着地有坏处’”。他还指出一万米跑和马拉松的日本纪录持有者高冈寿成，跑步时就是前脚掌先着地的。

但我已经知道前脚掌着地的好处了。我现在的任务似乎是要学会下蹲。

在伦敦实验室的厕所里，萨克斯比在马桶两侧装了塑料架子，像给孩子用的垫高凳一样。他指给我看。“用来练蹲的。”他说，“你可以在亚马逊上买到。”

萨克斯比让我扶着门把练蹲，直到我能不扶着东西就蹲下去。他还让我尽量光着脚走路。

“把你的硬件调整好。”他说，“这样你就无懈可击了。”这话听起来不错。我开始疯狂地练习下蹲。

下蹲这个动作如此简单，全世界的人都能想也不想地完成。孩子就能蹲，年龄越小蹲得越好。几个孩子很喜欢看我挣扎着下蹲的样子，他们像瑜伽信徒一样蹲在旁边，说：“怎么啦？这有什么难的？”

《远离伤痛：释放自由奔跑的潜能》一书的作者凯利·斯塔雷特说，下蹲是一项初级测试，我蹲得如此费劲，意味着我的身体确实没有最大限度地发挥作用。

与萨克斯比见过面几周后，某天下午，我正在学校外等孩子们放学出来的时候，一个家长告诉我他是个运动功能专家。我们开始聊天，他一听我的故事就叫我去见他。他说知道一些我可能会感兴趣的技巧。

“这么说吧，”他说，“到现在为止，你相当于一直拉着手刹开车。一旦你把刹车松开，速度就能上来。”

这位家长叫乔·凯利，非常了解赤脚跑步的理论，他的网名叫“赤脚运动员”。他同意萨克斯比的说法，不过他认为要高效率地奔跑不仅仅意味着把鞋脱掉。要跑好是一项技能，为了做到这点，你的整个身体都得恰当地发挥功能，而不仅仅是双脚。正因如此，许多人在开始赤脚跑步或极简跑后，都落得一身伤病。你不能这么简简单单地穿上极简鞋就去跑步，除非你的身体，也就是你的硬件已经做好准备。我不由得想，我是不是也是其中一员，拖着不能下蹲的身体就跑步去了？这是不是我跟腱疼的原因？

我决定去见凯利，看他能不能让我跑得更快，帮我松开手刹。

他告诉我他最近学了一种新疗法，叫肌肉激活术。这种技术的逻辑是这样的，如果你身体的一部分没有正确地工作，其他部分就要弥补这部分的功能，很快，浑身上下都会紊乱，身体就开始崩溃。

他说结果我们之中的许多人就开始弯腰驼背，出现了小碎步跑的姿势，还有随之而来的浑身酸痛。

凯利在我身上用的这种技术叫作“激活疗法”，由南非理疗师兼运动技能专家道格拉斯·希尔发明，除此之外还有很多种版本，基本原理都是一样的。希尔曾跟随著名运动学家蒂姆·诺亚克斯求学，后者正是长跑“圣经”《跑步的学问》这本书的作者。诺亚克斯因提出“中央控制疲劳理论”而名声大噪，这一理论认为，大脑控制着你感受到的身体疲劳程度，在感觉身体过分疲劳后会关闭某些机能。几千年来，大脑学会了最好要矫枉过正，提前关闭某些机能，以便为紧急情况保留余力。所以理论上说，无论你多累，多精疲力竭，如果看见狮子的话，你会突然发现自己还有力气再跑快些。

“然而，在现代世界就不一样了。”当我在他到伦敦传授这项技术期间找到他时，希尔向我解释道，“那些和跑步无关的事情，比如工作压力、不良体态，甚至是糟糕的睡眠质量，都会让大脑认为身体已经过度疲劳，开始关闭身体机能，即使你实际上只是坐了一天而已。身体上任何压力或紧张都可能导致这样的结果。”

肌肉激活疗法的作用就是给大脑反馈一个信息，告诉它情况挺好，这些肌肉其实并不疲劳，附近没有狮子，一切都好，非常安全。一旦紧张的肌肉功能被重新启用，其他肌肉都可以回到正常轨道上，你的身体就能恢复正常，再一次全力工作。

“这就像家用保险丝盒里的开关一样。”希尔说，“身体过载的时候也会跳闸。肌肉激活就像是帮忙把开关扳回来。”

凯利让我躺到治疗台上，开始按压我紧张的身体。接下来的几个小时，可以说是我这辈子最痛苦的一段时间。

“有女患者告诉我，这和生孩子差不多疼。”他一边咧嘴笑着，一边用手指深深按着我的髋部。有时候感觉就像是把小刀插进我身体里，还拧来拧去，可他告诉我，他只是轻轻地按了按。他按的是我的神经淋巴反射点，这些身体上的点可以激发肌肉动作。有时，这几下按压能带来的效果简直好得让人寒毛倒竖。

中间有段时间，他让我坐在椅子上，然后不用手臂站起来。这当然不在话下，不过站起来的过程中，双腿确实费了点劲。但是，在疼得不行的几次按压后，我又试了一次，简直像是从椅子上弹了起来，仿佛屁股下坐着的是压紧了的弹簧。

他向我演示了另一个激活点的效果，他把我的腿往两边掰开，让我抵抗把我的腿往中间推的力。我做不到。我根本使不上劲，像是我没有长相应的肌肉，没有这个功能一样。我的肌肉力量里有个盲点。在几分钟受尽折磨的按摩后，他又试了一次。“好了，把腿打开。”他推了推我的腿，突然之间，先前毫无作用的肌肉开始起效，我顶住了他的推力。他加了点劲，力气变大了，但我还能顶得住他。这简直是奇迹。

之后的第二个周末，我迈开重新激活过的双腿，去参加德文郡北部的比迪福德举行的半程马拉松比赛。我不知道自己会表现得怎么样。肌肉就这么凭空出现，让我能把腿掰开，可以顶住推力，虽然是挺神奇的，但这对跑步有多大好处呢?

希尔的许多客户都是来自英式橄榄球和高尔夫领域的运动明星，对他们来说，肢体朝各个方向的灵活性和延展性更为重要。而长跑的运动方向就很单一了——只要一直向前重复迈步就好。在肯尼亚那段时间里，与这个星球上的最出色的运动员一起训练时，我意识到他们相对于西方跑者的一大优势是灵活的动作和跑姿。

肯尼亚跑者最令人着迷的一点是，他们优势最突出的项目是越野障碍跑——从一九六八年至今，他们将奥运会上该项目的所有男子金牌都收入囊中，只有肯尼亚抵制的那两届奥运会除外。然而，肯尼亚全国上下都找不到越野障碍跑的训练器材。他们为什么还如此擅长这个项目呢?

凯利认为这全是因为他们的动作风格。“你看看肯尼亚人跑步的姿态。”他说，“身子非常挺拔，后颈是直的。他的身体在好好地运作，所以一遇到障碍，比如在越野障碍跑时遇到的那些，就能毫不费力地越过去，然后继续跑。”

肯尼亚人在生活中经常活动，不会窝在车里、椅子上，或佝偻在电脑前，因此他们更习惯自然地运用身体。

“大部分西方人都很难不借助其他力量直接下蹲，普通人和运动员都不例外。”凯利说，“这是个简单的基本动作，如果身体运作正常就能做到，但我们大部分人都不行。”

又是下蹲。《天生就会跑》大张旗鼓地抨击跑鞋的坏处，而萨克斯比告诉我，还有一种东西也该被好好声讨一番：椅子。

“现代社会有两大邪恶事物，使我们不能发挥天生的身体能力，那就是鞋和椅子。”他说。

凯利·斯塔雷特对此深表同意。“坐在椅子上简直是场灾难。”他说，然后列举种种危害。问题还真不少。

如果确实如此，日本至少已经解决了一半问题。除了到处都是蹲厕外，大部分人还跪在地板上围着小矮桌吃饭，在家里和在餐馆里都如此。去做采访或见孩子学校的老师时，我总会被带进一间地上放着垫子的房间，而不是放着沙发或桌椅。

每次人们发现我无法跪坐，最多只能坚持几秒钟时，都很惊讶。我腿上每个关节、每块肌肉似乎都是扭曲的。不光我一个人是这样。每个西方人来日本时都会来这么一遭，就像一项仪式。

“没事，你怎么坐都行。”人们会这样说，还善意地看着我，带着那么点怜悯。我的身体肯定有问题，否则怎么会做不了这么一个别人做起来如此简单自然的动作呢?

>>>>>

比迪福德半程马拉松比赛举办的那天，风有点大，但赛道基本还算平坦。我的最好成绩是在肯尼亚住了半年回来后不久创下的，一小时二十三分。我在跑表上设好一小时二十二分的速度，然后便出发了。

我因为中途岔气，不得不暂停两次，但还是跑出了一小时十九分的个人最好成绩。几周后，我又被凯利戳了那么几次，然后又参加了一次半马，成绩是一小时十八分。当然，很难说清楚其中有多少是凯利的功劳，但有些东西肯定起作用了。

关键不在于肌肉激活疗法的具体技巧，而是这一疗法想要解决的基本问题：我身体的功能障碍。凯利和萨克斯比说的道理都是一样的，也让我用相同的技巧去解决问题，换句话说，如果我想以良好的跑姿跑出好成绩，并避免受伤，我的身体就要按照被设计好的模样去做动作——是我的整个身体，而不只是双脚。

除了他那让我饱受折磨的疗法外，凯利还让我用壶铃锻炼核心力量和练习跳跃。他也很提倡爬树，借此来提升身体功能。“姿态要遵从身体的功能。”凯利站在他位于德文郡一处仓库的健身房里，不断和我说着，一边看着我挣扎着攀爬肋木。

这一切的关键就在于让身体回到自然状态。作为萨克斯比口中的动物园人类，我们深受环境的负面影响，我们把身边的环境改造得越来越舒适，却也越来越少活动。许多现代汽车把开门拉手变成了一个小开关，只要用一根手指按一按就能开门。连拽开门把这么一个小动作都省去了，到哪儿才是个头儿？

在肯尼亚的乡下，生活自然更有活力。萨克斯比说到动物园人类时，我忍不住想起肯尼亚教练雷纳托·卡诺瓦的话：“要在大型城市马拉松中胜出，你必须狂野一点。”他指的是要冒险，要有野性的心。但或许，你在身体方面也要狂野一点。

>>>>>

问题在于做了这么多努力，我的跟腱还是疼。当然，我的调整还有很长一段路要走。或许我这样在现代社会中生活，开着车，上着班，永远都无法调整好。但至少我现在下蹲做得比以前好了，虽然远远比不上奥西安蹲得轻松舒适。

但在早上五点半爬起来，去和京田边住在街对面的年轻人晨练的那寥寥几个早上，每次刚开始跑的几分钟，我都感觉好像有小妖精扎着我的跟腱，边扎边说："亲爱的，亲爱的，这还是不太对劲啊。"

立命馆大学校队在山里特训时，一天，在住处吃完晚饭后，助理教练主动要给我按摩。我告诉他我的跟腱一直有问题。我的语气很随意，好像这没什么大不了。他开始帮我按摩，到处戳着，问我哪里疼。然后他告诉我："之所以会疼，是因为你跑步时脚后跟着地，试着脚中部着地会更好。"

他就是在胡说八道，我想，但接受他的治疗后确实感觉好了不少。可我知道自己没有用脚后跟着地。我自己知道。我真的知道吗？

几个月后，麦克斯打电话给我，说我们要上电视了。他激动地说："我要给电视台做翻译了，可能会带来更多的工作机会。"

一位日本的电视主持人正在拍摄在三小时内跑完马拉松的节目，作为节目的一部分，他来同立命馆校队一起训练，和他们一起跑步。

宪司想让我也去，和他说说肯尼亚人的事，毕竟他们非常擅长跑马拉松。

我们下午到了立命馆大学的跑道上，周围十分吵闹。一些队员——能旷课的那些——在跑道上排好了队，电视摄制组的灯光把他们照得仿佛在灰色的天空下发光一般。主持人是个富有魅力的总带着笑容的男人，他戴着头带，正向他们提问。我们在旁边看着他们向他展示肌肉，掀起灰色的 T 恤，给他看腹肌。他们还指着一个比较年轻的学生，他在灯光下羞涩地扭着身子。

“他们在说他的腹肌最棒。”麦克斯解释道。

当天的计划是让大学生运动员带着主持人在跑道上跑二十五圈，不到四十分钟就要跑完一万米。宪司穿着西装忙前忙后，趁着一个空当把我叫了过去，将我介绍给主持人。主持人看见我，显得很惊讶，听见宪司开始解释我是谁，就认真听了起来，显然他是第一次知道我这个人。

主持人开了个玩笑。

“他问你能不能分析分析他的跑姿，看看哪里出了问题。”麦克斯解释道。宪司显然在和他说肯尼亚跑者的跑步姿势，说他们怎样更频繁地弹跳，而且不用脚后跟着地。

“好啊。”我说，“我能一起跑吗？”从我家到这里要花两个小时，我还不如趁着有机会，也在这儿跑一跑。

“当然。”他们说。我承诺会跟在后面，不挡路。四十分钟跑完一万米。我现在已经完全恢复了，这对我来说应该不是难事。

>>>>>

立命馆的跑步运动员都穿着一样的校队 T 恤，颜色和天空一样是灰色。那位主持人穿着深蓝色上衣，而我穿着亮黄色的 T 恤，感觉自己颇为显眼。我也是最高的，比他们都高出好几英寸。我站在队尾，就在主持人身后，前面的队员排成了一长队。助理领队野村一声令下，我们就出发了。

我从来没在跑道上跑过一万米。在英国，这样训练会让人觉得太单调。但在日本，我似乎一直都在重复跑着小圈，因此在跑道上跑个二十五圈也觉得颇为自然。这样一来至少可以准确地记录每一圈的用时，保证我们严格按照正确的速度跑。

跑步时，我看着主持人。在他身后很难看出他的双脚是如何落地的，因此跑到第四圈的直道时，我挪到旁边的赛道上观察他。我清晰地示意摄像机我要做什么。我想这样比较方便他们做后期。在画外音里解释我的分析过程时，我想象他们能把我在他身边跑步，观察他的姿势的画面放出来。跑步时，脑子里真会转着这些奇妙的念头。

为了追求拍摄效果，我故意摸着自己的胡子，分析他的姿态其实还不错。当然了，我也不是专家，但既然他们叫我做了，我就尽力而为。他们的肩膀似乎都很放松，稍稍前倾，脚掌中部落地。神奇的是，没有一个人是脚后跟落地的。

跑了一圈又一圈，速度似乎提了起来。我的头脑渐渐混乱，搞不清日语报出的圈数了。跑过半程后，我又挪到一边，再次观察主持人的跑姿。他的手臂已经开始僵硬，肩膀稍微耸了起来——都是身体运作失调的经典现象。有趣的是，他现在明显是脚后跟着地了。我很得意，这样跑完后我就有话可说了。我开始练习怎么说这几句话，怎么解释脚后跟着地效率更低，给双腿带来更大冲击等等。

跑到直道上后，我又跑出队外，再次观察以便确认。没错，他显然是脚后跟着地了。有些立命馆队员也是这样。而后，我十分惊恐地意识到，我也一样。

我不需要低头就能感觉到。我的脚落在地上，咚，咚，咚，每次都是脚后跟落地。这是怎么回事?

突然，所有事情都说得通了。我的跟腱就是因为这个才疼的。我穿着极简鞋，而一旦身体开始疲劳，跑姿就开始变形，开始崩溃。我的核心肌群还没有强到足以维持姿势。我跳闸跳得一塌糊涂。肌肉不工作了，在省下力气以应对紧急事态。

我们还在跑步。野村举着牌倒数还有多少圈，但刚跑过他身旁，我就忘记上面写着什么了，并试着校正姿势。跑道看起来没有尽头。我现在拼命跑才能跟上。我和大部队之间不断拉开距离，要不断努力才能赶上他们。迎面的风更强了。主持人的脚后跟咚咚着地，跟队伍还是跟得很紧，他喘得够呛，可还是追得上。而我呢，我不行了，被甩到了后面。一个人，一枚亮黄色的浮标，在灰色的波浪翻滚的大海中上下浮动。

我们可算跑完了。我刚好跑进四十分钟，符合计划，但被大家甩了有一百米远。我狼狈不堪地冲过终点线。我觉得节目播出后，应该不会有队伍来找我跑驿传了。

但我对此倒不怎么在意，满脑子想的都是刚才的顿悟。我脚后跟着地跑步了。也许只有在累的时候才这样，但我可能大部分时候跑到一半都会变成这样。我得多练练深蹲，我想，还要爬树，还要专心保持姿势。只靠用心就能保持动作不变形吗？我不由得想，决定下次跑的时候试试。

离开前，他们在一旁录制我对主持人解说脚后跟落地的问题。我说肯尼亚人不会这么做。他点点头，假装非常感兴趣，拿出了主持人的专业功夫，在我说话时对我咧嘴笑，好像我说的话让他极其着迷。几周后节目播出时，他们把对我的采访剪掉了。邻居理惠告诉我，她在电视上看见我跑步了。

“我当时想，这不会是芬恩先生吧？”她咯咯笑着说道，“结果真是。”

我问她节目里有没有解释为什么会有这样一个穿着黄衣服的高个子外国人，和校队以及主持人一起跑来跑去。

“没有，”她说，“看起来奇怪极了。”

几天后，我独自出门沿着京田边的一条河跑了六英里，速度不快。我专注于跑步的姿势，以前从来没这么在意过这件事。每一步我都聚精会神。我专注于如何抬脚，跑步时保证腿往后踢。这感觉很有效。李·萨克斯比让我别管脚是怎么落地的，时间太短了，我应该专心保持抬头挺胸，脖颈挺直，每一步都要快，而不是迈开大步。每秒跑三步，他说。这听起来很快，但一旦找到节奏就感觉很舒服了。我刚开始练前脚掌着地时，萨克斯比给了我一个节拍器，让我跑步的时候用。我真希望身边还带着它。没有了它，我只能自己数数儿，迅速地数，一二三，一二三。等到最后一英里，我几乎跑不下去了，小腿酸痛至极。这感觉简直和我刚刚开始“赤脚”跑步那阵子一样。

刚发现我还在脚后跟着地跑步时，我还挺震惊的，但很快震惊就变成了安慰，安慰中还带着一丝激动——它说不定可以解释我的跟腱为什么酸痛，还有比赛后期拍下的那些照片。我已经挣扎了很长一段时间，想找到最好的状态，想追赶那些离我越来越远的最佳表现。我心中慢慢产生了怀疑：我是不是太老了？但现在，我原来还有一个手刹没松开。我只需要松开这个手刹，纠正姿态，就能回到全速状态。

过了几周，通过这样一直专心保持姿势，我又开始找回速度了。很快，事情变得简单了。我的小腿不再疼了，感觉完全变了。这就像几年前我刚开始“赤脚”跑一样，我再一次找回了那种跑步选手的感觉，我迎来了又一次蜕变，从一个跑步选手变成了更好的跑步选手。这听起来没什么，但感觉太棒了。我在路上奔跑，昂起头，腿向后踢，双脚迅速迈开，嗒，嗒，嗒。令人惊奇的是，才过了几天，我的跟腱就不疼了。

15

莱拉和乌玛躺在日式榻榻米床褥上。她们的卧室地板逐渐被一堆堆五彩缤纷的千纸鹤和盒子盖住了。她们整晚整晚地折纸鹤，要我催促才肯停下来。她们和朋友们都有一个个小纸盒，里面放满了折纸用的纸。放学回家后，她们会坐在街边，有时候就坐在马路上，用纸折些漂亮的小玩意儿。她们最近就迷这个。在此之前则是在路上用粉笔画迷宫。

每天早上我去叫她们起床时，她们都把被子拉到头上，说不想去上学。

“一定要去吗？”她们说。一旦爬起来，她们就不再抱怨，去学校的路上也还算开心。看着她们一起走过大门，融进日本学校的忙碌中，看着叽叽喳喳的孩子、鞠躬的老师，听着兴奋的笑声，让人不禁一阵感动。即使在我看来，她们俩都显眼极了，金发和白皮肤让她们看上去像异国的天鹅。人们站在楼上的阳台上喊她们“莱拉”或是“乌玛”，都是在友好地打招呼。别的孩子见到她们很高兴。

但今天，莱拉和乌玛抱怨得尤其厉害。

“不、不、不。”莱拉尖叫道，“今天是星期六，我们为什么要上学？”

她们还没习惯星期六去上学。今天上午十一点就放学，我也不得不承认，费这么大劲让她们做好一切去学校的准备，就上个两小时的学，把周末出行的时间挤掉不少，确实让人觉得有些多余。尤其是唱欢迎歌的时间占了上学时间的一半。但在日本，星期六是要上学的。她们必须得去。这很难解释。

她们上学已经三个月了，虽然能用英日混杂的语言玩游戏和交流，但真正上课时还是听不太懂。我本来希望她们能奇迹般地学会日语，但事实并非如此。“孩子们学语言特别快。”每个人都这么说。但显然这一小段时间还不够，尤其是要学这样一门和母语结构如此不同的语言。

然而，有那么几次，我深深惊讶于她们的学习能力，她们还学得如此毫不费力。离开英国前，我们全家都上了些日语课。当时看起来是个不错的主意，大家都在家里学习，为旅程做准备，同时加深感情。但这简直是场灾难。孩子们上一会儿课就失去了兴趣，开始抢我用来诱惑他们听课的饼干，可怜的老师还得挣扎着继续讲课。虽然我们当中没有一个人懂日语，却发现每个人的学习需求都大不一样。莱拉对写日语很感兴趣，乌玛还在学怎么读写英语，奥西安则几乎不会写自己的名字。

玛丽埃塔和我试着在这样的混乱中学习，但我们似乎学得越多越糊涂。我开始感受到以前在学校学语言时那种盲目的恐慌。这种感觉像是上课的时候被当众叫起来回答问题，而你盯着黑板上的词，看见的似乎是跳桑巴舞的象形文字。

“加油。”显然有些烦躁生气的老师会这样说，无法相信你竟然这么笨，但你根本看不懂。就像是你的脑子停摆了，跳出来的都是些错误提示。这感觉一下子全都回来了。

感觉我们永远都学不到什么时，我想起多年前看过的一部纪录片，当时我还在上大学。纪录片说的是一个老师在伦敦一所学校里教一群问题学生，在一周内学会基础法语。这部纪录片留给我的印象特别深刻，于是我去查了一下。

那是二十世纪九十年代中期的伦敦，米歇尔·托马斯是好莱坞明星的语言老师。伍迪·艾伦曾在屏幕上说托马斯是怎样在一个周末教会他说法语的。他的秘诀就是，如果你要学好，就得放松，而不是承受压力。

就像跑步一样，学习的时候如果压力太大，大脑就会停摆并开始抵抗。乔·凯利很喜欢和我讲起尤塞恩·博尔特，讲他在赛前是多么轻松，对着镜头做鬼脸，假装朝天空中射箭；感觉他似乎只是出来玩的。然后他打破了世界纪录。

“他的诀窍就是放松。”凯利说。如果大脑放松，肌肉就可以正常运动，而不是因压力而紧绷。我记得伟大的海勒·格布雷西拉西耶在起跑线上的样子，他总是微笑或咧着嘴笑，而其他人都焦躁不安，看上去很紧张。他也很少输掉比赛。

“没有人能真正学到东西，”托马斯站在伦敦一所学校的空教室里，用迷人的浓重的法国口音说，“除非把所有的压力源都消除掉。”

他要教的是一个后进班——都是些被认为考试一定会不及格的学生。其中有一些人已经考砸了。

他做的第一件事是把教室里所有的桌椅都搬走，换成舒适的扶手椅。他在地板上铺好地毯，调暗灯光，然后告诉学生们最重要的基本原则。

“永远都不要为记不记得住而烦恼。”他告诉他们，“如果有什么东西你不记得，那不是你的问题。这是我的责任，我要去探究背后的原因，找到解决办法。”他立刻把他们的压力带走了。你能看见学生们面面相觑，脸上带着难以置信的表情，他们无法掩饰那份喜悦。

这句话仿佛为他们打开了崭新的大门，带领他们走进了另一个世界。

托马斯还非常巧妙地把这门语言分解成了基本构成要素，再把这些要素结合在一起造句。关键在于，学生在他的课上非常放松舒适。一周结束后，学生们的表现让学校前来检查学习进度的法语老师惊呆了。她反省自己没有好好地让学生参与进来，看得我不禁为她难过。

“非常令人印象深刻。”她一边说，一边用夸张的点头强调“非常”这个词，“他们在一周里学会了平时要花五年才能学会的内容。”

其中一个学生试着说出这些课程和以前的课程有什么不同。“他不会让你觉得迷茫。”她说，“如果你在一个词上卡住，他会立刻回到最初级的内容上，仿佛你是个婴儿。然后，就像拨了个开关一样，你突然就知道自己在说什么了。”开关。知识、理解力和能力一直都在，但她运用不上，除非你把她带回舒适区——安全，受保护，就像一个婴儿。当我发现能买到根据米歇尔·托马斯的方法设计的日语课程光盘时，我立刻订购了一份，我们马上就学了起来。

玛丽埃塔和我很快开始期待晚上的到来——我们播放光盘，坐在床上，调暗灯光。这就像一种冥想技巧。而且终于能学到一点日语了，这真令人激动。

然而，孩子们没法掌握这种方法。它显然不是为小孩子设计的，他们的思维方式和大人的不一样。他们很快就放弃了努力。因此到日本时，虽然我已经对这门语言有了基本的了解，至少对口语有些认识了，他们却还是彻头彻尾的初学者。

然而，日复一日地沉浸在日语对话的海洋里开始起效果了。上学几个月后，乌玛的班级排了一个舞台剧。去看演出的那天，天气十分炎热，我们还迟到了几分钟。我们到的时候发现整个学校的人，包括大部分学生家长都已经在阳台上排队站好，唯独等着我们。乌玛站在阳台下的院子里，和她的同学们在一起，准备开始演出了。我们连忙爬上通往阳台的楼梯，一位妈妈匆忙赶过来，让我们把鞋脱掉。当然。我们忘了。把鞋子拎在手上回去爬楼梯时，我看见有几个人露出震惊的表情，孩子们面面相觑，眼睛睁得大大的。我们居然穿着鞋爬楼梯？

终于，历经折磨后，我们在阳台上找到了位置，孩子们可以开始表演了。此时，离规定到达时间只过了五分钟。

那部剧是《乔治与龙》，乌玛演一位面包师。她在一群孩子中间跑来跑去，脸上带着大大的笑容，一群七岁的孩子用他们精灵一样的嗓音唱着歌。突然之间，她开始说话了——说日语，当着整个学校的人的面。她的声音洪亮而坚定。我完全不知道她在说什么，但无法抑制心中的激动之情，我看着玛丽埃塔，看着所有人。都听到了吗？那是我女儿。

她不仅说了台词，还安排忘记站位的孩子找对位置。看，这就是她，才上学两个月，就在日本的学校里大放异彩。

还有一次，我也喜出望外。当时我在火车站给她们买月票。售票员给了我一张表，要填上名字和地址。我把表交回去时，他摇头拒收。名字必须用日语填写，不能写英文字母。要让机器可以识别，才能给月票授权。但我不可能做到这一点。我一直在努力地学日语口语 ，但在写日文方面，我是一窍不通。米歇尔·托马斯的光碟教程没教怎么写。我们惨了。不过，或许……

“你能用日语写自己的名字吗？”我问她们俩。她们正从展示架上拿宣传单，每个人都收集了一大堆。

“当然会。”莱拉说。

“真的？”

没错，当然，她们真的会写，毫不犹豫地就写出来了。机器也能识别，并且通过了授权。

但这只是偶尔的闪光时刻。大部分时候，她们一整天泡在音节和词语的旋风里，尤其是上课的时候。每次我问莱拉学到了什么，她都说：“我不知道。”

“但你上课时做了什么呢？你总得做些什么吧。”有一天我问她。她的课本上满是日语，还有漂亮的插画。有位妈妈和我们说，她儿子一直在家里练习写字，因为他坐在莱拉旁边，看见她的字写得有多好看。

“今天我练习了六的乘法表。”她说。这不是上课的内容。她自作主张这么做的。老师讲故事而她听不懂时，她不会一脸茫然地盯着墙壁，而是在脑子里背乘法表。不管怎么说，这经历让她们学会了在空闲时如何建设性地利用时间。

所有人都不停地告诉我，孩子们去日本会得到极有价值的经验。他们会学会人生的重要一课，但我还弄不清这究竟有什么益处。他们将了解世界上还有别的文化、别的行事方式，学到在一个地方正常的做法在另一个地方不一定还是正常的。

他们还体验到了做一个异类的感觉。我想，如果他们能应付得了这个，就会变得更坚强、更有韧性。正因如此，我们必须克服最初的困难。要克服如此艰难的开端，最终成为不一样的群体中不可或缺的一部分，是一项了不起的成就。这能教会她们坚持就是胜利。即使面前的困难看似难以逾越，最终也能被成功战胜。如果我们当时放弃了，我想，会给孩子们完全相反的体验。她们会学到一遇到困难就立刻逃避。

所以，即使莱拉在课上无聊得要背乘法表，我仍然希望她能学到最重要的一课：这个世界并不是可怕的、不适宜生活的地方，而是一个他们有能力加入其中、投入进去并融入集体的地方。

>>>>>

她们上学三个月后，我才发现莱拉和乌玛的学校有支驿传队。斯坦纳学校并不以体育方面的卓尔不群闻名。斯坦纳教育的一大宗旨就是合作高于竞争，在英国，这也将体育活动囊括在内，至少直到中学阶段都是这样。在日本，虽然并不特别注重竞争，斯坦纳学校的学生课后也会花不少时间训练。最受学生欢迎的两项运动似乎是棒球和排球。随着冬日逐渐临近，焦点又转到了驿传上。

在京田边本地的驿传大赛——在学校队和业余队之间展开竞争——举办大约六周前，训练就开始升温了。希望入选的学生开始紧锣密鼓地训练，每天都练。我的十五岁邻居良平感到如鱼得水。驿传队的队员大部分都是排球选手，用长跑为排球赛季做准备。但对于良平而言，这就是他的主场。一天早晨，他敲开了我们的门，戴着口罩的他邀请我参加学校驿传队的训练。

“什么时候？”我问他。

“四点。”他说。

“今天。”

他点点头。是的。是今天。

我那天早上已经跑过了，但时时都感觉精力比以前充沛，尤其在更加关注跑姿后。现在，如果我真想刷新以前的最好成绩，就得增加训练。一旦每天开始跑两次，你总会觉得有所进步。你开始感觉自己是位严肃的跑者。当然，这要花很多时间，我也很难坚持，但即使只是偶尔一天跑两次，也能让我觉得有所精进。

“好。”我说，并向他鞠躬，“谢谢你。”

>>>>>

晚些时候，正好四点，良平按响了门铃。天气变冷了。似乎每个人都戴着口罩。莱拉和乌玛开始不愿意出门了。孩子们在街上玩的时候，越来越多地互相追逐，跑来跑去。莱拉显然在玩游戏时和一个邻居家的孩子闹翻了，但每天放学后，门铃还是会响。

“莱拉，乌玛，出来吗？”他们说。在小小的监控屏幕上，他们在冷风里蜷着身体站着，还戴着遮阳帽。我告诉他们莱拉和乌玛不想出门时，那些孩子总是一脸难过。

“那奥西安呢？”他们问。

“奥西安，你想出门吗？”我问他。

他冲到门口，探出了头。“稍等。”他说，然后关上门，以最快速度穿好靴子。

“别忘了穿大衣。”我向他喊道，但他已经出去了，门在他身后砰地关上。

但今天，门铃却为我而响。我穿上了运动鞋。今天的第二次跑步。学校驿传训练。我们走吧。

>>>>>

在学校，良平和清早一起跑步的小团队中的一位少年正坐在草坡上，等着学校外边碎石运动场上的棒球队完成训练。棒球队的队员们排着队，一个个地接教练打过来的球，他们必须及时把球抓住，再扔给站在教练身后的接球手。如果没接中、没扔好，就得回来再做一次。做好了，整个队伍都会大声喊出鼓励他们的话。

他们就这样排队，接球，排队，循环往复。我不知道他们已经练习了多久，但他们很专注。我看得越久，就越意识到日本人对运动有多狂热。同时，顶尖的中学和大学的比赛队伍比更高级别的专业比赛队伍更受欢迎，也得到了更多关注。

然而，对青少年运动的关注意味着运动员在学校时就承受着极大的压力，迫切地追求成功，这可能会给许多最优秀的年轻运动之星的运动生涯带来极大的伤害。

年初，十六岁的棒球投手安乐智大引起了激烈的争议。他带领着无人看好的高中球队一路打进日本最大的棒球联赛甲子园的决赛。九天内，安乐在五场比赛中累计投球七百七十二次，相当于美国职业棒球联盟投手在六周内投出的平均球数。

然而决赛上，安乐崩溃了。在现场及电视机前几百万名观众面前，他发挥失常，最后以一比十七的比分输掉了比赛。美国的棒球评论员称，让他投这么多次球完全是疯了。

赛后，安乐说：

“我感觉沉甸甸的，仿佛身体不是自己的了。但我尝试用精神的力量撑过去，也算是日本人的典型做法。”

他显然不缺少努力。据娱乐与体育节目电视网就此事制作的纪录片所述，他所属的校队每天练习五小时，每周训练六天。如此高强度的练习在日本高中的体育训练中并不鲜见，这源于一个强大的信念，那便是只有努力才能成功。而日本体育界却充满了无法真正发挥自身潜力的年轻明星。宪司深信，他的职业生涯之所以如此短暂，罪魁祸首便是过度训练。宪司毫不掩饰他的愤怒。他至今仍对那些逼他跑得那么狠的人心怀怨怼。

正因如此，他才收下三个大有前途的年轻女选手，庇护她们。三位运动员都曾在小时候因过度训练受伤，他希望能教她们用更巧妙的方式训练。三人中年龄最大的小渚现在十八岁，她说在中学时每周要跑一百二十五公里。另外，如果比赛表现不好，还要被罚做两百个仰卧起坐。看到我一脸震惊，她露出了微笑。

"我倒不介意。"她说。

宪司并不赞成这种做法。他说，这种过度练习是她受伤的原因。他甚至建议她大学阶段不要加入驿传队，这样就再也不会被迫过度训练了。

美国儿科学会最近的一项研究支持了宪司的说法。研究发现，八岁到十八岁的运动员若每周在有组织运动上花费的时间是自由活动时间的两倍，就更容易受伤。

"我本来可以赢得奥运会金牌的。"宪司说。这不是自吹自擂。一九九四年世界青年锦标赛上，宪司夺得银牌，仅次于肯尼亚的丹尼尔·科曼。当时他的一万米跑最好成绩比科曼的还要更快。

"我曾经一度是有史以来世界第四快的青年运动员。"他说。

然而两年后，当丹尼尔·科曼以十二分四十五秒的成绩打破五千米跑世界纪录时，宪司只是勉强跑进了十四分。

当然，如果没有高强度训练，宪司可能一开始就不会这么优秀。到了二〇〇一年，年仅二十六岁的他就已经做了两次手术，处理跟腱的旧伤。"到那时，"他说，"我的职业生涯就结束了。"

>>>>>

每年规模最大的驿传比赛之一是全国高中驿传大赛，全程都有电视转播。比赛在京都举行，所以我也跟着去看了看。

开跑地点就是我和绽放队曾经绕着跑圈的那个体育馆。在场馆内，一群群啦啦队员无视寒冷，穿着短裙，戴着耳罩。一支支铜管乐队陪伴一旁，在看台上针锋相对，响亮地吹出各自学校的校歌。广告牌一样大的校旗被学校的铅球选手高高举起。

我四处乱逛，想借此取暖，直到男子比赛开始才停下。一群扎着头带的小伙子在跑道上飞奔，跑了几圈后冲出场馆，跑上了横跨城市的赛道。

选手们刚走，观众就开始向最近的地铁站移动。我也加入到人群之中，身后乐队仍在演奏，啦啦队员依然兴高采烈地挥舞着手里的手摇花助威。

地铁上挤满了扛着旗子或穿着某支队伍代表色服装的人。我不知该往哪里去，就跟着人流走。到了某个站，他们涌出车厢，激动地冲上楼梯，其中有穿着田径服的年轻人，有背着背包蹬着跑鞋的年长者，有欢笑不断互相呼喊的一家人。下楼梯的人让开了一条道，十分自然地在今天把自己的城市让给了这群狂热的驿传迷。虽然要现场观看一项在几小时内横穿整座城市的运动并不容易，但坐地铁追赶选手，赶在他们到达下一个观察点前就位，显然正是看比赛的一大乐趣。这就像是我们也在赛跑一样。

几分钟后，我发现自己身在一个交接点附近。选手已经在旁边的小道上就位，等着队友到来。我漫步在他们之间。气氛已经变了。所有选手都穿着长大衣，下摆几乎挨着地面，以抵御寒冷。大衣的颜色都是队伍的代表色，衣料闪闪发光，让他们看上去就像是即将上台的拳击手。说实话，这些面色憔悴、满脸痘坑的瘦巴巴的孩子在我眼里确实更像拳击手，而不是跑者。他们的表情如此紧绷，如此凝重，俨然即将拼命搏杀。当他们绑上头带，动作利落得像在进行某种仪式时，我端着相机左钻右钻，但他们对我视而不见，像饱经战火洗礼的老兵，眼神仿佛已经看透了生死，迷失在肾上腺素对身体的冲击中。

他们被一个个喊到大街上，等着交接的时刻。我们先是听到了观众的欢呼，紧接着是电视转播直升机的轰鸣。然后，最前头的两个男孩奔跑在宽阔无人的街道上，越来越近，随后狠狠地冲过终点线。接力带被从他们身上剥下，甩到两位新选手肩上，两人迅速冲了出去。

这实在太富于戏剧性。即使我不属于任何一支队伍，只是在旁边看看，也觉得压力大得让人难以承受。我实在无法想象这些年轻人究竟经历着什么。像他们这么大的时候，我也参加过当时自以为严肃的赛事，但和眼下的情形相比都不算什么。这场赛事有电视转播，选手们面对着整座城市，沿途有成千上万的观众。

我想起了米歇尔·托马斯的警告，在有压力的情况下是无法学习的。我想起道格拉斯·希尔讲到身体承受压力时会关闭某些功能。我想起肯尼亚选手抱怨日本人小时候训练得太狠。我想起宪司，想起职业生涯过早结束带给他的愤怒。站在现场，很容易看到这一切是如何发生的。

>>>>>

虽然斯坦纳学校在运动方面并不突出，也几乎不可能因为过度训练过早结束某个人的运动生涯，但校内的棒球训练看上去还是非常严肃。我悄悄站在草坡上看他们训练，但没有一个人看我一眼。终于，他们停了下来，教练走过来。他六十多岁了，面容和善。棒球队里的一些队员进了学校，但大部分人都聚在他身后。他们刚刚结束棒球训练，就立刻要开始驿传训练。

“欢迎。”教练与我握手，并鞠躬行礼，“很荣幸有你加入。”而后再没有什么闲话，他走出了学校大门。还没等我反应过来，我们就跟在他身后跑上了斜坡。

我们跑过街道，街边的小房子像乐高积木拼成的，整整齐齐的。而后，我们沿着一条小河跑。我自己训练时也会选这条路。第一次在这里跑步时，我看见一条令人好奇的通向森林的小路。我当时决定选这条路看看，它看起来似乎是往山里去的。我当时在找适合跑步的路线，想远离钢筋水泥的城市，这是我当时能找到的最好选择。越往林子里去，路就越窄。但整条路的两边都扯着带刺的铁丝，把森林隔在了后面，还挂着警告牌，仿佛有什么危险。生锈的监控摄像头装在混凝土小屋上，正对着我。我继续跑下去，越来越不安，生怕最后会跑到 007 电影里坏人老巢一样的地方，身形硕大的恶犬正等着咬我一口。但我最后跑到了另一个城郊居民区。又是密密麻麻的小灰房子沿路排列。城市中无处可逃。

我们跟在教练后面慢跑，速度很轻松，学生们近乎沉默地跑着。我在队尾徘徊，不想那么好胜，只想高高兴兴地跟着他们跑，欣赏身边的景色。被铁丝网隔离、表面覆满森林的群山就立在房子后面。

教练没有跑进任何一条小路，而是沿着河边的主路前进。他从来不回头看我们有没有跟上。甚至有些选手已经跟不上时，他也是向前小步快跑，越来越远，跑进无尽的郊区。

终于，他转回身，还是一句话也没说，也没有检查谁能跟上他。我们就像一件在风中飘扬的长披风似的，全都跟在他身后转身往回跑。掉队的队员组成了第二队，跟在后面，但他们也没有抄近路，或是在我们经过时偷偷加入队伍，换成我一定会这么做的。他们坚持了下去，跑到了我们掉头的地方。显然，不偷工减料很重要。

离学校还有一半路程时，教练在一座小寺院前停住了。他说这里有一个八百米的环形跑道，我们要跑两圈，中间休息一次。他希望我们跑得越快越好。他掏出表，要给我们计时。

第一圈我跑得很放松，专注于自己的跑步姿态。刚才那样轻松的跑步让我完成了热身，一马当先地冲在前面。我好像跑在云端，刚才的慢跑没有带来任何疲劳。我经过时，他喊出了我的用时，但我没听到。

"你的跑姿很漂亮。"他说，此时良平比我晚几秒到达终点。其余的人还在后面，被我们远远甩开。跑姿漂亮？以前从没有人这么评价过我。我的调整确实有效。有人能发现我的改变，我激动极了。

"我之前花了一番心思改进。"我告诉他。他点点头，对我微笑，但我不知道他到底有没有理解。

他对学生说话，让他们（我能猜到他在说什么）看看我的跑姿，向我学习。

我试着给他们演示其中的关键要素。身体稍微前倾，腿向后摆时要抬高，步速要快。我的日语达不到描述这些内容的水平。他摆了摆手，示意我别再说了，是时候跑第二圈了。

后来，我们回到学校站成一圈，他对学生们讲话。然后他叫我说几句对他们的跑步有帮助的话。

我决定还是别对他们解释保持好的跑步姿态的关键了。这对于我那不怎么样的日语来说实在太复杂。而且说实话，我还没搞清楚自己做得到底怎么样。现在我跑步时感觉确实比较好了，但对我有用的不一定能搬到别人身上。另外，在看到自己的姿势前，我还不知道自己是否做到了完美。我已经受过一次教训了。

于是，我告诉他们跑步时正确呼吸有多重要，得从丹田深处呼吸。这是我在德文郡从乔·凯利那里学到的又一个诀窍。他说良好的呼吸和强壮的横膈膜是核心力量的基础。我难以相信自己以前从没考虑过呼吸的问题。当我跟着试了试用腹部呼吸，让空气充满肺部，而不是浅浅地做胸式呼吸时，身体像装了涡轮增压发动机一样。这就像按下了又一个加速按钮。

和良平一起跑步时，我发现他的呼吸都很浅，像我以前那样。这是值得和他们分享的信息。

"吸气时，腹部应该鼓起。"我把手放到肚子上展示给他们看。

这算不上什么，但教练似乎很乐意看到我发表见解，他让队员们鼓掌致谢，邀请我下次再和他们一起训练。然而，他们的训练时间和我的时间都对不上，下一次见到他们时，已经是在京田边驿传比赛上了。

>>>>>

我开始考虑组建自己的驿传队这件事。琵琶湖的比赛算是一次尝试，但那支队伍太没有竞争意识，队友中有几个人，我当天早上才认识，这让我开始渴望更严肃认真的驿传体验。宪司一直在和我说参加驿传时感受到的那份责任感，全队的希望都压在你肩上的那种感觉。他告诉我，这能使人到达更高的高度，这就是团队的力量。

至少在日本是这样的。我自己参加比赛时没有感受到它，可能是因为我的思维模式太个人主义，太西方化，我的队伍里似乎没有人怀着这份希望。我就算慢慢跑着把比赛跑完，也没人会抱怨一句。我想感受身上背着接力带的感觉。我想知道，当这条接力带确实至关重要时，当每领先或落后一位都非同小可时，当我们确实有希望拿到好名次时究竟是什么感觉。

在日本这段时间里，我打算组建一支全明星队伍。我盘算着招来绽放队的王牌森田，可能再加上队里第二快的六川，他是亚瑟士公司的销售经理，已经五十多岁了。如果可能的话，再找几个立命馆大学的队员。兴许一年级的学生会愿意参加。麦克斯觉得他们会答应的。他也想加入。他提醒我说，等我离开日本时，他就能在三十五分钟内跑完一万米了。我十五岁的邻居良平大概也愿意加入。我问麦克斯能不能找到我可以参加的驿传比赛。

麦克斯起初建议我组好队伍参加京田边驿传，结果发现所有选手都得是京田边人，至少也要在这里居住。于是我们只好再找其他的队员。与此同时，我只能在京田边的比赛上做个观众，在冷得刺骨的冬日和良平的父母及他的两个姐妹骑自行车去第一个交接点。

如今已经到了冬天。我们站在街上冷得不停换脚，脚趾都冻麻了，很难想起此前在闷热时节热得发晕的感受。良平的两个姐妹还戴着遮阳帽，骑自行车时也没有戴手套。我戴了一双滑雪手套，手指还被冻得像脆硬的冰条一般。我把帽子上的羊毛防寒片翻下来，盖住耳朵。

在交接点，一队工作人员坐在桌子后边，准备迎接将要到达的选手。他们拿着笔记夹板和扩音器，都穿着一样的黄色防雨夹克衫。在他们身后的小停车场里，第二拨选手正在热身，在原地慢跑或做拉伸。他们显得很紧张。只有来这里观战的本地蔬菜配送员格列佛显得心情轻松，只要有人愿意听他说话，他就和人家说笑。

我刚开始考虑究竟还能在这么冷的天里站多久，就听说他们快要跑过来了。原来，我们早到了一个多钟头，就为了确保不错过比赛。

选手是一个个跑来的，他们踉踉跄跄地跑过终点线，把接力带交了出去。周围的观众在一旁看着，没发出什么动静。我们的热情都被冻没了。有些选手在交出接力带后非常戏剧化地瘫倒，五体投地跪在地上。至于别的人，比如良平，就安静地以最快速度走进停车场，静静融进人群中，他们的任务已经完成了。

最后，斯坦纳学校的队伍在二十多支队伍中取得了第三名的成绩。队员们拿到这个名次似乎很高兴。他们去年也正好是第三名。前三名全是学校校队，第四名则落入一支成年人的队伍手中。

闭幕式在京田边体育中心举行，那是一座大型体育馆。我们聚到一处，观众和选手混在一起，等着仪式开始。接待区放着本地体育队的照片，他们赢得的奖牌放在一个大玻璃柜里。柜子正中间放着一张模糊的照片，是很久以前京田边驿传比赛的冠军。细看之下，我想我认出了一张年轻的脸。旁边的另一张照片上也是这张脸，这确认了我的猜测。在第二张照片里，这位选手穿着日本国家队队服，正高举双手冲过某次比赛的终点线。他就是本地的长跑英雄高尾宪司。

16

宪司已经好一段时间没有消息了。不得不承认我接收消息的“雷达”用的确实是另一种语言，还总不灵光。我基本上是靠着麦克斯或小串先生了解赛跑新闻和训练安排的，毕竟我能与之直接交谈，又和日本长跑界有联系的人，就只有这两位了。当然，他们都有自己的事要忙，有时整整一个星期，我能做的只有送孩子上学，带他们去游乐场，然后在超市里一头雾水地挣扎，试图弄清到底哪瓶是洗洁精，哪瓶是洁厕灵。还没等我反应过来，全国大学驿传大赛就要举办了。这是立命馆大学年内能参加的最大规模的比赛。所有练习，所有计时跑，所有选拔赛，一切的一切，都是为了这场比赛。对宪司而言，这也是他就任教练后的第一场重大赛事。

比赛前一天，我带奥西安去游泳。他在浅水池里扑腾，到处都是水花，我在一旁有点走神。室外的蓝天已开始变暗，雨渐渐落下来，雨滴啪啪地敲打着巨大的窗户。一个女人看见雨下成这样，捂着嘴跑进了更衣室。她甚至没在池边用洗眼器冲冲眼睛。

“奥西安，我们得走了。”我说。我意识到完全不清楚明天观赛的安排。我想当然地以为宪司或麦克斯会帮我打点好一切，帮我订酒店，帮我确认电车时间。我预备着只要有人给我打电话，就立刻行动。但直到现在都没有一个电话。

住在语言不通的国家会遇到一个问题：你说话听起来会像个孩

子，别人也开始把你当孩了看。丁是，你也掉进了这个怪圈，开始像孩子一样行事。

我第一次在东京过夜，是为了看企业田径锦标赛。小串先生给我订了酒店。他把我带到酒店，甚至还上楼帮我找到房间。他真是个好人，我这么想着的时候，他正给我解释哪里是浴室，哪里放着毛巾。然后，我发现房间一侧有两扇大大的推拉门。

“噢，看来我这里还有阳台呢。”我说。

“对，不过小心点。”他说，“别掉下去了。”

我问过麦克斯能不能陪我去观看全日本大学驿传大赛，并当我的翻译。我还让他问问宪司，我们俩能不能在比赛那天跟着他，真正了解比赛到底是怎么运作的。在九州驿传大赛上，教练开车跟着运动员，车顶上装着扩音器，向选手喊出指导意见。我希望这次比赛也有这样的场面，而且这次我们能坐进车里看看。

奥西安和我回到家时，雨停了，天也开始黑了。

“麦克斯打电话找过你。”我们俩摘下帽子脱掉大衣后，玛丽埃塔说。

“他说什么？”

“你最好给他回个电话。”

>>>>>

两天前，麦克斯搬家了。他离开了京都的别墅，搬到了京都以北一小时车程的乡间，要开始一段新生活。我给他打电话时，他听上去仿佛在更远的地方。他说话时，背景里似乎传来霜冻的幽深山谷那寂静的呢喃。宪司准备比赛的压力实在太大了，没有余力帮我找住处，他说。

“这是他的第一次大赛，他不知道情况会如何。他觉得你最好早上自己坐车去比赛场地，在一边看看就是了。这样一来，你应该也不需要我跟着了。”

麦克斯不想去。宪司还有别的事要忙。我无依无靠，只能呆站在那儿吮手指。

“你能帮我再问问宪司吗？”我问。我真的很想从他的角度看比赛。如果只是比赛出发的场景，我在电视上都能看了。

“我今晚就去名古屋，找个酒店。”我说，“我可以一早去找他。”

十分钟后，麦克斯回了电话。

“行了，宪司说让你早上五点去联合酒店找他。别迟到。他们五点十分就在大堂外坐车走了，不会有时间等你的。所有酒店的房间都订满了，不知道为什么。这周末名古屋肯定有什么大事。你可以去住我知道的那家胶囊酒店。我会用电子邮件把地址发给你。”

于是我迅速吃完了晚餐，二十分钟后，就背着包和玛丽埃塔及孩子们道别，然后走进平静的郊区夜晚，下了山坡，走向京田边车站。在名古屋的某个地方，立命馆大学的队员们要回房间休息，正在互道晚安。第二天一早，他们就要面对今年最重大的比赛。

>>>>>

胶囊酒店已经住满了。我找到那里的时候，时间已过午夜。门面挤在主干道分出去的一条小路里，路边的弹子球店使道路变得十分嘈杂。弹子球是日本的一种赌博游戏，弹子球店店面都很大，装修俗气，挂满了闪闪发亮的灯。名古屋到处都是这种玩意儿。

除了弹子球店，街上还开着的店只有常见的便利店和快餐店。我无助地看着招待处的男人。

“你可以睡在公共空间里。”他说。这听起来有点吓人，但我没有其他选择了，反正我四小时后就得起床。

我付了钱，他们把我带到更衣区。入住胶囊酒店后，第一步就是脱掉全身的衣服，将衣服和其他物品一起锁进柜子。然后他们会给你一条毛巾和一套睡衣，你就可以进温泉了——就是泡澡池。

房间很大，贴满了瓷砖，里面有六个大小不一的池子。池水里潜藏着疲惫的男人们的脑袋。他们慢慢滑进池里，又慢慢探出头来，像翻滚的大海豹，想找个更舒服的地方。

有个池子的水是粉色的，给这房间带来了一丝活力。我跨了进去泡进了热水里——有何不可呢？我晕乎乎的，有一瞬间难以呼吸。热水，天花板，踉跄地爬上阶梯的男人，用毛巾遮着下体换池子。塑料枫叶装饰低低垂下，吊在我头上。

慢慢地，一切都沉静下来，空气中响起蒸汽和流水的声音。我不怎么享受在热水里懒洋洋地泡着，才几分钟就想换池子了。凝满水雾的门后边似乎还有更多池子。我爬出池水，把门推开。屋外空气清新，感觉更好一些。这里有几个单人池，就像巨大的茶杯。某个池子里有个秃顶的男人睡着了，头靠在池边，腿挂在池子的另一侧，脸隐匿在水面的腾腾蒸汽后。

我的下一站是桑拿房，里面又有一个男人躺着睡着了，另外两个男人在看电视上播放的烹饪节目。

我迅速把别的池子都体验了一遍，然后冲澡，擦干身子，穿上睡衣。我感觉身子十分干净，焕然一新。我干净得都能发光了，现在只需要找个地方睡一觉。

楼上是个放满躺椅的房间，每把椅子都装了个电视屏幕，似乎关不掉。大部分椅子被睡觉的人占了。这里已经人满为患。我暗自疑惑，怎么会有这么多单身男人要在星期六晚上来这种地方？

地下室里安静一些。现在已接近夜里两点。在建筑的角落里，我找到一个漫画图书室。这是个铺着榻榻米的小房间，一个个书架上摆满了漫画书。一个男人铺开日式床褥打算睡觉，还有几个人正坐着看书。这里感觉比有电视的那个房间安静不少，我便学着那个人的样子，铺开日式床褥，准备躺下睡几个小时。

图书室里开着灯，我睡了又醒，每次都看见屋里看漫画的人又换了一批。还有几个人在我旁边，也睡着了。

凌晨四点，闹钟响了。我爬起来走向门口，换上自己的衣服，出门坐进正在等我的出租车，后排座位的门已经早早打开。五点整，我来到宪司住的酒店门外，整装待发。

>>>>>

宪司匆匆忙忙冲了出来，背着大大小小的包。他咧嘴一笑，面露惊讶，应该是看见我有些吃惊。

“好了，好了？”他问。我点点头。几个运动员已经到了。其他人住在沿路的各家酒店里。宪司说，他的职责就是把他们按时送到各自的起跑地点，然后在终点等他们。

我们坐上队里的小巴，车慢慢开走了。街上，穿着短裙的女人和头发油光锃亮的男人刚在酒吧狂欢了一整夜，此刻正东倒西歪地往家走。运动员们看着窗外的他们，两个世界的人短暂地擦身而过。

宪司显然很看不上这样的人，他说了句话，我没听到。其他的人都笑了，但有些敷衍。宪司的助手野村坐在小巴前排座位上，挨着宪司，帮忙指着通向比赛起点的路。我们有几个弯拐错了，宪司在开始繁忙的马路上飙车。当然，他们预留了很多时间，把头两位选手送到地方的时候，天几乎还没亮。宪司没对他们说什么特别的，只是例行公事地说了句“加油”。或许他昨晚已经开过动员会了。

选手一下车，我们就又继续前行。野村大声指出方向，卫星导航也在指路，宪司边开车边聊天。一周前，立命馆大学的女队又一次赢得了全日本大学女子驿传的冠军。我对宪司提起这件事。

“是的，”他说，“有压力，有压力。”

上次见到他时，宪司对日渐逼近的比赛激动莫名，做出了大胆的预测。他说，今年可以拿到前十，明年拿前五，然后就是冲击前三。这个目标很有野心。能跑箱根驿传的大学把高中男子长跑的好苗子都抢走了，如果立命馆或其他关东地区以外的大学能闯进哪怕前五，都已经算是奇迹。

但是，队里的王牌受了伤，其他队伍在三大大学比赛的第一场，也就是出云驿传大赛中表现比预期好得多，他已经稍微降低了期待。

他说他今天最高的期望也就是第十名，但实际上他预测能拿第十三名。如此准确的预测意味着他已经详细分析过对手的水平。去年，立命馆得了第十三名，当时队里一团混乱，连教练都没有。宪司说，如果连第十三名都拿不到，那就糟糕了。

“明年，”他咧嘴一笑，几乎已经把今天抛到脑后，“第五名。”

>>>>>

我们先于选手几个小时开车经过赛道，将运动员接上车，在不同的交接点把人放下。长长的赛道笔直地通过延绵无尽、乏善可陈的平坦土地，偶尔闪过几间车行或是丑陋的公寓楼，还有罩在大网里的高尔夫练习场。这一簇簇建筑的缝隙间，有时候会冒出一间陈旧的日式房屋。

比赛的起点和终点都设在风景如画的神社处，但赛道四周的景色大部分是典型的日本郊区景象，偶尔会有几片稻田，田里站一个手工犁田的老农，仿佛没有意识到周遭已进入现代社会。

比赛一开始，我们就在手机上有规律地接到这支队伍比赛表现的通知。我不知道到底是谁在给我们发消息，可能是有人在看电视吧。宪司车里有电视，但无论怎么试，宪司和野村都没法搞定它。他们换了好几遍台，来来去去也就那么几个，然后又努力想找广播里的赛况评论，也是徒劳无功。我们只能靠手机跟进最新的赛况。

野村每接一个电话，神情都像是听见整个东京从悬崖边跌落了一般。“不。”他转眼看着宪司,屏住了呼吸。“啊？”宪司呵呵笑着，急切地想知道到底发生了什么。他们就像两个不知怎的弄到了校车钥匙的激动的男学生。

就我所知，实际赛况和车里的激动情绪有些不太匹配。二号王牌南云在第一赛段表现得很扎实。有一阵子，他跑到了第八位，但最终还是下滑到了第十二位。等到第二赛段结束，队伍的排名已跌到第十五位了，再往后也没什么起色。第五位上场的选手是队里的“秘密武器”，表现不错，在他那一段跑到了第九名，但等到队长上场的那一段，情形就急转直下了。这是他为校队跑的最后一次比赛，在二十一位选手里只排到第十九。等他把接力带交给有伤在身的王牌吉村，这支队伍也只能迷茫地挣扎了。王牌的身体撑得住吗？他能把队伍往前带几个位次，至少爬到去年的第十三名吗？看起来希望不大。

第一赛段之后，电话上的赛况更新就不那么频繁了。等队伍的排名渐渐下滑，车里的气氛变得更为沉默。

比赛终点处是三重县宏伟的伊势神宫旁著名的宇治桥边，我们发现周围聚集了上千人。宇治桥是著名的旅游景点，大部分人都是为它而来的。但街边也有不少人是为比赛而来。从大屏幕上，人们能看见领先的几位运动员激烈地争抢名次，镜头偶尔会扫一下跑在后面的选手。一群立命馆校队的粉丝站了出来，他们举着旗子，穿着印有校徽的夹克衫。当各队选手渐渐接近终点线时，这些粉丝静静地等着立命馆大学的队员冲线。等待似乎没有终点。第十二个，第十三个，第十四个。看来王牌根本没抢回几个位次。随后，排在第十五名的选手出现了。我们还在等。终于，跑在第十六位的王牌出现了，他满脸痛苦，一只手叉在腰间，挣扎着冲过了终点线。

立命馆这边的情绪已经低落得像是葬礼现场了。不知从哪里冒出几个西装革履的人，是学校的管理人员，他们围住了宪司。他们看上去像是努力忍着不发出愤怒的斥责，下颌紧绷，双手抱在胸前。宪司也不太能掩饰自己的情绪。他看起来已经崩溃了。

立命馆校队的粉丝聚了过来，其中一个穿西装的男人说了个笑话，还尴尬地笑了笑。其他队伍的人看着我们围成一大圈，圈里几乎有上百人。来支持校队的都是学生，或是已经毕业的校友，有些人看起来已经毕业四十多年了。为了表示心有不甘，他们集体唱起歌来，用最大的声音唱着校歌。和女队上个星期取得的成功相比，这次的结果可以说是大相径庭。压力？最终压力将会落到何处呢，我不由得心生疑惑。

>>>>>

当晚，宪司开车捎了我一程，把我带回了京田边。这是段远路，周日晚上高速公路正堵车，雨哗哗地冲刷车窗，野村看着前方，像是在红色的尾灯之间寻找某个标志。车停在我家门外，宪司看上去筋疲力尽。我本想邀请他们进来坐坐，但时间很晚，灯也关了。天气变冷后，我们就把床垫搬下楼，睡在客厅里，整栋房子只有这间屋子有暖气。

反正宪司也急着回家。他有很多要考虑的。明年在全日本大学驿传拿到前五名，达成这一目标的希望越来越渺茫。

“谢谢你送我。”我说着下了车。

“好啦，好啦。”他微笑着说。比赛结束后，他的心情好了不少。校队还能参加地区大赛和京都驿传大赛，还有机会稍微挽回一些损失。他静静地调转车头，开走了。

或许，比叡山上的马拉松僧人追求的也是某种救赎。第二天早上，我终于接到了麦克斯的电话。我们可以去见他们了。

17

我们接上了私人寺院的那位夫人，同行的还有一位穿着宽大套头衫的年轻男人，她说这是她朋友。我们坐在麦克斯的跑车里，车子出了京都，开上了比叡山。我们刚刚驶出郊区，就在几栋传统建筑外的树林间停下了车。我们要见的跑步僧就住在此处。我本以为这应该更像一次朝圣之旅，要攀登险峻的山间小径，才能抵达隐入云间的寺庙。

我们下了车，旁边有个堆满一桶桶染料和一片片木板的车库。细雨飘落，夫人轻巧地走到车库的雨篷下，撑开伞。石头砌成的门拱下有一条小路，我们沿路而上，走向一座日式传统建筑。一条狗见我们走来，站起身伸了个懒腰。它静静地看了我们一阵。连禅宗僧人的狗都这么安静。我正想着，突然间，它激动起来，冲我们吠了几声。

我先和穿着宽松套头衫的男人到了门口，他敲了敲门上的木镶板。一个穿运动服的身材壮实的男人开了门。他看见我们，神色惊讶。他们说了几句话，穿套头衫的人用手比画着，显然在解释我们是什么人，穿运动服的人点点头，突然露出惊喜的表情。“啊，原来如此。”他说，紧接着穿上人字拖走进雨里。我们跟着他穿过一处小院子，走到另一座房子里，他将我们留在这里，独自走了。

屋里潮湿阴冷。破旧的拼布地毯占据了半间屋子，屋子的另一头有一张桌子，上面的佛台上供着佛像、花和骨坛。

“他会先做个仪式。”穿套头衫的男人解释道。他告诉我怎么把自己的祈祷融进仪式里。另一面墙上贴着各种各样的祈祷词，可以祈愿考试成功、工作升迁，或梦想成真。这里感觉没什么佛教的味道，追求的都是俗世的愿望，但我毕竟也不是专家，还是选择祈愿家人身体健康吧。玛丽埃塔的皮肤炎症还是很严重，刚开始是因为八月炎热的天气，可到现在也没消退。如果必须祈祷，我肯定是希望她能好起来。

穿套头衫的男人为我把愿望写在小木片上，我付了两百日元。木片被放在桌上那一大堆小木条中间。然后，我们坐下等着。

几分钟后，穿运动服的人回来了，但身上的衣服已经换成了白色的僧袍。他进屋看见我们坐在地上。“你们不想要把椅子吗？”他问。我们身后有几把小小的榻榻米椅子。“不用了，我们这样就行。”麦克斯告诉他。但那些椅子看上去挺不错。我们兴许要在这待一段时间。我伸手拽了一把椅子。

僧人爬上桌子，盘腿坐下，开始诵经。他的声音持续不断，带有韵律，听起来像迪吉里杜管[①]。他坐在那里，诵经声在屋子里回荡，他在面前排开几个铜罐，偶尔把木条插进一只装着水的罐子里蘸一下，轻轻弹动。然后他开始把祈愿木条堆在面前的一个大碗里，口中念着木条上祈愿的文字，似乎那也是诵经的一部分。当然，整段吟唱都是日语，在我听来只是低沉的喉音，直到他念出我的名字，把一根木条放到越堆越高的木条堆上。

随后，他用蜡烛点燃了木条堆。木条噼啪作响地燃烧，他的诵唱也没有断。他往火里倒了一些沙子、叶子和水，又放了一些木条。

①一种澳大利亚土著部落的传统乐器。

火星四处飞溅，我发现其中几颗落到了我身边的地上，地毯上满是烧出来的洞。他的袍子上也满是洞。有几次，火星还落到了他腿上。他没有停止唱诵，轻轻扫掉了火星。仪式持续了大概半个小时，等到最后，我已经想伸个懒腰躺下来了。火的暖意和诵经那催眠的嗡嗡声让我的眼皮变得沉重。我希望自己看起来像是在沉思，而不是累得闭上了眼。

突然间，仪式结束了。他站起来，语气平平地说了几句日语，像是他才走进房间，发现我们正坐在里面。

“他说我们得换个地方说话。”麦克斯说。于是我们穿上鞋，跟着他穿过院子，回到他的房间里。我们进了屋，坐在地上，面前有张小桌子，他倒了四杯绿茶，小心地放在每个人跟前。

“那么，你们想知道什么？”他问。

我可能是会错了意，但似乎觉得他有些不耐烦，他好像已经预料到我会提些愚蠢的问题。我得一开始就问出一个深刻而敏锐的问题，用我对长跑和通往明悟之道的理解赢得他的好感。

“我对人们为什么跑步很感兴趣。”我说。麦克斯开始翻译，径直讲了五分钟，之后我才能继续说下去。禅师边听边点头，偶尔对某些东西表现出兴趣，转过头看我。作为回答，他开始解释千日训练的整个过程。这并不只是跑步，他说。在路上，你每天都要经过二百五十座神社和庙宇。跑步只是为了逐一经过它们。这甚至也不完全是跑步，大部分时候只是在走。

“但为了什么呢？”我问，“为什么选择这种一千天的挑战？”

这个问题令他沉思良久。

“所有人都在问这个问题，活着到底是为了什么。”他说，“在这一千天里不断地运动，给人很多时间思考这些问题，思考你的人生。这是一种通过运动来完成的冥想。这便是为什么你不应该跑得太快。在佛门中，有些人用香灼烧自己，看能忍受何种程度的疼痛。但长跑在我看来不是为了这样的目的。它给你时间思考人生，思考该如何生活。”

“你在完成这项挑战的时候，”我说，“找到问题的答案了吗，我们为什么活着？”我可能有点强求了，但我等着他说空无，说他在这伟大挑战中体会到的与万物合一的感受。我想知道达到开悟究竟是什么感觉。

“没有那种灵机一动，就一切终结、大彻大悟的时候。”他平静地说，“学习没有止境。大学毕业后，你也不会就此停止学习。千日挑战不是终点，挑战在于如何继续享受生活，学习新东西。”

聊到这段经历时，他实在得令人惊讶，不像以往那些一味向我宣讲，自己却没有亲身做过的人。一旦完成千日挑战，这些僧侣就会得到“大行满阿阇梨”的名号，意思是“最高修行等级的圣师”。在古代，这些僧人会在宫廷中得到特殊职位，也是唯一能在天皇面前穿鞋的人。今天，完成千日挑战的人会成为名人，电视摄像机会向全国国民转播他们这一程的最后阶段。据说这些人是世界上最智慧、灵智最完满的人，他们通过忍耐如此惊人的苦行所得到的洞见，是大多数平常人无法想象的。他就这么坐在我面前，这样一位活生生的大行满阿阇梨，告诉我跑一千天其实不过是一段冥想的时间，等事情过去之后，生活一切如常。

“这就像戴安娜王妃。”他说。戴安娜王妃？“她虽然是英国顶尖阶层的人上人，却在帮助地雷受害者的过程中找到了人生的意义。”他彻底把我搞糊涂了。

“人们怎么看的，那真的是意外吗？”他向前倾身问道，仔细地观察我的表情，“我看了一个相关的节目，好像说这件事有问题，有幕后黑手，害死她的不是一场简单的车祸。你觉得呢？”

我不知该说些什么才好，只得摇了摇头。“我不知道。”我只能这么说。

这也算是让我松了一口气，最厉害的高僧在比叡山上的寺庙里看电视，还讨论戴安娜王妃之死。这简直让人觉得更高的精神存在不过是无稽之谈。宗教塑造了这么一个观念，让人觉得僧侣和牧师和我们不大一样，他们更接近神，更纯粹，不受七情六欲的控制，诸如此类。但实际上，在更深层次上，他们和我们这些人是一样的。

这可以引出两种结论。一方面，你或许会绝望。如果连世上的精神导师，像大行满阿阇梨这样的人都坐在电视机前看垃圾节目，那我们就完了，这个没有希望的物种正毫无意义地走向毁灭。如果连这些人都无法专注于精神修行，我们还有什么希望？

或者，你也可以从他们的平凡中得到安慰。如果这些僧侣也像我们，那反过来我们也像僧侣。如果他们可以更深刻地理解人生，同时也会分心，会纵容自己犯的小错，或许我们也可以在自己的人生中达到智慧和完满。可以追寻开悟的不只是佛教僧侣。差异在于他们有意识地追求开悟，而我们只是偶尔惊鸿一瞥，常常在意料之外的时刻感受降临在身上的那种不甚明确的满足感，比如跑完步的那些时刻。

我问他怎么看。他的发现与运动员和休闲跑者的经历有相似之处吗？

他说，他看过一个电视节目，关于为参加马拉松而训练的人。他很受鼓舞，因为他看见人们在训练中也总有低迷期，比如身体不舒服，或是想要放弃。

“这都是一样的。”他说，“有时我也会萎靡不振，所以看见别人也一样时感觉很好。”

他在使普通马拉松选手的磨炼显得微不足道的训练中寻找安慰。千日挑战实际上远比跑一千天要难。最后，在比叡山跑了这么多圈后，僧侣要进入一间黑屋子，九天九夜不吃不喝不睡。这是为了让身体尽可能地接近死亡。这种做法如此极端，而这个人做到了这一切，却依然饱受同样的困扰，有所有人都要面对的疑惑。

“你看。”他仿佛读懂了我的心思，“每个人都要找到适合自己的东西，适应他们身体的东西，适应他们此生应做的事的东西。我选择接受这项挑战。然而这只是通往目标的千万条道路中的一条。”

“路”或“道”在日本是个无处不在的概念。运动也常常被视作一种完善自我的途径，许多日本传统运动，如柔道和剑道，词尾都是“道”，意味着那是一条“道路”。

长跑同样也是通向完满的一条道路。它有种纯粹，有种力量，能帮你清除杂念，感知本质，其他活动鲜有这样的效果。有时这看起来不大可能，我们挣扎着勉强迈步，双腿沉重而疲乏，然后，冲破阻碍的时刻到了，我们的身体变得轻盈强壮，与大地合而为一。有时，只有在跑完步以后才会有这样的感觉，我们安安静静地沉浸在这种满足之中。

但开悟就像这位僧人说的一样，不是那种在某个时间点上万物静止、就此完成的感觉，并不意味着从此你永远居于极乐的光辉之中。不，这是一种活生生的东西，每天都推动着你，召唤你回去，无论你是比叡山上的大行满阿阇梨，还是在豪恩斯洛[①]上班的数据管

①伦敦西部近郊某地。

理员助理。我们内心深处渴望了解那种境界，想再次找到它，想要回去。而对一些人来说，这就意味着绑好鞋带，再一次出门跑步。

>>>>>

阿阇梨告诉我，现在有位年轻僧人正在进行千日挑战，但不能带我们去见他。这条路是非常秘密的，他说，太神圣了。

然而，麦克斯说他知道那条路在哪里。等我们开车离开这里，在穿过树林，进入那片被雨水浸湿的郊区时，他建议我们找一天自己过去，在路上跑一跑。如果我们运气好，也许还能撞见正在进行挑战的年轻僧人。

于是，几天后，我们起了个大早，穿着跑步装开车回到比叡山，准备尝试一小段千日挑战。

幸运的是，虽然临近冬日，但还没下雪。雪不仅会使在山上跑步变得非常危险，还意味着那位僧人不会出来。我一直以为一千天里跑一千个马拉松意味着连续跑一千天，但实际并非如此。冬天下雪时，僧人就会休息，夏天太热时也一样。算起来，完成千日挑战一共要七年。

我看过几部相关的电视纪录片，它们故意忽略了这个细节，甚至还播放僧人在雪中跑步的片段。当我对大行满阿阇梨提起这件事时，他笑了。

“在雪中跑步？那只是为了录节目才跑的。”他说。

麦克斯告诉我，他知道的那段路程大概二十公里长。他的身体素质不断提高，现在已经是绽放队第二梯队的成员，而且还在不断进步。他正在挑战四十五分钟的一万米跑成绩，这比他的计划慢一两个月。然而，最大的问题是一直在混凝土路面上跑步，他不太喜欢这样。他是适合大山的男人。这是他的地盘，他在这里显得情绪高涨。他背着小背包，速度轻快地领头跑进了树林。

这条路依山势蜿蜒起伏，并不是直上直下，但还是有不少陡峭的上坡路和下坡路。我们路上会经过神社，还有只能走路经过的寺庙。剃了光头的僧侣见到我们十分惊讶，在我们经过时停下鞠躬。然后我们又一次开始往前跑。

我们密切留意着跑步僧身上的白僧袍的踪影，还有他向前方长长伸出的窄帽。他们会戴上特制的窄帽，如果想转头，帽子就会打到树枝。这是为了保证他们把注意力集中在路上，专注于正在做的事，而不会因为在森林里四处张望而分心。真正的旅程在心中，不在山间。

但我们没看见他。

虽然这个速度让人很舒服，每到一座寺庙时还能走一走，但不断上下坡非常累人，即使只跑了二十公里。那位僧侣平均每天都必须在路上跑一个马拉松的距离。在第七年，也就是最后一年，每天要在这样的路上跑五十英里（近乎两个马拉松）。

麦克斯一直跑得很稳健，直到接近终点时突然停下来，抱怨膝盖疼。

“就是最后那个下坡开始疼的。”他的脸皱了起来，手抓着膝盖。他坚持跑了下来，结果发现自己伤势颇重。就在这天，他要超过我和整个绽放队的计划就这样留在了山上——他要两个月之后才能再跑了。

18

在麦克斯养着伤，而想成为阿阇梨的僧人继续环绕比叡山跑步的时候，日清食品职业驿传队的教练冈村隆，也就是家乡在京田边的那个人，终于同意和我约一个时间，让我参观驿传队。企业驿传世界的门，我到如今已经敲了快一年，终于有人为我开门了。

企业系统是日本跑步界的主心骨。它使得成百上千位跑者可以在大学毕业后继续训练，无须承担在训练外工作谋生的压力。在英国，这是只有寥寥几个人可以享受的奢华待遇。

马拉·山内两个系统都体验过，她说英国有许多优秀的跑步运动员都流失了，因为他们不工作便难以维持生计。在美国也一样，即便是顶尖的奥运会选手，也要在人才过剩的体育市场中挣扎糊口。

根据美国田径基金会的数据，各项目排名全国前十的美国运动员中，百分之五十的人每年靠从事的体育项目只能赚到不足一万五千美金的收入。

日本许多繁盛的企业队一开始是为努力工作的员工设立的，既是想给他们一个欢呼加油、兴奋激动的由头，也是为了培养员工对公司的忠心。在日本，许多其他项目的顶尖队伍也是企业队，比如棒球队等。

但广泛的媒体报道意味着驿传队为企业带来了极好的宣传机会。日本电话电报公司是一家拥有十八万名员工的通信公司，该公司驿传队的领队告诉我，这支队伍之所以存在，有两个原因。“其一，”他说，“是为了激励员工，让他们为公司而自豪。其二，是为了宣传推广和公关。”

“你想想。”小串先生说，“一场比赛会持续四五个小时，有的甚至能持续两天，电视摄像机一直跟着选手，基本上都是正面画面。选手的运动背心上印着公司的标志，醒目地印在选手编号上方。这是很好的广告宣传。”

既然广告这么重要，他们总该欢迎记者过来，把他们的故事讲给全世界吧。许多企业队都隶属于跨国公司，比如本田汽车公司或丰田汽车公司，这样的公司肯定愿意接受免费宣传。但我眼下碰到的问题是，这些队伍都在专心准备即将到来的新年驿传比赛。教练承受了太大的压力，必须成功，他们不乐意让外国记者参加训练。这能有什么好处？我只会分散他们的注意力。

这是一年只有一次的盛会，教练们绝对不能搞砸。现在，新年驿传是男子企业队存在的唯一理由。这个情况和女子队差不多，女队的数量和水平也与此相似。女队的大赛是全日本大学女子驿传，每年十二月中旬举办。两场赛事都会在电视黄金时段转播。

然而选手们可能有其他目标，比如入选国家队参加重大的锦标赛，或是跑出更好的马拉松成绩，但公司只对驿传感兴趣。新年第一天早起看男子驿传大赛，在日本已经算是某种传统了，驿传大赛转播也可以轻松拿到超过百分之十的收视率。虽然这远不及一月二日至三日举办的箱根驿传的收视率，但在拥有一亿两千七百万人口的日本，观众数量依旧相当可观。

日本电话电报公司的队伍曾两度赢得新年驿传大赛的冠军，我问他们的领队，如果队里有选手赢得其他奖项，比如说东京马拉松，想必也会大大鼓舞公司的士气吧。他耐心地看着我，仿佛这是一个难以解释的问题。

“其实不会的。”他说，“振奋公司士气的只有驿传，要传递那条接力带，要大家共同努力。就算队伍成绩不好，那也没关系。所有人都和队伍共进退。共同支持这支队伍将我们凝聚在了一起。”

言下之意是支持一支队伍比支持某一个人要难得多。用队伍这个集体代表公司更易于让人接受，比起个人来，集体更能有力地体现“和”。

但如果确实出了问题，并不意味着个人不需要承担责任。宪司告诉我，他还在跑的时候，他的队伍曾连续六年赢得新年驿传大赛（天啊，他真行）。接下来的第七年，他们没能取胜。

“如果我在个人比赛中跑得不好，没人会对我说一句重话。”他说，“但输掉驿传大赛之后，我收到很多邮件和传真，都是愤怒的粉丝发的，其中也有我的上司。”他笑了。“只有驿传是重要的。”

我得到日清食品队的参观许可时，已经是十一月底了，新年驿传迫在眉睫。比赛如此迫近还能得到这般重要的企业队的参观许可，我实在是幸运。小串先生为我动用了很重要的关系。和这支队伍的人见面的前一天，我收拾好跑步装备，坐上了前往东京的高速列车。

>>>>>

第二天一早，我坐上出租车，在东京市中心一处地形错综复杂的住宅区中穿行。早上五点半，一辆孤零零的自行车从街灯下嘎吱作响地驶过，骑车人的脸裹在围巾里。除此之外，街道一片寂静。出租车司机有些困惑不解，他的卫星导航和小串先生手机里的软件指的方向完全相反。他们礼貌地讨论了一会儿，之后司机连声道歉，掉转了车头。

“我们从这里走过去吧。”小串先生说。车静静地停下了，车门自动弹开。

我们一起穿过狭窄的小街，谁都没有说话。独栋房屋和公寓楼密密麻麻地挤在一处，楼间距只有几厘米。很难想象日本某支顶级长跑队的俱乐部会所就在这附近。

日清食品驿传队之前赢得了二〇一二年新年驿传大赛的冠军。这支队伍里有两度夺得全国一万米跑冠军的佐藤悠基，他还在二〇一二年的驿传大赛第四赛段打破了纪录。①

他们还签下了日本最具潜质的年轻选手大迫杰，早稻田大学的毕业生。他大学毕业后，就被选中与阿尔贝托·萨拉萨尔和莫·法拉赫一起参加美国的俄勒冈项目。只有需要参加驿传大赛时，他才会回到日本。这种安排很少见，但有美国著名教练的指导，又有完全不同的环境，他在未来的成长令人十分期待。②

然而，日清队眼下还有更要紧的事。二〇一三年，队内的核心人物负伤，他们在新年驿传大赛中只拿到了第九名。公司管理层对此颇有意见。他们不接受任何借口，这支队伍就是为夺冠打造的，而不是拿个可怜巴巴的第九名。

“如果今年的成绩还那么差，教练就要被解聘了。”小串先生说。这一次的赌注很高昂。

---

①佐藤在 22 公里长的第四赛段跑出了 1 小时 2 分 51 秒的成绩，相当于在半马中跑出了 1 小时零 16 秒的成绩，比日本半马纪录还快。——原注

② 2014 年 9 月 7 日，和萨拉萨尔在美国一起训练还不到半年，大迫杰就在意大利的列蒂以 7 分 40 秒 09 的成绩打破了日本的 3000 米全国纪录；2015 年 7 月 18 日，他又在比利时的赫斯登 – 佐尔德以 13 分 8 秒 40 的成绩打破了日本的 5000 米全国纪录。——原注

>>>>>

我们来到了日清驿传队的“俱乐部会所”，时间稍有些早。这条街和社区里的任何一条街没什么差别。街的一边是一栋公寓楼。运动员和很多日清公司员工一起住在里面。

在这栋建筑的大门外，一位老人正在做热身活动，似乎准备跑步。小串先生在打电话，刚开始没注意到他，他一认出那位老人就切换到了鞠躬模式，并用最礼貌的日语向老人介绍我。这正是日清队的主教练白水昭兴。他七十一岁，已经为不同的驿传队做了四十年教练。他与我握手，然后我们便礼貌地退后几米，让他完成热身。

我们在一边等着，选手们也陆续从楼里出来了。他们静静地点头示意，看见我也没有露出半点惊讶。队里还有三个肯尼亚人，他们结伴走出大楼，动作缓慢，睡眼惺忪。虽然天气很冷，但日本选手已经开始拉伸了。等待时，我被介绍给了教练团队中其余的人。冈村隆，从京田边来的那位教练，就是他介绍我来的；諏访利成，二〇〇四年奥运会马拉松比赛第六名；还有实井谦二郎，曾参加过一九九六年奥运会的马拉松比赛。这个教练团队实在是群星荟萃。

冈村问我是不是还想和队员一起跑步，然后笑了，好像这是个很愚蠢的想法。我说确实愿意，他便露出了担忧的表情。运动员会先进行一个小时的“轻松跑”。早晨晚些时候，他们还会在跑道上训练一次，所以现在应该不会跑太快。应该不会跟不上，我对此很有自信。教练解释说他们都是单独跑，路线自选。我觉得他的言下之意是没有队员愿意和别人一起跑，更别说和一个用蹩脚的日语提问的记者一起跑了。

“带上手机。”小串先生建议道，像是怀疑如果我要跟着他们一起跑，队员会试着甩掉我。

冈村又有了一个主意。“你能和那些肯尼亚人一起跑，是吗？”

“当然。肯尼亚人的训练内容不一样吗？”

“对，他们是单独训练的。”他说。

原来，肯尼亚选手和日本选手很少一起训练。起先冈村告诉我，这是因为肯尼亚人跑得太快了，但这个解释没什么道理。如果我都能试着和他们一起跑，这些日本选手肯定也能，尤其是轻松跑的时候。实际上，全国冠军佐藤悠基比这三位肯尼亚运动员快几倍。

冈村后来把原因归结于肯尼亚人有自己量身设计的训练计划。他说，这是因为他们在新年驿传大赛上跑的是比较短的赛段，所以在十月到十一月，他们会比别的队员跑更多的快速跑。比如今天，日本选手要去纵横交织的街道上跑一个小时，肯尼亚人则会坐队里的小巴去附近的代代木公园，这样他们就能在土路上跑步了。

“日本选手不喜欢不平整的路面。”我们到那里后，冈村告诉我，“他们喜欢结实的路面。肯尼亚人喜欢松软的路面。”

这说法我不是头一回听到了。这让我不由得疑惑，日本选手为什么不看看肯尼亚选手，把这种做法学过来。如果他们的速度快这么多，为什么日本选手不试着像肯尼亚人那样跑呢？每支队伍里都有一两个肯尼亚人或埃塞俄比亚人，这对日本选手而言应当是绝佳的机会，但他们只是被看作不同的人。我问几位日清队的队员，为什么不和肯尼亚人一起训练，他们只是笑了起来，仿佛我说了个笑话。

队里的小巴开往公园的路上，我问肯尼亚人，他们会快速跑还是慢速跑。

“中等速度。”其中一个人顿了顿，然后回答道。从经验上看，我知道只要答案不是“慢速”，就该担心了。公园这条路是二点八公里的环道，我可以随时退出，不会跑丢。肯尼亚人要跑六圈——近十七公里。

三人中最年轻的那个是十九岁的伦纳德·巴索顿。他最近在世界越野锦标赛青年组的比赛中获得了第二名。他来日本两年了，说很享受在这里生活的时光。实际上，他还抱怨经纪人不断把他送到国外参赛。他告诉我这影响了他的驿传训练。“日清不喜欢这种做法。”他说，“我更想留在这里，好好为队里效力。”

然而，他的主要目标是入选肯尼亚国家队，并参加二〇二〇年的东京奥运会。我说这是他的目标，但他表现得好像已是板上钉钉的事情了。“我二〇二〇年会在这里跑马拉松的。”我问起这件事的时候，他十分平静地回答。他的话里没有自吹自擂的味道，只有确凿无疑的自信。

天色半明半暗，公园里十分安静，偶尔有一个遛狗或慢跑的人沿路经过。和日本选手不同，肯尼亚选手出发前没花多少时间拉伸，就绕着窄窄的环形路大步流星地跑了起来。我们呈一列纵队跑着，过了一段时间后，我瞥了一眼 GPS 手表，想知道我们跑得有多快。每千米用时仅三分三十秒。天啊，也太快了。我提起精神，努力跟上。

跟在三个肯尼亚人后面跑步真是刺激，我们跳过树根，左冲右突，越过一个又一个土丘。这个速度对他们来说可能是中等，对我来说已经是在冲刺了，简直像在逃命。我们超过了其他跑步的人，仿佛他们根本一动不动，连面容都变得模糊了。肯尼亚人跑步时几乎不发出任何声响，双脚轻轻地在干燥的土地上点过。

我只撑了不到五公里。在公园里快要跑完第二圈时，我们的速度已经提升到了每千米三分钟，而他们还在不停加速。其中一个人脱掉了运动背心，扔在灌木丛里。我开始被他们拉开距离，没有他们的节奏带着，我也跑得越来越没劲头。

我决定停下。我看着他们消失在林间，独自站在原地，为自己尽力坚持跑了这么长的距离而高兴。刚才就像是从山坡上往下冲，几乎刹不住脚步。等停下来，我才发现天已经亮了，灰色的晨雾静静笼罩着城市。我走回小巴那边，冈村在那里等我。他面带微笑。“挺好的。”他说，“他们真的很快。”我穿上长袖外套，决定再慢跑一阵来放松身体。

>>>>>

回到日清基地，选手们都十分安静，神情专注。彼此交谈时，他们的声音也压得很低，只悄声说几个词而已。主教练让所有人在他周围集合。驿传大赛快要到了，他告诉大家现在该认真起来了，仿佛他们都还不够认真似的。队员们专心听他讲话，背着手直挺挺地站着。

冈村先生告诉我，现在队里只有六位队员没带伤病。参加新年驿传需要七个人，这场比赛很可能关系到主教练的去留问题。

“他经验很丰富，你应该和他聊聊。”小串先生告诉我，“但还是等到驿传大赛结束之后吧。比赛前他实在……”他不知道该怎么说。

“太紧张，不愿意说这些？”我暗示道。

“对。”他说。

现在离新年还有四十天。

后来，我跟着队伍一起参加了他们早上的第二场跑道训练，那是在附近某所有资格参加箱根驿传的大学里进行的。我们坐上队里的小巴，路上安静极了，等车一到地方，主教练就走到跑道另一头，双手抱在胸前站着。队员们花了差不多一个小时热身，为训练做准备，教练始终这么远远地站着，那副模样为这个已然阴沉寒冷的日子又投来忧郁的阴云。不远处还立着一座巨大的焚化炉，好似笼罩在跑道上方的不祥隐喻，令整幅画面变得完整。

队员的训练安排各不相同，有些人独自在一边练，没有和大部队在一起。教练们分散开来，记录运动员们的区间用时和恢复用时，每个人脖子上都挂着好几个计时表。

每次我想找那几位比较年轻的教练聊天，他们都会疑惑地看我一眼，然后走开。有位队员叫村泽明伸，最近去美国接受过训练。他看上去还算友好，而且主动过来找我说话。“叫我明吧。”他用英语流利地说着。他声音很小，话也不多。

尽管在训练期间不愿意和我交流，这三位年轻教练在训练结束后还是放松了不少。他们坐在“俱乐部会所”公寓楼的小办公室里，将运动员们在跑道上的各种用时记在纸上，讨论接下来的训练安排，还开玩笑般告诉我不要泄露他们的秘密。虽然他们说的话我能听懂的不到十分之一，但我还是答应了。这显然是正确的答案，等我要走的时候，冈村邀请我参加一天他们下周在千叶的训练。

19

一周后，我又和这三位教练一同坐在一间酒店的房间里。这正是我随美国队参加千叶驿传大赛时住的那家酒店。这片夹在东京和本州东南部太平洋沿岸地区之间的乡村显然是个训练圣地。虽然这家酒店很难夸口说自己有肯尼亚那样一望无际的小径，但确实有八百米长的木屑跑道：在周围坚实的混凝土世界中，这是一小块有人打理的软地。

我们面前的矮桌上放着薯片、咸味坚果和肉条。几个教练开玩笑说，这可不是运动员该吃的东西。他们还在喝啤酒，也给了我一瓶。当我拒绝时，他们很吃惊。

“我明天还得跑步呢。”我说，误把自己当作了运动员，至少在他们眼里是这样。

日本阵营——除了肯尼亚人以外的所有人——明天一早都要来一段长距离跑，具体长度根据每位队员的安排有所差异，大致是在二十公里到三十五公里之间。他们将在五公里长的环形路上跑，于是我说要和他们一起跑——只跑一圈。我这么一说，几位教练都被逗乐了。

“第一个五公里他们十七分三十秒就跑完了。”其中一个人说，等着看我的反应。几周前参加驿传大赛的时候，我遥遥领先地跑完了五公里长的赛段，成绩为十七分四十九秒。我的历史最好成绩还要快些。

“我的个人最好成绩是十七分十秒。”我说，没告诉他们当时路面平整，各项条件完美，而且我那时刚刚结束在肯尼亚六个月的高海拔训练。这周我的训练还很频繁，所以明天跑的时候双腿处于疲劳状态。

“啊，但明天的路高低不平呢。”这位教练说，又往嘴里扔了一片薯片。

>>>>>

当然我并不需要跟上他们，可他们越这么怂恿我，我就越想跟上。就算他们只是在和我开玩笑。这些人在职业巅峰期可都能在十四分之内跑完五公里。他们觉得我居然想尝试跟上是个可笑的念头。这是和最厉害的日本驿传队一起跑步，这机会可不是天天都有。

第二天吃早餐时，我和肯尼亚人坐在一起，告诉他们我准备和日本队员一起跑五公里。

“啊，那真是太好了。”年轻的巴索顿说。他说得好像我是要去开满鲜花的牧场上漫步一样。我就指望着这个给自己打打气了。

这次跑步是在安静的乡间道路上，虽然也不算太平静，偶尔要注意一下路过的货车。我问教练为什么选择在这里开展训练营活动，这里海拔不高，也没有跑道。答案很简单：“没有交通信号灯。”

东京的交通情况实在太复杂了，根本找不到能让他们以良好的速度跑步、不用时不时停下等红灯变绿灯的地方。他们的基地居然设在闹市中心，简直有些疯狂。这样安排的唯一理由是公司在那个地方有现成的公寓楼，以前是给单身员工住的。驿传队成立时，公寓楼里有足够的房间安置队员，他们便搬了进去。

我和教练们一起坐队里的小巴去训练的起点，队员们则一路慢跑着过去。这里距离酒店大约五公里远。我们做了几组拉伸，又喝了几口能量饮料，便准备出发了。我们在荒凉的道路上排好队，路边有一栋工人住的小屋，四周全是稻田。冈村又怀疑地看了我一眼——要退出的话，这是最后机会了。但我没问题。好吧，他说，于是我们出发了。

我跑在队伍后头倒数几位的位置上。他们排成一列跑，以躲避路上的车。跑在最前头的是明。没有人说话。我们立刻进入状态，稳定整齐地跑着。我跟了上去，试着不与跑在前面的人离得太近。我不想绊倒他。我盯着他的脚，他的脚后跟前后移动着。我身后是佐藤，队里的王牌。这让我打起了精神，以免压得他放慢速度，因此我不敢和前头的人哪怕拉开一条小缝。

两公里过后，我们跑上第一个上坡。我加了把劲。我开始估摸自己到底还能撑多久，路却变得平坦，已经开始下坡了。跑到三公里时，我意识到自己状态非常好。

每跑完一公里，开着面包车跟在后面的教练就会用扬声器喊出刚才的分段用时。出发时我没发现他们跟在后面，所以第一次听他们喊出用时时吓了一跳，以为是跑步之神从晴朗的蓝天上降下了神谕。

跑到四公里时，我劲头还很足。我们刚好用了十四分。这些人知道如何以设定好的速度跑。跑步时，我专心控制跑姿，努力模仿肯尼亚人巴索顿的跑法。我知道自己完全比不上他，这是肯定的，但我很认真地对待抬脚的动作，轻快地迈步，以及控制好呼吸。

当然，我只跑五公里，快跑完时，我还保持着自己在队列里的位置，最后成绩是十七分二十八秒。我忍住不向经过身边的教练车投去得意的目光。当然他们也不在意这种事，他们忙着更重要的事，而我正在自己的小世界里暗暗点头。我绝对变强了，这是肯定的。我感觉双腿还能跑得比这快得多。

>>>>>

在教练们看来，跑得像我这样慢的人居然还把跑步当回事，未免有些好笑。我赢不了马拉松奖牌，也进不了参加奥运会的队伍。一旦这些目标没有希望达成，对于他们来说，跑步就只是个爱好。“我想保持身材。”当我问某位教练为什么他还在跑步时，他这样告诉我。他说自己从不参赛，也不给自己计时。

我承认，我这样看起来有点任性，甚至是自私，但我绝对不是唯一一个努力不断打破自己的纪录，提升自己，拼命去跑的人。在这里，在这个精英团体里，如此逼迫自己看起来根本没有意义，像是拿着竿子和几根线就想钓鱼一样。我为什么费这么大劲？

对我来说，慢跑和快跑是两码事。慢跑给人冥想般的平静，给你一个机会观察四周，而且对跑步僧来说，还能让他们得以思考，在这世界上创造一个清净无杂的空间，让思想不受干扰地自在徜徉。然而，尽全力快跑则意味着进入了一个截然不同的世界。

在这里，双腿急速迈动，树林从身旁呼啸而过，你甚至来不及理会这些景象，精神渐渐空明。你进入了另一个世界，外部世界不再存在，只剩下脚下的路。美景已经无关紧要。就算是在废弃的工业区跑步也毫无差别。全世界只剩下你和那条路。正是在这里，在追求跑得更快的路上，你才开始令自己惊讶。

当你真正开始跑，拼命追求速度时，那感觉像是突破了某种桎梏，达到全新的境界，天地一片空阔。有时候，那感觉简直像磕了药。总有东西要拉你回去——疼痛，双腿的伤病——但有时你会跑得极其尽兴，简直想放声大笑。你低头看看双腿。跑下去？好，来吧！

速度不是绝对的，但它正是跑步之美的一部分。你不需要当冠军——虽然我也时常猜测如果能像莫·法拉赫或威尔逊·基普桑那样跑步是什么感觉。但尽力去跑，跑出你最快的速度，这才是关键。这样一来，跑步就再也不是探索你身处的环境，不是体验像落叶般随风飘荡的感觉的契机，而是对灵魂深处的探寻。

在村上的小说《奇鸟行状录》中，主人公在一栋废弃的房子的花园里发现了一口枯井。他爬进井里，每次都在井底待上几小时，有时甚至待上一天。他开始向往这种体验。在深井中，世界消失了。在没有一丝光的环境里，他的存在只剩下纯粹的感知。他如痴如醉。

这让我想起了奋力奔跑的感觉。我总是在比赛前对自己说，我这就要下到我那口井里了。井底又黑又难过，甚至有点可怕，但那是纯净的感觉，纯粹的简单。在井里，其余的一切都被夺走了，而生命，生命的核心，呼吸本身将你充满。

哔，哔。面包车在这条路前面不远处停了下来。他们在喊我。向我招手，让我快点。我冲过去追上了他们，我浑身依旧充满力量。我爬上车，他们什么也没说，而是加速去追前头的队员。正好赶上他们又跑完一公里。又一次，正好三分三十秒。

>>>>>

“我们很少和他（主教练）说话。”明伸微笑着说。

我们光着身子坐在灌满火山泉水的浅池里。队里其他人散到了其他的温泉池里，遥望着周围的森林。他们长跑后疲惫的双腿得以松弛下来。

明伸刚刚被招进队里，从未参加过新年驿传大赛。二〇一一年，他在箱根驿传上大放异彩，夺得了众人向往的“最具价值选手”称号。这意味着他是日本最受关注的几位跑步选手中的一位。今天他跑了三十公里，到了最后，他已经远远地把别人甩到了身后。

我和他说起他一定会入选新年驿传大赛阵容，他却没有赞同，而是指出队里的王牌佐藤悠基有多么优秀。“佐藤先生跑了三十五公里。”他说，对于冲刺时把对方甩开的行为几乎有些歉疚。佐藤的训练安排意味着他今天跑的距离比别人的都要长。

我问明伸，为什么大学毕业后会选择日清食品。他这样一位箱根驿传明星，几乎可以自由选择去任何队伍。

“日清队有些非常优秀的运动员，我想和他们一起训练。”他说，“教练也很好。这个队也非常特别。他们给队员很多自由。我可以选择参加什么比赛，甚至可以选择训练地点，所以我才去了美国。等到明年，我希望去澳大利亚训练。”

“驿传怎么办？”我问他。

“驿传当然要参加了，这是我们唯一的义务。而且每年只有两场比赛（新年驿传大赛，还有新年驿传大赛的选拔赛）。”

虽然主教练在很多方面都是典型的保守的日本教练，但日清队是一支现代的队伍。这种守旧传统的作风和现代世界间的冲突已经在日本的生活与文化中持续角力多年。我二〇〇一年第一次来日本时，现代世界似乎占了上风。当时我正为一本电脑杂志效力，写科技类的稿子，很为电脑在日本能做这么多的事而激动。但当我到了日本，却惊奇地发现没人用电脑。我本以为电脑在日本到处都是。实际上，所有人都用手机做各种事情。这简直是疯了。我才刚在英国买到自己第一部手机，那就是个电话，没别的用处。但在日本，你可以用手机听音乐、照相，甚至还能查邮件。

现在，我们西方已经赶上了。在伦敦和东京的任何一个公交车站，任何一条排队买咖啡的队伍里，都能看见同一个画面：人们低头刷着手机。日本可能还是有更多的机器人、更快的火车，有带遥控的马桶，我却觉得它现在不再那么像一个似乎来自未来的引领全球科技的国家了，更像个老派的不愿意改变的地方。比如说，在日本用银行卡而不是现金付账总是有点难。认识新朋友时，他们还是会交换名片，是实体的纸质小卡片，而且一般都用传统的方式递出去，双手捏着名片上端的两个角，一边鞠躬一边递给对方。办公室里坐的基本都是西装革履的男人，寥寥几位女性一般都是他们的私人助理和秘书。根据世界经济论坛的统计，日本的职场性别平等情况一直都排在全球末几位。连高科技马桶也显得有点落伍了，看上去有点像二十世纪七十年代想象出的未来发明。

在长跑的世界，这种角力体现在尝试推行新观念的年轻教练身上。其中一个就是宪司。他告诉我，他经常因自己的训练方式受到抨击，因为他质疑传统。但我见的人越多，越发现他过于悲观，因为他并不是在孤军奋战。

日本传统观念中，教练是一个无所不知的不能被质疑的角色。在日本，职场和运动领域中的等级观念非常强。这是团队精神的一部分。质疑教练就是捣乱。这不是日本人的做法。日本的做法是融入其中，听命行事，维持和谐，也就是“和”。

我问立命馆的王牌吉村，宪司和他以前遇到过的教练有什么不同。他说：“我们现在的训练更有逻辑。高尾先生会解释我们到底为什么这么做。他不是仅仅指挥我们做事情。”

别的队员也说，自从宪司接手，训练变得更有趣了。这依然不是日本的传统做法。日本信奉的是若要成功必下苦功，运用到跑步上就是要拼命训练，不能享受乐趣。

在《和谐为上》一书中，罗伯特·怀丁讲了一件事。早在一九九六年亚特兰大奥运会之前，日本游泳巨星千叶加代说了一句话，令举国震惊：“我只是想享受在那里游泳的感觉。”

其他国家的运动员常常会说的话，到了日本运动员这里就引发了一场有失名誉的事件。

“这不符合‘我将取胜或倒在追逐胜利的路上’这种武士道的概念。”怀丁写道，“这种概念曾在很长一段时间里代表了日本运动员的信条，对社会其他方面的影响更是毋庸赘言。”

四年后，千叶虽在日本奥运会选拔赛上夺冠，还游出了当年世界第二快的速度，却没有入选二〇〇〇年参加奥运会的阵容。她声称是因先前的松弛战略受到了惩处。

明伸爬出池子去冲澡。冲澡区在墙边，一整面墙装着镜子，镜前有一排小矮凳，装着淋浴头，放了洗漱用品。我跟过去，坐在他旁边的凳子上。

我问明伸，美国和日本的训练风格有什么不同。

“在美国，运动员在训练中比较有话语权。”他说，“在日本呢，全是教练说了算。”

我问他是不是比较偏好自己能说得上话的环境，就像在美国那样。他此前也提及过，选择日清是因为它能提供更多的自由。

“在日本，教练能注意到我是否太累，叫我休息。”他说，“我不太懂这方面的事情，所以对我来说在日本挺好的。”

擦干身体穿好衣服后，我就该回东京了。明伸非常友好，邀我再来找他多聊聊。我承诺会这么做的。

“新年驿传大赛之后来吧。”他说。

“当然。”我说，然后前往酒店大堂等出租车。

20

就在我在千叶和日清食品队跑步的时候，立命馆队踏上了征途，试图补救他们在全日本大学驿传大赛上令人失望的表现，参加了关西地区大学驿传赛和京都本地大学驿传赛。

我和宪司约了个时间见面，想了解一下情况。自从全日本大学驿传大赛后，我再也没见过宪司。当时，他站在终点处，像个被宣判有罪的人。

我在跑道附近一家大学咖啡店的一张塑料桌边坐下。寒风在巨大的窗子外面呼啸。

宪司靠在椅背上，笑得合不拢嘴。他正准备说话，助手野村就出现在了窗外。他不好意思地摆了摆手，走进了咖啡店。他和女朋友在一起，她正好是立命馆无往不胜的女子长跑队的助理领队。他们开玩笑说，她自然不能把队里的秘密告诉他。她选了桌子另一头的位置，也坐了下来。宪司便开始讲他的故事。

“我从四月开始在这里当教练。”他说，“不过是几个月前。我来的时候，队伍的状态一团糟，队里气氛非常不好。”在六月的全国选拔赛中，他们只拿了关西地区第三名，失去了参加出云驿传大赛的机会，还几乎彻底失去了参加全日本大学驿传大赛的资格。

“我们开了个会。”他说，“我让所有人都想想，他们可以怎样提升自己，为队里做贡献。队伍成绩好自然重要，但每个人也是一样重要的。”

他们决定进行大量跑道上的训练，提升成绩。他说这是一种不寻常的策略。

“原因在于，”他竖起一根手指，好像要透露他的妙举，“我有预感，全日本大学驿传大赛我们会落后，所以我希望让队员们看到他们个人的进步。”

他说，在驿传比赛中，如果队伍成绩不好，所有成员的表现都会退步。他打算借此避免让队员丧失信心。这听起来没什么，但其实是个激进的想法，居然把选手的个人士气和个人追求置于队伍的团结之上。当然，这两者是紧密相连的，但像这样调换主客是兵行险招，是对“和”这一概念的颠覆。

这招起效了，宪司说，他拿出文件给我看队员过去几个月的计时跑成绩。全队三十人中，只有三个人没在这段时间打破个人最好成绩。

“全日本大学驿传大赛之后，”他激动地做着手势说，指出这个天才计划成形的一刻，“队里的士气也没有下滑，就是因为这些计时跑。这正在我的计划之中。”

他们的下一场比赛是关西驿传大赛，对上了老对头京都产业大学。连续十一年，他们都输给了对方。在全日本大学驿传大赛中，京都产业大学刚好压他们一头，拿到了第十四名。

比赛进行得很艰难，这一次最后一个赛段是由二号王牌来跑。他开跑时，死对头的选手已经领先他三十秒了，但他在离终点还有四公里处赶上了对方。然而，在关西北部宫津市拥挤的街头，在极具戏剧性的最后冲刺阶段，他以一秒之差惜败。

“野村都哭了。”宪司咯咯笑着说。

赛季内最后一次比赛距离现在只有一周，是京都府驿传大赛。他们将再一次面对老对头京都产业大学。

宪司说，他在驿传大赛前一天让所有人在跑道上来了场比赛，发泄一下压力。

“我还告诉他们，真正的目标在下一年，要在出云驿传和全日本大学驿传中拿到第五名。这让他们有了信心。”

于是，在京都温暖晴朗的一天，他们满脑子塞着被精心打造的想法，拖着因前一天的比赛而酸痛的双腿，参加了全年内最不重要的驿传比赛。终于，他们做到了。他们赢了。十多年来，他们终于第一次打败了京都产业大学。

他骄傲地看着我，等着我对这个故事的回应。“你肯定开心极了。”我试探着说。我不确定到底是该说开心，还是松了口气。

他点了点头，给我看这场比赛的剪报。我不知道上面写了什么，但还是看了一眼。上面有一张二号王牌南云的小照片，他面容紧绷，身体扭曲，斜背着立命馆大学的接力带在街头奔跑。

“谢天谢地，我们击败了他们。”宪司叹了口气。

日本的圣诞节对于西方人来说颇为好笑。商店里到处都是金银箔装饰，京都的大街上，各家商铺排成一排，圣诞音乐从门口的扬声器里高声流出。节日商业的一面得到了彰显，几乎达到了你能在英国体验到的程度。但没有人特意做什么事。没人问你是否已经“准备好”过圣诞了——这个有趣的说法总让我觉得圣诞节是某种需要忍耐的东西。

真到了圣诞这一天，虽然排场十分热闹，实际上也不过是普普通通的一天。人们上班，购物，做平日做的事。这一天没有什么固定的传统习俗，但情侣们习惯在这天出门约会，有点像情人节。

然而，我的几个孩子却在期待全套的节日场面，至少得全力模拟那样的气氛。我只找到一棵圣诞树，实在有些难以说服自己买下来。这棵树已经快塌了，是用塑料做的，就是根绿棒子，被塞在了本地五金超市的角落里。玛丽埃塔提议在墙上挂一串小灯，组成树的形状。孩子们对这个建议一点也不满意，还大发脾气，说他们要一棵真树。有一天，趁着他们出门玩，我试着做了一下，看起来效果很好。他们回来看见这样的布置，也兴奋得在周围跳来跳去。

后来，奥西安和我在路边找到了一棵竹子，决定对这棵灯树做点补充。我们把竹子插在花盆里，在三根细细的枝丫上挂了些小物件。所以现在我们有了两棵圣诞树。

虽然过节很喜庆，但我发现自己得在同一天跑四个驿传赛段。麦克斯一直在帮我组建自己的全明星驿传队，但不怎么成功。绽放队的王牌森田有意参加，但担心自己的伤势。十五岁的邻居良平听到我的邀请，十分积极。那天晚上，他妈妈撑着伞站在我家门口的楼梯上，谢谢我给她儿子这个机会。我不知这到底算不算得上机会，结果发现所有参赛选手都要年满十六岁才行。麦克斯依然打算参加，但他这一受伤，所有训练都只得暂停。

这样一来，除了立命馆的选手，我就没多少选择了，可我也不确定他们是否愿意参加。我还担心和他们一起，我的水平实在跟不上。我不想成为队里的拖累。这很影响士气。反正无论如何我都会把事情搞砸，他们还认真跑什么呢？我真没想到组一支队伍这么难。

然后我接到了麦克斯的电话。绽放队又要参加一场驿传比赛，想让我也去。比赛在京都举行，是他打电话来的那一周的周日。我考虑着全明星驿传队的阵容，答应说我会去的。

>>>>>

比赛在京都水上运动中心的场地上举行，绽放队有几次就是在这里训练的。实际上，比赛当天下午，队里也在那里安排了训练。我来到运动中心，发现绽放队的选手已经站在大门外，十分兴奋地聚成一团。我认识其中一位——六川，他是亚瑟士公司的销售经理，我正打算邀请他来参加我的队伍。他是能用四十分钟跑完一万米跑的选手，是绽放队里速度最快的几个人中的一个。他也会说一点英语。

“芬恩先生。”他看见我，十分激动地打招呼。他用日语和其他选手说笑，他们都热情地点头。他翻译给我听。“你会跑几个赛段？四个？五个？”这场比赛是在环绕运动中心的一公里长的环路上跑十圈。队里至少要有五名选手，但可以自由安排出场次序。

“不如大家各跑两圈？”我提议。如果跑四个赛段，感觉就太贪心了。另外，我右膝外侧还有一点小伤。自从在千叶和日清食品队一起跑步以来，这伤就落下了。现在我还处在伤病发展过程的第二阶段：拒绝承认。一开始，你感到一丝刺痛。你无视它，告诉自己这没什么，只是想象出来的而已。这感觉会消失。一般来说都会消失。我就处在这个无视伤势的阶段。然而我没法真正无视它。它每天都让我烦不胜烦。每次在家里下楼梯，每次出门随便跑跑，我都能感觉到它，它就像我想忽视的坏消息一样。我感觉胃里一紧。我不应该受伤。我现在的跑步姿势很漂亮，应该刀枪不入才对。于是，我十分不理智地告诉自己这没什么，我还能跑。但在同一场驿传接力中跑超过两个赛段，或许就有些勉强了。

“对，对。”他说，好像这本来就是我们的计划一样，“每人两段。”

那天十分凉爽，我们全队人沿着比赛场地慢跑了一阵热身。跑到半途，道路陡升，等跑到坡顶，便能俯瞰城市，屋顶像马赛克一般连成一片，远远地延伸到雾气腾腾的群山那边。山被雪覆盖，看上去几近透明。

然后道路又陡然下降，向下延伸到停车场，再回到起点。这一圈很短，但十分陡峭。

队长让我跑第一赛段，于是我拿到了接力带，挂在身上。时间快到了，我便直接前往起点处。

如果说琵琶湖驿传大赛没有我希望中那么有竞争氛围的话，和眼前这个比起来，它简直就像钻石联赛[①]了。我站在开场队伍的后面，比我的对手们都高出不少，他们大部分人都是不满十四岁的孩子。有些选手才刚八岁。这让人感觉有点荒谬。我来日本是要和世界上最优秀的选手一起跑步的，而不是和还在上学的孩子们比赛。这甚至都不是认真的、绑着头带的高中驿传选手，那些高中生能把我甩到他们踢腾起的尘土之中。相比之下，我的手脚简直硕大无朋，我试图让自己看起来不要像个白痴。

第一赛段的选手中也有十几个成年人，其中有几个人看起来十分严肃。一个人穿过那群孩子，走到了前头。我决定跟上他。有个男人对我们做了最后的指导，我希望他别说什么太重要的话。发令枪啪的一响，我们飞奔而出，转过了第一道弯，避过几根短柱，远

①国际田径联合会钻石联赛。

远地跑了出去。

那位严肃的选手速度很快。我紧紧跟着他冲上陡峭的山坡，跑到下坡段，但还是没能超过他，最终在我的赛段拿到第二名，速度还不错，用时两分五十秒。进入交接区时，我几乎撞到了要跑下一赛段的选手身上，她是个中年妇女，身上差不多套了二十层跑步装备，她慢悠悠地踏着碎步出发了，像是并不确定要跑去哪里。

等我再一次拿到接力带跑第六赛段时，我们已经落后到儿童组了。我又一路冲过那些孩子，小心避免把他们撞翻，尤其是下坡时，身躯庞大的我简直像脱缰的公牛。虽然这次比赛不怎么重要，我还是忍不住全速奔跑。我跑得简直和跑第一赛段时一样快，虽然根本没拿到比赛的官方计时结果，但我对今早的成绩很是满意。队里全体成员在比赛结束后聚在一起拍照留念，大家老套地比着 V 字形和竖起大拇指的手势，冬天的太阳矮矮地挂在天上，阳光依然有些晃眼。几小时后，我们又回到这里，再跑一轮。

>>>>>

那天下午，宪司决定举办一场驿传接力，来作为绽放队的年终特别训练。赛道几乎和早上的完全一样，又是五人一组，每人跑两段。至少这次场上没有小孩子跑来跑去了。

绽放队的普通队员是打破不了什么纪录了，但宪司还带来了两位志向远大的年轻教练，他们俩平时跟比较慢的那几组，我后知后觉地意识到他们是相当优秀的选手。一位是谦太，和慢组中的一组一起慢跑时，他时常被我在训练中跑出的速度弄得目瞪口呆。那次大阪训练结束后，他在黎明中心的会议室白板上写下我的用时，摇了摇头，像是我不起眼的成就把他震住了一样。

然而，有一天晚上，我们训练中的最后一项是一公里的全速跑，就沿着大阪城周围的小路跑。我们所有人，从最慢的到最快的，一起跑这一段。宪司说他希望我们能刷新自己的最好成绩。直到站在起点时，我才发现不知道终点在哪儿。

“我怎么知道跑到哪里该停呢？”麦克斯那天不在，但王牌森田解救了我。

“谦太会告诉你的。”他说。谦太就站在我旁边，点头微笑。我不知道该怎么问，但他还站在这儿呢，怎么告诉我终点在哪儿?

“别担心。”森田察觉到我的困惑，“他会先到终点。他跑得比你快。”

我从来没见他跑快过。可能我听错了吧。但已经太晚了，大家都各就各位。我不知道这件事最后会怎么收场，就像在日本做的很多事一样。我没有选择，只好冲出去，看最后会变成什么样。好，跑吧。

我全速冲了出去，谦太跟在我身边，别人被我们甩得越来越远。我可能速度还不够快。这趟只跑一公里，我加快了速度。还是一样。每次我一加速，谦太就跟着一起提速。我感觉肺要炸了，前面已经快到终点了，他突然像踩下了涡轮发动机油门一样再次加速，在我之前跑到了终点，停住，掏出表，然后平静地喊出了我和后面所有人到达终点的用时。

他跑得真快。

绽放队另外一位年轻教练叫小野，就是在琵琶湖比赛时和我一起组队的兼职模特。他看上去像个运动员，四肢修长，肌肉流畅有力。他说他是八百米选手，所以一公里和他的专攻距离差不多。我们三个人一起跑绽放队驿传比赛的第一赛段。这可不那么容易。

我们飞也似的冲了出去，大步快跑。虽然早上已经跑了两段，我的双腿却依然力量充沛。还没等反应过来，我们便冲上了山坡，我已经被两个年轻对手稍微甩开了一段距离。但我像疯子一样冲下坡，冲过停车场，还把一辆毫无准备的车吓停了，把这点距离追了回来。我们像三匹野马一样转过最后一个弯，我感觉自己简直风驰电掣一般。最后这段路稍微有点坡度，我们几乎同时冲线，谦太险胜，只快了不到一秒。计时器读数为两分四十九秒。赛道中有这么一个陡坡，这又是我今天跑的第三个赛段，这个成绩已经相当不错了。

在当天跑的四段比赛中，我最享受的是两个第一赛段，就是和所有人一起出发的那两段。这种针锋相对的挑战实在让我热血沸腾。这样的赛跑太刺激了，和别的驿传比赛不一样。在那些比赛中，我负责的都是比较靠后的赛段，感觉像是一个人孤零零地飘着，和对手没有联系，甚至和自己的队伍都没有联系，那像是站在台风眼里。而在这里，则是真刀真枪地比拼。

讽刺的是，把比赛变成团队项目、变成接力赛之后，你更容易发现自己是在独自跑着。第一赛段后，驿传选手之间不可避免地拉开了距离，大部分人开跑时是一个人，最好也不过是中途超过几位对手。为了在训练中模拟这种情况，选手会花大量时间单独跑步。有一次我参加立命馆队的训练时，宪司故意让所有人间隔一分钟出发，跑一段两点五公里长的环形路。宪司告诉我，这样设计是为了让队员习惯独自跑步，因为这就是参加驿传的必备素质。

独自作战，但同时还是团队中的一员。这样看来，驿传在规避争斗的同时，还规避了个人的荣耀。

在绽放队的年终驿传比赛后，我邀请谦太和小野加入我的队伍。

他们都说可以来，就看最后的比赛时间了。

周末，麦克斯打电话给我。他找到了将于二月举行的一个比赛，是在山脚下绕着富士山赛跑。每队五位选手，每人跑七公里。竞争还算激烈。参赛的有大学的 B 队，来自京都的顶级业余队，还有高中队。听起来简直完美。我请他先帮我填好申请表，因为已经快到截止日期了。我晚点再敲定谁能参加。我只希望疼痛的膝盖能撑住，让我把这场比赛跑完。

21

日本长跑日历上，最重要的三天是从一月一日举办的新年驿传大赛开始的。这在专业队伍眼里是全年最重大的日子，但在大部分粉丝看来，这只是真正重头戏的热身罢了，最值得期待的还是一月二日到三日的箱根驿传。

对于我这样一个粉丝兼作家而言，要两场大赛都到场观看，时间安排方面的挑战很大。大部分人都是在电视上看比赛，和家人一起度过这难得的几天，时不时看几眼大赛，同时放开来吃糯米年糕和年菜（塞满鱼、腌菜、黑豆之类的食物的食盒）。在家里看驿传大赛对很多人来说已成了节日传统，但我可能只来日本这么一次，所以还是想尽量亲眼看看比赛。

这意味着新年第一天就早早坐电车前往群马，那是东京北部的某个地区。从京都过去路途遥远，我到的时候已经迟了，错过了开赛时刻。我坐出租车去寻找很可能已被抛弃的起点和终点区域。人们在一个小广场上布置了小小的座位区，立了大屏幕播放赛况。天气寒冷，但天色蔚蓝，风停之后，早晨的阳光十分暖和。于是我找了个座位，想弄清楚现在的情况。

在日本，人人都对这两场比赛的电视转播交口称赞，节目提供跑远了的各支队伍的不少相关背景故事和细节。然而对我来说，光是要弄清楚哪位选手领先就已经是个挑战了。我到的时候，第二赛段刚刚开跑。这一赛段的参赛者全是肯尼亚人和埃塞俄比亚人。他们一个个出发了，日清食品的年轻选手伦纳德·巴索顿跑在前面第三或第四的位置上。

有几支队伍没有派外援上场，第二赛段的那群肯尼亚运动员之中，便夹杂着几位日本选手，我实在忍不住对他们产生了些许同情。他们站在那儿，看上去简直僵住了，正等着队友到来。肯尼亚选手出发得实在太快，那些日本选手看上去像被龙卷风困住了，他们低头奔跑，仿佛要跑入恐怖的狂风中去。

回到领先的那群选手那边，巴索顿遭遇了几位世界上最优秀的非洲长跑选手，依然未落下风，牢牢守住了自己的位置，最后以第二名的成绩将接力带交给此前箱根驿传的明星村泽明伸。明伸片刻不落，冲到了第一名，还将其余的人远远甩到身后。他的跑步风格在日本选手中很不寻常，双腿高起高落。他告诉我，由于他很喜欢越野跑，才培养出这种跑姿。有趣的是，日清的三大明星，明伸、佐藤悠基和大迫杰（他还在早稻田大学读书，尚未加入队伍）都来自同一所高中，该学校因让队员进行越野训练而闻名。看来在日本也并非无人知晓不在公路上奔跑的好处。

“我们在学校的时候主要是做越野训练。”后来明伸告诉我，“所以我才这样跑步。要不然，我的风格也会和其他日本选手一样，没这么有弹性。”

明伸在屏幕上不断弹跳着前进，来到交接点时依然遥遥领先。他把接力带交给了队里的另一位王牌佐藤。作为队里的明星，佐藤像火车一样冲了出去，速度比他先前的纪录更快，每一步都把日清队的优势拉得更大。被他远远甩在身后的选手之间也在进行激烈的角逐，但他就这样埋头向前，十分平和，毫无忧虑。他的平静一直持续着，直到跑到大概第十六公里处，灾难降临了。评论员狂野地大喊着什么，摄像机拉近了，镜头打出佐藤在路边停住的特写，他还握着腿。不会吧？他开始慢跑，然后又加快了速度，但动作不再像先前那样流畅。他脸上露出痛苦的神情。

负伤的佐藤在交出接力带时，依然保住了赛段第一的名次，然而领先已经不多了。到了下一赛段结束时，日清又回到了第三名，这个排名一直延续到比赛结束。

等选手们结束比赛，我坐着的区域已经挤满了粉丝。大部分人都穿着代表各队的夹克衫，挥舞着不同队伍的旗子。人们爬上灯柱或树，想越过人群的头顶看到具体情况。

考虑到选手的伤病，第三名对日清来说已经算不错的成绩。赛前伤病问题就已经存在。比赛时，佐藤的表现也相当亮眼。他虽然受了伤，依然将队伍利益置于个人利益之上，坚持跑完了比赛，这对他的名声只有好处，没有坏处。这种精神在日本颇受欢迎。

赛后，各队分别聚起了一大群人来迎接粉丝，这些粉丝大部分都是公司职员。有些队伍在终点附近的草地上集合，但日清队看起来在起点附近的一幢摩天大楼入口处有专门的场地。进门后便是一个窄小的大理石前厅，宽大的楼梯伸向大楼幽暗的深处。找到他们时，选手正在讲话，并摆好了拍照的姿势。明伸被一个年轻女人缠住了，她想找他要签名。

“他挺受欢迎的。”我对巴索顿说，他正静静地站在一旁，没受到这么热情的关注。

“他曾是优秀的大学选手。”这个肯尼亚人答道。除了实力突出、面容英俊以外，明伸如此受欢迎的原因是他不久前成了箱根驿传的明星。箱根带来的名气将持续一段时间，直到下一代新星出现。

主教练白水终于笑了。我猜他下一年的工作也保住了。他还是没多少话，尽管用了麦克风，他的赛后讲话也几乎听不清。之后，运动员、教练、领队和粉丝们都排成行，站在楼梯上拍集体照，人人穿着同样的日清食品夹克衫和运动服。红色的衣服融成一大片，没有人看着显眼。

>>>>>

当天最后一项活动是颁奖典礼，进程慢得让人饱受折磨。我坐在后排，挨着一小群东非运动员。在他们低声聊天时，我做了自我介绍。有两个人从埃塞俄比亚来，才刚刚到日本，第三个人从肯尼亚来，已经在这里九年了。

我问他们如何看待日本长跑，两位埃塞俄比亚选手摇了摇头，似乎认为这不太好。

“有什么问题呢？”我问。他们二人异口同声地说:“没有森林。”

“在日本,”其中一个人说,“到处都是路。”他们拉起运动裤裤腿，给我看到日本后受的各种伤。

肯尼亚选手也一肚子牢骚。他说必须得单独训练，因为日本选手都太慢了。

“有时候我会从我在肯尼亚的教练那里要训练计划。”他说,“或者自己设计。日本人的日程安排不好。”

我又问他问题到底出在哪里。

“长距离跑太多了。”他说，“速度跑不够多。就算他们在跑道上比赛，配速最多也就每千米两分五十八秒。太慢。”

在坚硬的地面上跑步，跑的路程太长，速度跑不够多——这些问题一再出现，至少我和东非运动员聊天时，他们常常提到。

肯尼亚运动员在某支企业队效力，与日清不同，这家公司让选手每天到办公室工作。几周后，我拜访了日本电话电报公司长跑队，他们的基地设在大阪，在新年驿传大赛的三十八支队伍中排第二十七。晨跑后，运动员都要在九点之前赶到办公室。他们在不同的部门工作，一直要干到下午两点。两点后他们可以去参加下午的训练。我一直以为肯尼亚选手不用坐办公室，原来并非如此。为了维护队内和谐，所有人都要出力。我问肯尼亚队员，他觉得这种安排怎么样。

“很好。”他说。他十分自豪地告诉我，他穿西装上班，还有自己的办公桌。他说他负责帮公司应对外国客人，写英语文件，打电话。

我问他，结束长跑生涯后会不会留在日本。

“我没想过要留在日本。”他说，“再过一年，我就去加拿大了。”

>>>>>

第二天早晨，我又出发了。这一次是去东京中心的箱根驿传起点处。

《读卖新闻》的重要人物宣布比赛开始，该报是活动的主要赞助方。我早早就到了那里，赶上了早晨七点的开赛时间。沿着赛道，街道边已经挤了十层人，大楼间的每个空隙都安排了啦啦队员，他们伴着各自校歌的旋律又唱又跳，配着全套铜管乐队和鼓乐队的演奏声。不仅有女啦啦队员，男啦啦队员也参与其中，跳着疯狂的战舞，看上去像是用夸张的旗语指挥飞机。

激动之情似乎有传染力，它在我们头顶上方高耸入云的摩天大楼那较低的楼层和拱门上跳跃着，光亮的钢铁和玻璃在晨光中闪闪发亮。在楼宇间露出的片片天空中，直升机低低轰鸣，街上的警察和管理人员沿赛道缓缓走动，让人们待在栏杆后。在一片热闹中，我在某段路边找到了运动员们，他们披着拳击手穿的那种长大衣，来回大步走动。一共有二十三位选手。他们年轻的面庞十分平静，像经验丰富的竞技者，正专注于眼下的任务，准备迎接属于自己的时刻，在这场大戏中出一份力。他们知道队友正在赛道上，在某处等候，等着这场比赛中的比赛开始。

一队队穿着统一夹克衫的工作人员喊运动员上场。我发现日清队的新人大迫杰就在其中。运动员们向前走去，一件件色彩明艳的运动背心在穿着黑色和浅褐色夹克衫的人群中十分显眼。

离开像牲畜栏一样的小街，他们走到空旷的大路上，大步流星地来回走动，抓紧最后一点时间拉伸。人们在旁边大声喊出各种建议。起点线后停着车队，车顶上都装着麦克风。这些是教练车，将会在后面跟随选手，用麦克风大声放出指令，保证路上没有人偷懒。我认出了驹泽大学的教练，他就站在车边。赛前这所大学最被看好，是出云驿传大赛和全日本大学驿传大赛双冠军。今天，他的头发似乎尤为油光水滑，向后梳得齐齐的，连古铜色的皮肤也比平时更黝黑。我听说，他喜欢沿途向自己的队员大叫大嚷，因而得了个十分凶猛的名声。

“他就是那种传统教练。”宪司告诉我。这么多年来，这种风格对他的队伍似乎颇有效果。

工作人员开始让运动员就位。他们迅速排成两队。按理说，比较快的选手可以站在前面，但这场比赛全长两百公里，这点距离无关紧要。发令枪响起，他们沿着路飞奔而出，几乎立刻转过路口消失了。他们就这样跑远了。这种运动确实没多少观赏性。

>>>>>

当然，看这场比赛最好还是在电视上。我设法搞到了比赛的媒体通行证，便爬上了媒体车。车里装了电视，实时直播赛况。我稳稳坐好，随车前往位于湖边的城市箱根。第一天的比赛将在那里结束。

屏幕上，选手都跑在一处，聚成一大组。评论员抱怨选手们速度太慢，但他说错了，实际上，选手当下的速度可以在六十分钟内跑完半程马拉松，而他们的赛段长二十一点四公里（几乎是半马的长度）。令人难以置信的是，二十三位选手都保持着这一速度，这已经远远超过半马国家纪录的水平。

所有选手都选了这个速度，评论员因此才判断失误。他们的速度根本不慢，而是快得发疯。媒体车在和赛道平行的路上行驶，前往箱根，而我用电视、推特和向车上其他记者请教这三种方式，试图紧跟赛况。

领头的选手们在二十分三十六秒内跑完了十公里，对于十位选手中的大部分人而言，这已是一万米跑的个人最好成绩了[①]。他们还没跑完赛段的一半呢。一直跑在最前面，保持着半步距离的领头选手是大迫杰，日清新近签下的选手。他稳稳当当地跑着，动作流畅，

---

① 2013 年全年，英国男子 10000 米跑最好成绩是 29 分 12 秒。——原注

有条不紊，从不回头看身后到底跟着谁，跑得就像伦敦西区音乐剧里的黑社会老大一样。他的头抬得高高的，早晨的阳光将他照亮，他是比赛中最耀眼的明星。他知道全国上下有几百万人正在看着他。

到最后，速度不可避免地慢了下来，大迫被超过了。距离终点约一英里处，驹泽大学的选手猛烈发力，冲了出去。他速度快极了，使出的力气超乎想象，但最后被证明是个错误。快到终点时，他开始摇晃并减速，让日本体育大学的队员成功卫冕，率先冲过终点。

这场冲刺或许太狂野，但就是这样的时刻令箱根驿传如此激动人心，如此区别于更冷静自持的专业选手的世界。

第一赛段速度如此之快，即使最后速度有所减缓，赛段前三名的成绩还是相当于在六十一分钟内跑完了半程马拉松。历史上，只有四位日本人跑出过这样的成绩，然而，在箱根驿传的第一赛段，就有三名学生做到了。他们甚至还没打破本段的纪录，而且大部分队伍最好的选手都还在等待参加后面赛段的比赛。

严酷的挑战已经开始，第二赛段的选手出发时，绝不能辜负前面的人的努力。这就是驿传比赛，尤其是箱根驿传的逻辑。每个人的表现都激励下一位选手跑得更好。他们彼此激励，不断地攀上高峰。这就是他们的人生之赛，没有任何保留。对于其中许多选手来说，即使日后入选奥运阵容，也比不上在箱根驿传中竞技所达到的高度。他们已经毫无保留地做了万全准备，肩上背负着队友的希望和努力，甚至还受到全国国民的关注。他们跑着，就像这是此生最后一次奔跑。

正因如此，这场比赛才这么特殊。宪司总是说驿传可以激发出日本跑者最优秀的一面，但这种说法有点难理解。一旦你跑在路上，就只剩下你和你自己的双腿、你自己的力量，队伍起不了什么作用。九州驿传大赛上的肯尼亚选手就是这么说的。“队伍无关紧要。”他说，“跑步的时候，你就是孤军奋战。”这种情感会让许多日本驿传选手大为震惊，但这也是我的想法。在琵琶湖参加驿传大赛时，我感觉比平时更孤独，开跑时身边一个对手也没有，我不知道该怎么调整速度。如果队伍确实有用的话，那就是它似乎驱散了压力。我们表现得实在太差了，我跑成什么样都无所谓。连想象我和一群优秀的队友在富士山驿传比赛上跑步时，我也知道我不会是决定结果的全部因素，不会全都指望我。这样一来，似乎比赛就没那么重要了。

我现在看出来了，对于日本人来说，当他们披上那条接力带，就像是打开了某种开关。普通比赛中永远跑不出的速度被轻松超过。像佐藤在新年驿传大赛超过二十二公里的赛段上的表现一样，他跑过相当于半马的赛程时，用时比日本半马纪录还短。而在箱根，这些人可都只是学生，不过才二十岁或二十一岁，但在第一赛段，就有三个人相当于在不到六十一分钟的时间里完成了半马。

实际上，比赛中十个赛段全都接近半马的长度，这两天内涌现出许多令人难以置信的成绩，有三十名学生相当于在六十三分钟内跑完了半马——这还没算上速度最快的第六赛段，该赛段基本都是下坡路。

相比之下，在英国，二〇一三年全年，只有一位男选手在六十三分钟内跑完半马，他是两次获得奥运会冠军的莫·法拉赫。

在每个交接点，对于这场比赛的热情与努力都深深刻在了选手扭曲的面容上。他们似乎都闭着眼睛跑步，咬紧牙关，连头发都在发力，紧紧地绷在头顶。将接力带交出去后，他们就瘫倒在地，由上前帮忙的队友扶起。队友会用夹克衫和毛巾包住选手崩溃的身体。这些选手都面容扭曲，有时候还因为这样的苦役毫不掩饰地哭泣。一般要两个人才能把一位选手扶起来。通常还会有一位大赛工作人员跟在一旁，让他们用手持式氧气罐吸氧，给他们扣上呼吸罩，但选手通常泪流满面，几乎注意不到面罩的存在。

我也在其他驿传比赛上看到过选手们这样瘫倒在地，总觉得其中有一部分是夸张作态。连在业余驿传赛中也有人这么做，可能是在模仿偶像。这让我想起假摔骗任意球机会的足球运动员。然而在这里，人们不是为了让裁判看到他们有多痛，而是试着让队友和观众看见他们付出了多少努力，才将这条接力带送到终点。

很明显，并非在每一场驿传比赛中，领先的队伍在交接处都有这么戏剧性的表现。在这里，箱根驿传的第一天，东洋大学的选手第一个冲线。队友们冲上来的时候，他满脸微笑。他甚至都没等惯常会有的毛巾送过来，朋友们本来准备好要披在他身上的。

他赢了这场比赛，就不需要展示究竟有多努力了。但他后面的一位位选手演得越来越夸张，表现出痛苦地拼尽全力的样子。他们的排名越落后，这表演就越有戏剧性。最后几位选手瘫倒在地，双腿已经跑成了软胶泥，扶也扶不起来，求人们把他们丢在路边等死。

即使知道这其中多半有演戏成分，这样的场面也让人感动，尤其是在比赛最后，我弄到了终点附近的一个好位置。一般来说，日本人连握手都尽力避免，更愿意克制地稍稍弯腰鞠躬。感情流露是十分罕见的。但在这里，等在一边的队友显然很关心选手，友爱地抱着他们的肩膀，低声地在他们耳边温言安慰。像日本电话电报公司的那个人说的那样，在驿传中，大家是一起获胜一起失败的。见识过如此超乎想象的比赛表现，并且是被日本全体国民关注的表现，我感觉这是对日本国民心灵的惊鸿一瞥。这毫不掩饰的感情，这伙伴之谊，这精彩场面。我站在那里看着他们，举着相机拍照，几乎有些无所适从，仿佛不请自来地闯入了亲密温馨的家庭时光。

最后，我看见不少粉丝哭了，其中大部分是年轻女子。我问其中一个人，为什么这么喜欢箱根驿传，她几乎说不出话来。“实在太感人了。”她只说了这一句，咬着嘴唇。

另一个拿着小型便携收音机的男人站在终点旁，用一个词回答了这个问题：“武士道。”

这个词的意义很复杂，可以粗略地翻译成“武士的行事之道”。在一九〇〇年出版的畅销书《武士道：日本之魂》中，作者新渡户稻造列举了几则信条，被他称作日本人最奉行的原则，同时也是武士遵循的不成文的道德标准。其中最重要的是忠诚、勇气和荣誉。

这三个原则全都原原本本地体现在箱根驿传的年轻选手身上。

我们的媒体车赶在选手之前到达了当日比赛的终点，但也仅仅早了一点。我们顺着盘山公路慢慢开上山，行车路线和最后一个赛段的赛道平行，在缓缓前行的车流中前进，爬过了雪线。

驿传大赛的赛道设置在东海道最负盛名的一段道路上——从东京直达箱根的群山，那也是日本最古老的道路之一，第二天则原路返回。就是在这同一条道路上，江户时代的信使在东京和京都之间奔跑，这是最初的驿传，是它催生了今日的比赛。

站在终点眺望湖的对岸，矗立在那里的便是富士山。它是日本明信片上常见的风景。在今天，一月二日，它对日本人来说也有特别的意义。这是新年第一个梦后的第一个早晨，那个梦即是所谓的初梦。①

①初梦之所以是在1月2日而不是1月1日，是因为新年夜不应该睡觉。——原注

在初梦中，如果梦见了富士山，那便是好兆头，茄子和鹰同样有好的寓意。我也不知道为什么会有后边这两种东西，但眼下，湖对面便是光芒万丈的富士山。它使得比赛的结尾仿佛成了一场梦，令所有事物沉浸在强烈的象征意义中，仿佛日本的精粹都被凝聚到了这一刻。无怪乎人们会因此流下泪来。

“箱根驿传完美地捕捉到了新年的气氛。”后来，在附近一家酒店供媒体使用的房间中，另一位记者告诉我。我正在翻找桌上剩下的食品袋，想找到点素食食品。“东海道公路，富士山，团队合作，传递接力带，选手的拼搏，一切都蕴含其中。正因如此，它才是这么好的电视节目。”

>>>>>

晚上，我在附近一处山林小屋中休息，屋主是我弟弟的朋友。他不在这里，我可以独享这座房子。从卧室窗口看出去，薄暮中，富士山通体呈浅粉色，巍然矗立。站着眺望远山，我不知怎的感受到某种比长跑比赛更博大的精神。我甚至不认识大多数选手，但今天的氛围实在非同寻常。它让我觉得此前看过的所有驿传都像是在空着一半座位的场馆里举行的足球赛。然而今天，那场馆座无虚席，欢呼声震耳欲聋。这使得长跑成了令人热血沸腾的运动，每一位选手都愿意奋不顾身竭尽全力。它是令人称奇的史诗级比赛。

次日清晨，我早早起床前往第二天比赛的起点。第一赛段的选手已经就位，准备踏上返回东京的路途。一队队工作人员大多是上了年岁的男人，也激动不已。他们检查选手的号码，告诉他们什么时间应该站到起跑线上。今天起点处的人比较少。箱根是座小城，没有太多地方可供住宿。

队伍出发的顺序取决于昨天到达的次序，之间的时间差一致。前两位选手来自东洋大学与驹泽大学。他们在起点线后来回踱步，互相看也不看一眼。

驹泽大学已经赢得了今年另外两场大型大学驿传比赛，包括出云驿传大赛和全日本大学驿传大赛。但在箱根驿传上，他们被东洋大学挤到了第二名的位置上，其余队伍更是被远远抛在后面。现在，冠军之争就将在这两所学校间展开。

开跑后，我坐着媒体车前往位于东京的终点，又一次靠着车上的电视追踪比赛进展。随着时间的流逝，两支队伍针锋相对，力争上游，比赛的焦点开始落在两队教练大相径庭的行事风格上。

东洋大学教练酒井俊幸是位新派教练，和宪司一样，相信传统的日本训练方式已经过时了。他不像全知全能的独裁者一样行事，以封建权威统治队伍，而是温言软语，夸奖自家选手是多么好的“棒小伙”。在赛道上，你能听见他不断鼓励选手，告诉这些年轻人他们表现不错，看上去状态也很好。

赛后接受采访时，东洋队的选手不断提到教练是如何让他们享受跑步的。他们说这是团队力量的一部分。“在这支队伍里很好玩。”一位选手说，“这就是我们成功的秘诀。”

相比之下，驹泽的教练大八木弘明年长三十岁，完完全全体现了宪司想要反叛的一切。我亲眼见识过他的狂吼，在眼下，全年最重要的一天里，他完全发了狂。他说的话我一句都听不懂，但我可以从他的语气中，从车顶麦克风发出的狂吼中察觉到他十分愤怒。他的队员越落后，他的指导就变得越暴戾。

在电视上听见他狂吼时，其他记者都大笑起来。但当我问他们教练到底说了什么时，他们都说不出口。“挺难听的话。”他们窃笑着说。

“比如说呢？”我坚持问道。可他们不肯重复他的话。

一位说英语的博主在个人网站“日本跑步新闻”上写道：“在整场赛事中，主教练大八木弘明通过车顶的麦克风向他的队员狂轰滥炸。如果美国大学生体育协会的教练说出他嘴里这些话，一定会被炒鱿鱼。”

最后，东洋大学夺得冠军。这个结果可以看作对老一套训练方式的谴责，但小串先生后来向我指出，是驹泽队的这位教练让这支队伍改头换面。他已经做了十六年教练，成绩斐然，曾六次率队在箱根驿传上夺冠。

“他刚刚到任的时候，”小串先生告诉我，“在长跑队的宿舍里找到了一台老虎机。队里那时赌博成风。他清正了风气，立下了规矩。这支队伍现在好多了。”

训练是一项不精确的科学，任何一项体育运动都给不同的教练风格留下了余地。但据宪司所说，在日本，友好地对待选手，向他们解释训练的过程并询问他们感受的现代型教练，依然是饱受非议的少数派。

他说，东洋大学在箱根驿传上得胜，对他是莫大的鼓励。

“现在，教练的风格已经开始转变。”他说，“最近，欺凌队员的风格频频受到媒体谴责。大众已经开始转变观念了。”

近年来，一系列教练殴打并虐待队员的丑闻引起了日本社会的反思，某些教练过分霸道的指导风格开始受到质疑。

二〇一三年一月，日本女子柔道队的主教练园田隆二承认自己用竹剑殴打队员，随后被迫辞职。刚开始，国家柔道联盟只打算简单谴责园田，依旧让他担任主教练。待到公众强烈表示抗议后，他才不得不辞职。

事件发生后，日本奥林匹克委员会的执行总监说，日本体育界的欺凌不仅仅发生在柔道上，这次事件只是冰山一角。

实际上，在二〇〇七年，一位相扑教练还因命令三名资深队员殴打少年柔道新手被判入狱六年。由于他们下手太重，一位十七岁的选手送了命。

后来，在二〇一二年十二月，一位大阪的高中生因多次被篮球教练殴打而自杀身亡。

在驿传界，二〇一三年一月，某支顶级高中队被揭发了殴打队员的丑闻。这位教练带领校队连续十四年夺取全国高中驿传比赛冠军，被誉为史上最伟大的高中教练之一，但结果发现，两位选手因为受到过分殴打而退学。其中一位学生耳膜受伤，接受了长达两周的治疗。

令人咋舌的是，这位教练毫不悔过，公开对此表示："这个学生搞不清情况，我只是帮他认清现实而已。"

作为回应，学校询问其他队员是否受过教练的虐待，十名队员称他们曾被掌掴、踢打，或是受过其他体罚。许多学生说他们被打过不止一次。

由于害怕因此失去他们的顶级教练，组里其他的成年选手抱团支持主教练。"如果驿传队还要赢全国冠军的话，我们就需要主教练和他的力量。"其中一人说。

学校屈服于他们的意愿，允许主教练继续工作，只是敦促他更好地控制自己，仿佛这样做真能解决问题一样。

在日本，这种行径依然深植于组织之中，并被广泛接纳。二〇一四年四月，这位教练被聘为东京另一所高中的主教练。他的明星队伍中，有六位队员跟随他转学。

当然，严格要求、有规矩，并不等于打骂虐待，但跑步选手尤其是高中选手，必须被逼着训练这种想法已经根深蒂固，连宪司也表示认同。

“最近，欺凌的风格受到了谴责。”他说，“但有时也有必要这么做，尤其是在高中，否则队员就会偷懒。”

宪司以前当过高中教练，回顾过去，他认为自己给了队员们太多的自由。现在虽然以日本标准看，他已经是一位非常宽松的教练，还常常因此受到指责，他还是让助理领队野村每天早上六点起床监督队员，以免他们逃掉晨跑。

这让我想起肯尼亚，想起那里几百名——甚至几千名——每天早上六点起床跑步的跑者。他们中的大部分人甚至没有教练，那些有教练的人一周也只见教练一两次。当然，常规早训是不需要教练参与的。

差异十分明显，为什么呢？

肯尼亚跑者几乎无一例外地出自贫穷家庭。跑步可以改变生活，这不仅仅是对跑者本人来说的，还包括他们的家庭和社群——许多成功跑者最后都会兴办学校，甚至建医院。对他们来说，跑步的意义更加重大。他们知道如果不起床训练，就没有希望赢。在肯尼亚，关于参赛资格和入队资格的竞争超乎想象地激烈，这也激励他们奋斗。身边环绕着这么多伟大的运动员——大部分肯尼亚跑者都住在某些市镇附近的跑者聚居地，抬头不见低头见——他们因此受到激励，也因此走向成功。

自我激励还有另一种优势：这让你在比赛中更加自立。关键时刻来临时，不可避免的疼痛终于来袭时，继续努力的拼劲必须源自内心深处。就像甘地说的一样：“力量并非来自于身体能力，而是一种无可征服的意志。”如果你很少向内心探求这种意志，也不太可能在比赛结尾突然迸发出这样的力量。因此，除非教练开车追在身后用扬声器骂你，否则你很可能就动摇了。

足球运动员克里斯蒂亚诺·罗纳尔多最近被选为世界最佳足球运动员，在他刚刚开始为曼联队踢出一个又一个精彩至极的任意球时，专栏作家和专家开始争论他到底是怎么获得这种能力的。是不是某种技巧？他是不是有种独一无二的踢球方式？

他的总教练亚历克斯·弗格森爵士对此忍俊不禁。“说了那么多，什么特殊的踢球方式、特殊的踢球点。”他大笑着说，“没什么秘密。重点在于练习。熟能生巧，学校里就是这么教的。这孩子每天都练习，所以他这么出色。我们去喝茶，留下他自己练。”

他说，他跑去喝茶。他没有站在那里死盯着罗纳尔多，以免他偷懒。

日本高中教练的问题是，他们没那个时间轻轻松松地等着明星队员找到练习的动力。练习的自觉性也有起有落，尤其对于年轻人而言。作为教练，有时候你得有耐心，给他们时间和空间。日本高中教练可不能耐心地打磨未来之星，他们现在就得赢。由于高中驿传和大学驿传几乎和职业驿传同等重要，教练们也背负了极大的压力，他们必须成功。他们的工作和名声都仰赖于此。

这种高压环境从高中就已形成，一直会持续到选手退役。花时间慢慢培养运动员，让他实现真正的潜能根本不现实。现实是在运动员生涯的每一阶段，所有人都想尽力榨取他们的价值。

为了稍微对抗这样的问题，宪司组建了一支新队伍，这支队伍将从高中阶段开始引导运动员，一直延续到他们的职业生涯，关注他们的长期利益。这个想法非常激进，他打算当作非政府组织来运作，资金支持来自想投资运动员的未来的公司。他说，这支队伍将取名为“微笑绽放”。

不管宪司的队伍会如何，东洋大学赢得箱根驿传给新时代的教练打了一剂强心针。同时，即将来临的二〇二〇年东京奥运会也促使官方勇于做出新尝试。箱根驿传结束后，我和夺得第四名的早稻田校队的教练聊了聊，他和宪司一样，认为必须做出改变。

“如果一成不变，日本在二〇二〇年连一块奖牌都拿不到。”他告诉我，“日本有很多出色的年轻教练，但他们不在全国联盟里，联盟依然被老派教练把持。”

>>>>>

东洋大学教练在箱根驿传赛后最后一场记者会上以一句话作结：“我们今天的胜利不仅仅靠奔跑，还靠我们作为人的成长。”

他在表达的是日本的一种信念，认为运动不仅仅是胜负而已。为了真正被接受，被赞扬，你不仅仅要赢，还要赢得正当。

英国马拉松选手马拉·山内的教练，也是她的丈夫山内成俊对两种运动文化都有切身体会，他说：“在日本，人们更关注通过运动实现个人成长。”

他说，在英国，竞争更加激烈，有种不择手段取得胜利的氛围。“你们的文化崇拜获胜者。”他对我说，“但在日本，重要的不仅仅是取胜，还包括做个好队员，包括你和队伍如何达到和谐。”

他说，两国足球运动的不同风格体现出两种文化的差异。“在英国，每个人都想射门。没人愿意传球。在日本就反过来了。没人想射门，大家都更喜欢传球。”

他说，日本是通过随处可见的漫画来培养这种观念的。大部分漫画都是体育主题，但剧情和经典的西方视角很不一样。在西方，最受欢迎最常见的运动主题都是劣势者的故事，比如洛奇·巴尔博厄[①]，或《烈火战车》中的哈罗德·亚伯拉罕和埃里克·利德尔，他们必须证明自己，必须克服所有的困难走向成功。

他说，日本漫画的经典主题是团队精神。

“刚开始一般会有个很个人主义的人，什么事都想按自己的想法来，但惹出了麻烦。最后，他融入了团体，与队伍形成了和谐的关系，队伍便开始取胜。”

他告诉我，这样的漫画故事对年轻人产生了很大影响，让他们走入体育界。但他们遵循的是武士道精神——勇士的守则。

又是这个词。它也是一种道，就像柔道、剑道、茶道（饮茶仪式的艺术）和花道（插花艺术）一样。这些活动在日本原来都被视为自我成长的方式。“是让你完善自己，达到和谐的方法。”山内说。

日本棒球传奇教练飞田穗洲被誉为日本棒球之神，他就常常把运动比作武士道。他曾写道：“训练并不是为了健康，而是为了锻造灵魂。”

虽然这其中没有“道”这个词，但就我在箱根所看到的，驿传同样推动参赛者追寻这崇高的目标。可以说，这是跑者之道。

---

①电影《洛奇》中的男主角。

22

我离开箱根，觉得刚刚看到了世界上最伟大的赛跑中的一场。第二天，我坐上回京都的列车，感觉像是伟大冒险后的隔天早晨、假期后回去工作的第一天，赛事带来的激动之情依然徘徊不去，你还不太能适应平常的生活。

当我坐在列车上，看着冬日景色飞驰而过，一片片初融的积雪堆在田野上、房顶上，便想起所有曾经批评过箱根驿传的人来，我可以理解他们。当一场比赛绑架了一项运动，情况就很危险了，尤其对那些甚至还没有开始自己职业生涯的选手来说。

箱根驿传和其他驿传比赛饱受谴责，被认为是导致日本跑步水平下滑的罪魁祸首。虽然日本是跑步大国之一，而且比世界上任何一个国家都对长距离跑着迷，但在二十多年前，一九九二年森下广一在巴塞罗那赢得银牌后，就再没有一个日本男运动员赢得奥运会马拉松奖牌。在这段时间里，摩洛哥、乌干达、意大利、美国、巴西、南非、韩国，自然还有肯尼亚和埃塞俄比亚，全都赢得过这项赛事的奖牌。

“和我比赛那时比起来，现在驿传要受欢迎得多。”宪司某天在立命馆大学对教授们演讲时这样说。实际上，这是大学举办的小型会议，想要探寻为什么日本顶级选手无法在国际舞台上与肯尼亚选手竞争。宪司是客座发言者之一。

“但驿传正在毁掉我们的运动员。”他说，他的声音因这一断言的分量而颤抖。他继续说下去，讲起自己的故事来，他曾是世界上速度位列第二的青少年选手，却被迫过度训练。他说教练不会考虑运动员的未来，这在高中和大学里尤其严重。在驿传比赛中取胜的压力实在太大，他说，教练把运动员逼得太狠了。

他对箱根驿传尤为不满。他说，为了准备箱根驿传，学生运动员必须时常跑三十公里。“太长了，强度太高了。”他说。

宪司说，如果你把赢得箱根驿传的东洋大学队和顶级的职业队加以比较，东洋将会是其中出类拔萃的一支队伍。“大部分职业队都赢不了箱根驿传。”他说。然而，箱根驿传的选手只有很少几个人会在大学毕业后成为职业选手。早稻田大学的教练告诉我，每年从他手下毕业的选手里，每十个人中只会有一两个成为职业选手。他同样对箱根驿传颇有微词。

“阵势太大了。”他说，“这些小家伙往往被胜利冲昏了头脑，以为自己是大明星。一毕业，现实的打击就来了。他们的情况急转直下。他们没有动力了，便停止了训练。”

一位记者告诉我，许多人认为，因为没有箱根驿传这样的压力，日本女选手在国际比赛中的成绩要优异得多。确实如此，日本女选手在过去的四届奥运会上赢得了两枚马拉松金牌。

然而，也可以争辩说，虽然马拉松在日本的热度看似有所下降，即使箱根驿传得到的关注度大有提高，马拉松得到的重视依然不减。无论如何，比起马拉松在许多国家，特别是在英国日渐衰微的现实，日本的情况要好得多。

一九八四年，威尔士人史蒂夫·琼斯打破了世界纪录，还有另外十一位英国男人在马拉松中跑进了两小时十四分。同年，十七位日本选手也跑出了这样的成绩。

而到了二〇一三年，情况就很不一样了：英国没有一个男运动员跑进两小时十四分，而日本的成绩还有上扬，有二十五位男运动员冲进了两小时十四分这条线。

在几乎所有发达国家都成绩下滑的背景下，日本长跑界已堪称大获成功。其中很大原因是发达的驿传系统。如果没有驿传，选手当然有空闲去关注马拉松，并与肯尼亚人争锋，但由箱根这样的驿传比赛带来的兴奋情绪和观赏性而激发的全国上下对跑步的热情将日渐衰微。这就会导致职业队缩减规模或直接解散，几千位选手必须做出艰难的选择，到底是放弃工作，还是放弃跑步。

这是个复杂难解的问题，虽然驿传会让人分心，还可能导致过度训练，但它同时也是日本高端跑步的驱动轮。如果没有了它，整个系统便有可能崩溃。

>>>>>

在日本，做一位体制外的顶尖运动员并以此过活，对绝大多数跑者来说都是难以想象的。但有一个男人做到了。他自我指导、自我激励，同时还有份全职工作。他在日本被称为市民跑者。他的名字叫川内优辉。

川内已经成了现象级的人物。他没有在大学毕业后加入任何一支顶级公司队，而是选择在坚持训练的同时，在东京以北的一所高中做全职工作。即使如此，他也已经是日本最优秀的马拉松选手之一，曾入选日本国家队，参加二〇一三年的世锦赛。

他不仅打破规则，做全职工作，同时还以极不寻常的方式比赛。

全世界大部分马拉松选手都遵守一个基本原则，就是一年只跑两场或最多三场马拉松。二〇一三年，川内参加了十一场马拉松。在其中的六场上，他跑进了两小时十二分。不仅如此，他还参加了一场全程五十公里的超长距离马拉松，同时还参加了多场半程马拉松及距离更短的比赛。其他的日本选手都觉得他疯了。

但他的粉丝热爱他。他对每一场比赛都极其重视，并因此而闻名，每场比赛都付出了极大的努力，咬紧牙关，像逃命的人一样，不断地冲破一道又一道墙，永不放弃。与他相比，那些收入丰厚还有一队教练看着的公司选手就像被宠坏的寄生虫。

我第一次看川内跑步是在福冈马拉松比赛上，他一次又一次地猛冲到领头的位置，在肯尼亚人前头狂奔。他们不断超过他，结果又被他一次次地反超。最后，他没有完全坚持住领先优势，拿了第三名，比来自肯尼亚的冠军马丁·马萨迪慢了两分钟。但他一如既往地在比赛中留下了不可磨灭的印记。

赛后的颁奖典礼上，我看见他接受日本电视媒体的采访。他穿着本地教育组织的运动服。那是他在工作中参加的队伍。他脚上是一对看不见牌子的黑跑鞋，鞋头已经磨损了。他是个彻头彻尾的市民运动员。

他有全职工作，也没有经纪人，所以很难联系到他。我想问他为什么选择走这条业余选手的道路，他明明可以做职业选手，活得更轻松。

我终于通过他所在地的教育委员会向他的办公室递了个消息。他回应说会参加二月的本地驿传比赛。我可以过去，在赛后和他聊聊。

>>>>>

于是在二月一个寒冷的早晨，我又一次站在一所学校的围墙边，等着一场驿传比赛的选手们从这里跑过。但这一次等的不是我弟弟，而是日本最著名的跑者川内优辉。

我站在琦玉县的一条窄巷中，看着高中选手一个接一个地跑过，奋力冲向赛段终点线，接力带已经被他们拿在手里。越来越多的选手来了，人们鼓掌助威，喊着“加油”。除了高中队，还有大学选手，男女都有，也有一些其他的跑者，主要都是业余队，或本地消防机构、税务机构组建的队伍。

这是一场社区活动，就像多年前我弟弟参加的那场一样。在交接点，一个穿着充气相扑玩偶装的男人正在一群孩子面前跳来跳去。按理说川内应该跑这一段的，但他还没出现。

我身边站着一位老人，挥舞着箱根驿传的旗子。他说他把旗子带来，是因为这场比赛没有旗，他显然很为此自豪。“我去过箱根驿传。”他说，“这样的旗我家里有十面。”

我问他为什么喜欢看驿传比赛。他抿起嘴，不知该怎么回答。

“做这种运动的观众不容易。”他终于开口说道，“选手几秒钟就跑过去了，但我喜欢看选手们拼命努力的样子。”

话音刚落，川内就从弯道上转了过来，喘得像一列蒸汽机火车。他风驰电掣地超过其他选手，仿佛他们都是路上的柱子。他的脸一如既往地扭曲纠结。以他的水平，这场比赛不过是本地娱乐活动罢了，但他一点也没轻视。

然后他便消失了。我又和大家一起挤回地铁上，回到终点，也就是举行闭幕典礼的地方，希望能和这位市民跑者说上几句话。

>>>>>

他的队伍最终大概拿到了第十八名，但川内打破了他所在赛段的纪录，得以和其他单赛段冠军坐在一起，参加在当地市政厅停车场举办的闭幕式，并领取奖品。

刺骨的寒风吹过沥青路面，我们听着显要人物致辞。川内坐在那里非常认真地听着，双手谦逊地放在膝头。他还穿着那双磨损的鞋和那套教育组织的运动服，和在福冈跑的那天一样。他的胡须剃得十分笨拙，像青春期的男孩，一副还和妈妈住在一起的模样。但所有人的目光都聚焦在他的身上。

我站在人群中，身边还有两位记者，都来自国家级报纸。他们纯粹是为了川内而来。他们说他去哪儿，他们就跟到哪儿，像跟着威廉王子跑遍所有活动的皇家报道员一样。无论活动多小，他们都一定会出现。

他们对川内优辉无所不知。我问他们，他为什么不参加企业队。

“川内喜欢随自己心意做事。”一位记者告诉我，“如果参加企业队，确实能有工资，但得听命于人。你就不能每个周末都参加比赛。”

“而且，”另一个人说，“高中和大学时期他没少受伤，所以一开始他没有被企业队招去。当然，那些队伍现在很想要他了，但他还是拒绝了。他说担心自己会因为过度训练而受伤。他更喜欢按自己的想法练，每天只练一次。”

闭幕式过后，我跟着两位记者，而他们跟着川内。他被簇拥着走进了楼里，还上了几层楼。我不知道他还记不记得曾邀我来和他谈话，但没人阻止我走进那间小办公室。房里一面墙上挂着印有赞助商商标的塑料板，前面放着一把椅子。川内坐了下来。一共大概有八位记者，还有几位摄影师，他们立刻向他扔出一个又一个问题。他们问他接下来有什么比赛，他本年度有什么安排，他身体状况如何。

我是和一位朋友一起来的，他主动提出要帮我翻译，但他不是记者，所以很难在一片枪林弹雨般的问题中插上话，问出我的问题。但随后川内转向我，点了点头。别人都看着我。

川内让我来参加这场记者会是有条件的。我只能问关于这场比赛的问题，不能问他对公司驿传系统的看法。我本来打算巧妙地绕过这个限制，但他这样紧紧盯着我，我实在不敢要什么花招。于是，我问他为什么选择参加今天这场比赛。

有人给我打过预防针，说他的语速就跟他跑步一样快，我可怜的翻译员很难跟上。

“我得为了同事参加这场比赛。”他说，“这是我的义务。但如果你在为马拉松比赛而训练，那同时参加驿传比赛和马拉松会很好。驿传是不错的速度跑训练。”

在驿传比赛掌控日本长跑世界前，这就是它的初衷。

“实际上，”他说，“我参加的大部分比赛都是训练的一部分。参加比赛和自己训练比起来有很多好处，比如有交通管制，计时工作做得很好，有水站，甚至还有人给我加油打气。

“我认为跑马拉松的关键在于积累经验。如果不参加真正的比赛，选手就不能完全掌握比赛中的技巧和节奏，比如何时加速或减速。”

他告诉我，他每三到四周就会参加一场比赛——通常是马拉松，有时候甚至还会跑更长的比赛。他已经养成了习惯，持续两三周用半速跑，在赛前一周做速度训练。

我的翻译漏掉了他话里的很多细节，但毫无疑问，这个人很有计划。他参加这么多比赛不是因为幼稚或疯狂。他的方法是深思熟虑的结果，而且似乎确实有效。他说今年的目标是在马拉松上跑出两小时零七分的成绩。① 然后，他会向日本的国家纪录发起挑战。

说完这些，他便离开了，给室外在寒风中等待的人签了几个名。大部分都是小学生和老妇人。老妇人十分温情地与他握手，用充满爱意和母性的眼神看着他。他挥了挥手，上了同伴的车离开了。

我也离开了，但并未与任何人挥手作别。我走在周日安静的街道上，前往电车车站。

>>>>>

好几个星期后，我已经回到英国，收到了川内的回信。虽然在琦玉那场驿传比赛之后，他不愿意回答我的全部问题，但后来让我把那些问题用电子邮件发给他。他花了一段时间思考，然后写了一封长长的回信。他信中所写的验证了我听到的许多信息，也和我对日本长跑的思考不谋而合。

我问他的第一个问题是，为什么不进入公司系统。如果他加入顶级的公司驿传队的话，生活肯定容易得多。

“我觉得我不太赞同日本的精英系统。”他说，“我从来都不是精英选手。在大学里和大学毕业后，我都没有入选精英队，因此也觉得低人一等。但我想证明一个伤病严重、饱受打击的跑者也能卷

①川内的马拉松最好成绩是 2 小时 8 分 14 秒。——原注

土重来。我想在不加入企业队的情况下，打败精英选手。

“其实大学最后一年，只有一支企业队来招揽我。就一支。但当时我已经知道怎么自我训练了。就因为这个，我才两次入选关东精英队，跑箱根驿传的第六赛段。所以我不觉得迫切需要加入企业队。

“同时，我也喜欢自由地跑步，不受任何教练或公司的约束。我和日本的许多职业选手不一样，不是为了奥运会或驿传比赛而跑的。和非洲人还有其他职业选手不同，我也不是为了拿奖金或拿赞助。我跑步是为了满足自己的兴趣，完成自己的挑战，不想因为加入企业队失去这份自由。跑步对于我的意义和跑步对企业队选手的意义完全不同。

“而且，我也想让有前途的年轻选手看到，没有教练、自由奔跑是多么有趣。”

乐趣在日本长跑界是稀缺品，从饱受压力的高中选手到许多教练的暴政，再到企业队的严肃认真都是如此。但享受乐趣常常意味着享有成功。看看尤塞恩·博尔特，看看海勒·格布雷西拉西耶。在肯尼亚，我遇见的大多数跑者在训练时都能享受到乐趣。他们享受训练。箱根驿传的获胜者东洋校队的教练，还有宪司，都鼓励队里的选手享受乐趣。我跑步时也一样，尽管天很冷，下着雨，双腿疲惫，但那份强烈的享受感还是会促使我出门训练。乐趣这个词听起来或许微不足道，但它居于跑者之道的核心。开悟的大行满阿阇梨告诉我：“挑战在于继续享受生活。”

在回答我的第二个问题时，川内继续解释这个主题。我问他，为什么在青少年和二十三岁以下组别的比赛上，日本选手成绩如此出色，但在更高年龄组别的比赛中却乏善可陈。虽然他本人才二十六岁，但用日本的标准来看，他已经有些大器晚成了。

“青少年和二十三岁以下的选手不享受训练。”他写道，“所以他们年岁更大以后，就不能提高成绩了。过度训练的问题一直存在，他们的精神和身体都承受了太大的压力。”

“现在，教练训练学生选手的时候，用的是企业队的训练模式。这样训练，青少年选手会被迫早熟，等他们长大就没有进步空间了。我认为就是由于这个原因，青少年和二十三岁以下选手的水平比十年前同等年龄选手的水平要高得多，同时，年龄更大的选手表现则不够出色。”

他同时也认为许多问题应该归罪于老派的教练。

“教练也有问题。”他写道，“许多日本教练认为长跑选手需要进行非常严酷的、持续高强度的训练。但选手不是机器，不可避免地会被过度训练毁掉。大部分学生选手每个月要跑八百公里。我一般一个月就跑五百五十公里。就算在训练强度最高的时候，我一个月也跑不到八百公里。

“日本的训练还是关注强悍的精神。许多教练依然认为只有过度训练才能打造取得胜利必需的强悍精神。这极具日本特色。我不觉得这是科学的、有效的、有逻辑的。过度训练会导致伤病和精神疲惫。这可能就是学生们对跑步丧失兴趣的原因。

“因为重复过度训练，年轻选手或学生选手甚至在比赛之前就带了伤。他们的伤变成长期伤病，速度也永远都没有进步。”

最后，我问川内的日常安排，想知道他是怎么把目标成绩两小时零八分的马拉松训练和全职工作协调起来的。

“工作日我一般七点起床。”他写道，“然后训练九十到一百二十分钟。十二点四十五分去办公室，一直工作到晚上九点半。学校放寒暑假时，我就五点半起床，训练九十到一百二十分钟，然后从八点二十五分工作到下午四点五十五分。不加班的话，我每天工作四百六十五分钟（不包括休息时间）。”

很少有人能付出如此之多的时间和努力，但川内依然是一个榜样，激励着必须同时兼顾跑步、工作以及其他责任的人。如果我哪怕有一点他这样的钢铁意志，那我肯定能跑得更快。我又参加了一场比赛，是在大阪举办的一万米公路跑，是在富士山驿传比赛前的那一周举行的。我本来觉得一周跑两场比赛可能有点过头，但在和川内谈过之后，我充满干劲，打算两场比赛都参加。

23

川内或许对企业系统避之唯恐不及，但对大部分日本资深选手来说，这就是他们的生计，他们的面包和黄油，不，应该是荞麦面。置身企业队的四壁之中，是大部分年轻的箱根驿传新星最后的归宿，比如村泽明伸这样的人。

新年驿传比赛后，我如约去探望他，感受企业选手的日常。

我只在日清食品队的俱乐部会所待一个白天，但他们还是给我安排了房间。我走过建筑里暗淡无比、只亮了寥寥几盏灯的走廊。每扇房门外都摆着磨损的地毯和一堆跑鞋。门缝下静静地塞着下个月的训练安排表。

我的房间和运动员的一样，但房里除了一张单人床和一些哑铃外，什么也没有。还没等我安顿好，明伸就带我出门，在空荡荡的城市里晨跑。我们向着国家体育馆跑，路上经过一栋栋摩天大楼，还跑过了高架铁路桥。广场上，一群老年人在做开合跳。有人对我们喊了些什么，明伸挥手回应。

回到俱乐部后，我草草冲了个澡，穿好衣服，将被汗浸湿的跑步装挂在衣架上，坐在床上等明伸来。他说他喜欢出去吃早餐。

有人敲门，我说了一句：

“好了，我准备好了。”

还有几位队员也和我们一起出门，包括矢野圭吾，他不久前刚代表日本体育大学参加了箱根驿传。他是今年日清食品队新招的四位队员中的一个。队内的伤病问题持续了两年，公司似乎正在扩大队伍规模。

我们穿过当地的街道，天光已经大亮，西装革履的人正赶往办公室，头戴小黄帽的孩子走向学校。我想象那家餐馆应该不大，位于僻静的小路上，店里的老妇人能叫得出他们的名字，不需要点单就送上每个人最爱的食物。但五分钟后，我们走到了一个繁忙的十字路口处。明伸指着角落里一间灯光明亮的店铺，窗户上写着店名“丹尼斯”。

“就是那家。”他说。

店里坐满了独身一人的老人，他们或是把玩着盐罐，或是呆呆看着前方。服务生拿来一堆塑封菜牌，上面印满了冰激凌的照片。面对铺满冰激凌的华夫饼和其他美国菜的诱惑，所有队员都选了日本饭菜。作为一间快餐店，它的日式菜单健康得令人吃惊，有豆腐紫菜拉面，还有味噌汤。一位队员禁不住引诱，点了一份冰激凌，装在高脚杯里端了上来。

我问新进队的矢野，对于跑者而言，高中和大学生涯哪个更严酷。他看着为他翻译的明伸。

他们都笑了。“高中。”他们看起来简直像卸下了负担，仿佛两个奋斗拼搏多年、天天加班到深夜，终于爬上了公司高位的经理，现在终于可以放松放松，享受美好生活了。吃完早餐，他们就可以回宿舍睡觉。

“但现在，成绩就很重要了。”明伸似乎察觉到给我留下了怎样的印象，担心会造成不好的影响，“虽然自由时间多了，但现在压力更大。训练安排也是最严格的。”

他说，刚刚加入日清队时，他看见队里的王牌佐藤悠基训练的强度，非常震惊，但也很受鼓舞。“这让我意识到他也是人。如果我也刻苦训练，兴许有一天也可以变得像他一样厉害。”

但他也承认，在达到箱根驿传这样的高度以后，要找到动力就不太容易了。

“箱根驿传是日本的一个问题。”他说，“毕业以后，再也没有这么大规模的比赛了，选手会失去动力。新年驿传相比之下没有获得这么高的关注度。”

“那么奥运会和世锦赛呢？”我问明伸，“这些肯定算大比赛吧。”

“是，但那是少数人的比赛。”他说，“而箱根驿传是许多人都能参加的。”

他听起来很泄气，和同队的肯尼亚人伦纳德·巴索顿的乐观完全相反，后者告诉我，他一定会参加二〇二〇年奥运会的马拉松比赛。对于明伸来说，他的职业生涯已经没有新的发展了，最光彩的高峰已过去。他就像因为扑火被灼伤的飞蛾，箱根一赛之后，职业选手只得重新寻找自己的路。

>>>>>

与往日不同，这一天吃完早饭后，日清队的选手们并没有去睡觉。像大部分企业队的队员那样，他们得去公司的办公室。我问另一支队伍的领队，签下新队员时，他们的相关工作能力到底有多重要。

“跑步能力最重要。”他告诉我，“但他们至少要满足最低的雇用标准，别留长发打耳钉。”

这是传统的企业驿传队模式。一般来说，在运动生涯结束后，运动员会继续做公司里的工作。然而，日清食品队更加现代化。队员在公司里没有固定工作，他们的工作内容基本上也只有训练、休息和参加新年驿传比赛。只是偶尔要去公司，像今天这样。

早餐后不久，明伸就穿上了西装，我们坐上电车前往公司。我们在公司遇见了另两位骑自行车来的选手。他们在日清食品总部宽敞的接待区等着，躺在舒服的软椅上玩闹，像两个秋游的小男孩一样。我们刚到，就有一位职员来见我们。明伸向她介绍我时，她十分优雅地轻声笑着。我感觉她的任务是来给几位队员找点事做。今早，他们的任务是把接待区所有的旧杂志都换成新的，还和新的驿传队周边商品——穿着日清队跑步背心的毛茸茸的小鸟玩偶拍了合照。

在办公室待了几个小时后，我们回到了俱乐部会所。明伸下午的安排是先睡觉，然后跑步。我有些担心疼痛的膝盖，它现在还没有好转，便决定不跑这第二段了。那天下午，我懒洋洋地在床上打盹儿，还写了些笔记。过了一阵子，我提起勇气进了教练办公室，两位教练正和一位选手讨论训练安排和比赛事宜。他们欢迎我的加入，我便像个体验职场的学生一样坐到了旋转椅上，而他们继续干正事。我又打了个盹儿之后，终于到晚饭时间了。

外头天已经黑了，这次只有我和明伸两个人出门吃饭。他没带我回丹尼斯，而是带我去了一家和我想象中一样的餐馆。餐馆小而舒适，像家一样，一位老妇人接待我们，她发型华丽，妆容精致。厨房里，她丈夫扎着脏围裙做饭，忙前忙后。她拨开帘子，向他喊出新订单。

吃完饭，我们沿着安静的街道往回走。虽然身在东京市中心，四周给人的感觉却像某座带着睡意的小镇。明伸告诉我他以前有个女朋友，但刚刚分手了。看上去他不算难过。他说她住在广岛，他一个月才能见她一次。

“训练之后，”他说，“我太累了，只想睡觉，或者泡温泉。我一般一个人去。”

我们一言不发地走了一段路。我觉得已经用问题狂轰滥炸了他一整天，不该再烦他了，便告诉他，等回到宿舍，我就收拾东西回家。

“我挺幸运的。”他说，“我爱跑步，现在它成了我的工作。”他看上去有些惊讶，仿佛他以前从来没这么想过。

我问他，成为职业选手是否一直以来都是他的梦想。

“高中的时候，我从没想过上大学以后的事。但现在……现在我的梦想就是在东京奥运会的马拉松比赛上获胜。”看来他和他的肯尼亚队友也没什么不同。

>>>>>

几天后，我终于去了京都的另一个长跑俱乐部，宪司几个月前和我提过这个俱乐部。

从很多方面来说，这就像一个英国的长跑俱乐部。第一批到的人把会员表摆在桌子上，在跑道边找好地方放装备，他们都是最资深的会员。他们的跑步服已经有些褪色，走路时弓着腿。我被介绍后，其中一个人对我眯着眼睛灿烂地一笑。他抓住我的手臂，可能是想把我拉到跟前。他问我会不会说日语。

在日本，俱乐部里较为年长的人比英国那些还要更老。到场的四十多个人里，至少有十个看上去七十多岁了。剩下的人大部分已年过五十。如果特意去找，能看见零星的几张年轻面孔。这些肯定是宪司所说的严肃的业余选手。他们没有年纪大的队员那么友好。他们是来这里练习的，不是来社交的。我们等着训练开始时，他们各自站着拉伸。

跑道位于废弃的工业区内，周围三面庞大的灰色厂房朝布满阴云的天空喷出几道白烟，高高的铁丝栅栏将选手圈在里面。现代童话就是在这种地方开场的。很久很久以前，在灰暗的一天……但说这些太晚了。我没敢告诉那个老人，我几周后就要回英国。团体里迎来这样一个身材高大又有异国风情的陌生人，让他们兴奋极了。他们互相戳来戳去，鼓动彼此过来和我说话，笑声不断。

有个人问我住在哪里。“京田边。”我说。我家离这里只有四站电车的距离，但他们惊诧地看着我，仿佛我刚才说的是津巴布韦。“呃？京田边？啊。”

我们花了一个小时热身，然后就到跑步时间了。有个大概十九岁的年轻人也是第一次来。他显得有点迷茫，我猜可能是在疑惑为什么大家看上去都这么老。除他以外，最年轻的人差不多三十五岁。那个年轻人告诉他们，他的一万米跑最好成绩是三十五分钟，他们都倒吸一口凉气，点点头，为之折服。他腼腆地笑了笑。

同时，他们告诉我，这次训练我要和某位特别的跑者待在一起。“教练。”其中一个老人告诉我，因为说了个英文词而显得十分得意。教练看上去不怎么热情，但他对我点了点头，示意和我搭伴跑步没有意见。“你的目标。”那个老人又用英语对我说。他说英语说得停不下来了。

关于这次训练，我了解到的信息颇为矛盾。有个人告诉我是不间断地跑十公里到十六公里，累了可以停下。这似乎是他们常用的训练方式。我来日本之前从没在跑道上跑过十公里。但在这里，已经准备好再跑一次。

马拉·山内说日本人之所以在小圈上来回跑步，不管是跑道还是什么地方，是因为缺少可供长跑的场地。

但正因为这样，对精神的挑战才更为严苛。这符合一种认为只有通过重复和奋斗才能成功的想法。在千叶的日清训练营里，肯尼亚选手伦纳德·巴索顿平生第一次在跑道上跑了十五公里。那只是训练跑，但他告诉我，跑完后，他被这项训练的难度惊呆了。

“在路上跑十五公里，”他告诉我，“没什么难度，但如果在跑道上就非常难了。”在日本人眼里，艰难的选择才更有价值。

长跑俱乐部可能安排另一项训练，也是在跑道上跑十公里，但每跑完一公里速度都会快一些。不管怎么样，我都准备跟着配速跑十公里了。我环顾四周，觉得应该能跟上速度，即使膝盖疼也没问题。我一直跟着著名的立命馆驿传队训练，眼下算不上什么。

刚开始，一组八个人就冲了出去，遥遥领先。我的“目标”跑的速度慢很多，位置也靠后，我纠结了一阵。如果我超过他追赶领头的人，他会不会觉得被冒犯了？如果真的冲上去，发现前面的速度对我来说实在太快，我会不会看起来像个傻瓜？我抓住机会，趁前头的人还没有跑得太远，加速追到领先组的尾巴。那个刚来的年轻人也在里面，他的一万米跑最好成绩和我的一样，所以我想我应该没问题。

我们的速度渐渐稳定下来，飞也似的跑完了一公里，用时约三分五十秒。我能行的，我想着，继续跟在这组后面。我们一圈圈跑下来，用时十八分二十秒跑完了五公里。那个年轻人突然十分具有驿传特色地一踉跄，停住了。我们其余的人继续跑着。我还是跟得紧紧的。到现在为止，情况还不错，等跑到六公里，不断重复跑圈开始影响我的状态。我每跑两圈半就会数上一公里，突然之间却迷糊了。上一公里后，我是跑了两圈还是一圈？我想通过用时算算，但脑子实在太乱了。而且其他队员似乎开始加速，我有点跟不上。

跑到九公里，致命的缺口出现了。在一个团队里跑步的感觉，就像有一根有魔力的线将你们绑在一起，帮忙把你往前拉。一圈又一圈地跑下来，其他跑者的动作像是把你拉近了，感觉跑起来很轻松。但线突然一断，你漂远了，每个动作都是孤零零的，地面成了波涛汹涌的海洋，风一个劲地迎面狠吹。

我已经快跑完了。另两位跑者跑在我前头大概五十米，又跑了一圈便停下了。我们已经跑完十公里了吗？我的计时显示三十五分三十秒，比我的最好成绩还快。我们不可能跑这么快吧。我疲惫的脑子算来应该还有两圈。于是我继续跑了下去。

跑到自己计算的十公里时，只有我一个人停下了。我站在温暖的冬日阳光里，糊里糊涂。我的表显示三十九分五十秒。这比我预期的要慢。可能我跑了二十六圈？

我在跑道上走着，还剩四个人在跑。他们肯定是要跑到十六公里，我猜。其中一个人正在甩开另外三人。他跑得越来越快。这人大概四十五岁。他的跑步风格很奇怪，腿和胳膊几乎不怎么动。他看上去像是个装了轮子的服装模特，被人遥控着在跑道上移动。他的表情如钢铁般坚毅，没有任何变化，脖子也绷得直直的。跑了这么多圈，其他人都满头大汗，奋力挣扎，可领头的这个人毫不动摇。最后，他冲过终点线，看了看表，静静地开始做放松运动。

跑完步后，没有一个人和我说话。他们两两结伴或独自做放松运动去了，做得非常认真。还有老人在跑圈呢。我决定先偷偷溜走，免得他们问我下次什么时候再来。

走回车站的路上，我感受到一股奇怪的悲伤。我跟不上那些跑者。跟不上立命馆校队没什么，可这只是日本郊区普普通通的没什么名气的俱乐部。就在这样的群体里，却有六位从未去过肯尼亚，从未受过著名教练指导，只是在这样的废弃工业区跑跑圈的跑者，让我跑得踉踉跄跄。在日本的每个城镇，或许都能找到六个像他们这样的人。我突然觉得没希望了，没希望跑得更快，没希望继续进步。我做那么多核心训练，那么多坡道往返跑，那么用心改进跑姿，却还是在原地踏步。

但我难过不仅仅是为了自己。跑得最快的那个人，用刚毅的表情和几乎不怎么动的双腿将所有人打败之后，坐了下来，穿上田径服，向着远方呆望了片刻，然后就去做放松运动了。没人过来拍拍他的背，告诉他刚才表现得多么精彩。他拥有的只是这自我反思的片刻。

我知道跑步会带来快乐和充实，但对这些不断努力追求更快、更强、更短的用时和在小比赛中胜出的人而言，在跑道上奔跑时可能时时会有冰冷的徒劳之感袭来。我今天早上就感受到了，那令我深受触动。

即使如此，我依然继续前行，计划着下一次比赛，先是大阪的一万米公路跑，然后是富士山的大型驿传。我确信这一切都不是徒劳。我只是突然记不起做这一切到底是为了什么。不管怎么说，我得先找医生看看膝盖的伤。

24

问题越来越严重了。每次跑步我都能感觉到膝盖疼，在我们家鞋盒大的屋子里爬陡峭的楼梯时，膝盖也总是疼。我最近改进跑步姿势的效果也不过如此，根本不是完美的解决方案，也不是什么撒手锏。为了弄清楚膝盖到底出了什么毛病，我前往大阪，找了一家运动损伤诊所。

到了诊所，我指着腿告诉他们哪里疼。邻居理惠用日语写下了我的症状，我把那张写着症状描述的纸递给接待处的女人。她让我等着。比起运动损伤诊所，这间屋子给人的感觉更像私人医生的手术室。我担心自己是不是找错了地方，尤其是见到医生后，他马上让我去给膝盖拍 X 光，我就更疑惑了。

我试着告诉他也没那么疼，只是隐隐作痛而已，但他只是笑笑，把我赶进了 X 光室。当然，这让我很担心。要是病情真那么严重怎么办？可能就完了。我的膝盖大概已经碎了。

幸好，医生细细看了 X 光片后，告诉我一切正常。只是我的脚踝、膝盖和小腿都有些紧张。他给我按摩了一下，就把我打发了。

"在沥青路面上跑得太多了。"他说。我点点头。我要是有别的选择就好了。

事实上，和我在日本一起跑过步的人都受过这样那样的伤。当然，人们受伤的原因很多，但在日本，大部分选手平时总是深蹲或坐在地上，核心力量都不错，而且大部分人体重都比较轻，对跑步也很有好处。主要问题似乎还是来自混凝土。

美国《户外》杂志刊登过一篇名为“阿尔贝托·萨拉萨尔的十项跑步黄金准则”的文章。这位大教练的第四条准则就是：“坚持跑土路。”他说：“硬路面会损害关节、肌腱、韧带和肌肉。在草地、木屑路或土路上跑得越多，你的情况就越好。我指导的运动员百分之九十的训练都是在软地上完成的。”

宪司十分尊崇萨拉萨尔，看见这篇文章后，终于被说服了。他开始在绽放队的跑前讲解上告诉大家在软地上跑步有多大好处。

“肯尼亚人从来不在沥青路上跑步。”他告诉他们，队员们坐着，听得不怎么上心。说他们不怎么上心，是因为讲完后，我们又出门到混凝土路上跑步去了。在大阪训练时，沥青路边上有一条土路，长度、宽度和沥青路一样，只是偶尔有点凹凸不平，但没有一个人用那条路。连宪司养好了伤和大伙一起训练时，膝盖情况这么不好，他也不在土路上跑。他们甚至连热身时都不会用那条路。跑步时要选择漂亮平整、各种标志标得清清楚楚的路，这种观念已经根深蒂固，他们这么做甚至都不是有意的。

我建议宪司把立命馆的队员带到京都周边的山上训练，跑步僧就是在山上跑步的，他对此只是笑笑。我进一步向他施压，告诉他这些山就和亚的斯亚贝巴周边的山一模一样，伟大的埃塞俄比亚选手可都是到那些山上训练的。他告诉我，如果他真把队伍带到山里训练，大学会炒了他的。他说校方担心选手可能被树根绊倒或掉下山崖。

不幸的是，我在京田边的家附近根本没有土路。于是，只在前六个星期做了一丁点训练的我，拖着受伤的膝盖，在下一个周末坐上了电车，前去参加富士山驿传前的最后一次跑步：绕着大阪大仙公园的十公里跑。

为了不让我迷路，绽放队的一位队员，亚瑟士公司的销售经理六川，会陪我一起参加这场比赛。他告诉我，他在为超长距离马拉松比赛做准备。他膝盖的情况也不好。两边膝盖都用蓝色的肌内效贴布裹了起来。我向他问起膝盖的事时，他只是说“没事，没事”，对我竖了个大拇指。膝盖受伤对日本跑者来说是家常便饭。

那天空气很湿润。冬日的寒冷几乎要被黏腻的暖意取而代之。六川见我准备只穿单衣跑步，面露惊讶，但也挺高兴的。“噢，正经的跑者。”他说。公园里的温度计显示气温为十六摄氏度，许多选手都把比赛编号用别针别在了外套上。他们得热死。六川穿着轻便的长袖跑步上衣和跑步短裤。很合理的打扮，没有装模作样、大出风头地穿上运动背心。

在起跑线前，我们陷入了互相谦让的海洋。没人愿意站在最前头。大部分人都满嘴道歉，让来让去，穿着一层层的紧身衣裤和保暖衣互相推辞，眼看着就要拖到十点了，那是开跑的时间。早上的小雨已经停了，阳光穿过渐渐散去的云层洒下来，天更暖和了。

笛声响起，比赛开始，我们终于得救，不必再尴尬地等下去。跑了几百米，我就和三位选手一起跑在了前头，其余四百多人都被我们甩在了后面。我一开始想着拿到前四名也不错——这可不是身经百战的冠军选手该有的想法，不过我毕竟很少在比赛里独领风骚。然而，我今天感觉双腿饱满有力。膝盖的疼痛不知怎的就消失了。我觉得身体强壮，身姿轻盈，双腿不断向后踢蹬。上次和日清食品队在千叶训练时就是这个感觉。那是在我的膝盖开始疼之前。

我事先并没有计划过，却不由自主地不断猛冲，把速度带了起来，想试试身边这三名对手的深浅。我的双腿仿佛得意忘形，像赛跑的小灵狗一样不断飞速奔跑。我必须不断克制猛冲的劲头。等跑完第一圈，赛程刚刚过半，其中两名选手就跟不上了，被我和另一个人甩在后面，现在领头的只有我们俩。我们并肩奔跑，穿过公园里散步的人群，随后又从还在努力跑第一圈的那些选手身边经过。

领先的感觉真刺激，就这样带着别人不断向前。我们上演了一场好戏，两个人你争我夺，轮流占据第一名的位置。这是一场真正的战斗。

当然，除了两位坐在长椅上的老太太，没人注意我们。每次我们经过时，她们都会露出微笑。我的想象力几乎和双腿跑得一样快。我不停地想着另一位选手正等待机会，把我甩在后面。赢不了比赛，我想，我总是第二名，我痛恨最后的冲刺，最后就把冠军让给他吧。这是我实实在在的想法，即使我从来没有在比赛中拿过第二名——为什么我会冒出这种想法？但不安分的腿突然自顾自地疯跑了几分钟，我向前猛冲加快速度，想把他甩在后面，真心实意地去争夺胜利。这种时候，我会突然冒出一个念头："好吧，为什么不呢，就来试试吧。"每一次，他都跟了上来。还有一点五公里就要到终点了，我奋力加速，把他甩在五米开外。但我没办法保持这个速度。还有一公里的时候，他爆发了，冲过我身边，开始拉大我们俩之间的距离。我早就预见到了这个结局，几乎有些理直气壮。"看吧。"我对自己说，"我就知道会这样。他只是在等机会。我早就这么说了。"跑到最后的直道时，我已经接受了现实，我就是第二了。但我还在加紧发力，想拿个好成绩。我的双腿依然有力气。

突然之间，我发现他和我之间的距离不再拉大。他就在那儿，近在眼前，终点线也近在咫尺。我脑中迅速地计算着，剩余的路程除以现有的体能，再乘以与对手之间的距离。但我的腿已经发力了。来啊，你这老傻瓜，我们还没比完呢。我撒腿狂奔，追上了他，嗖地冲过他身边，像疯子一样冲向终点线。他就在我后面，但已经太晚了。我做到了。我赢了。

赛后，我想和他握握手，拍拍他的背。真是一场鏖战！但他已经羞怯地离开了，消失在公园的人群之中。

>>>>>

我不太清楚这股力气是哪儿来的。最后，我用三十六分零六秒跑完了十公里，比以往的最好成绩只慢了十六秒。可是我受了伤，而且赛前几星期几乎没怎么跑。就算在受伤前，我也是处在从赴日之旅的舟车劳顿中慢慢恢复到最佳状态的阶段。但我现在拿到了这样的成绩，被人授予冠军奖杯，颁奖者好像是大阪的著名笑星，当地媒体还对着我拍照。我只能把这成绩归功于跑姿的再度进步。我现在很可能在比赛全程都保持了良好的姿态，而不只是在前半段。

只要我的膝盖还能坚持住，之后的这场比赛将为日本之行带来精彩的高潮：我的富士山驿传比赛。不幸的是，我的全明星队伍并没有成形。由于伤病、年龄限制和工作冲突，我只招揽到小野（私人教练、兼职模特）和立命馆大学的选手。我还想邀请几位大学一年级的学生加入我的队伍，比如“教授”和他的朋友，还有会说英语的笠原。

在立命馆校队的一次训练中，我把自己的计划告诉了宪司。“好的。”他说，让我跟着他。训练开始前，我们站成一圈，我意识到他正在和他们说驿传的事，告诉他们我选中了“教授”和笠原加入我的队伍。他们看上去都很惊讶，尤其是“教授”，他看起来像突然被刺眼的聚光灯照亮一样。

宪司告诉他务必全力以赴，他点点头，在众人的目光下不自在地动来动去。其他人十分疑惑。我为什么不挑跑得最快的队员？怎么不挑王牌和二号王牌？我想告诉他们，我觉得我这场比赛、我这支队伍实在有点配不上他们的水平，我不想弄得全队都是超级明星，而我自己拖后腿。但我的日语达不到这个水平，只是鞠了个躬，对所有人表达谦逊的谢意。

赛前两天，我们在京田边的小屋盖上了一层又厚又潮湿的雪毯，雪很快就化成了泥水。别人告诉我们，这里很少下雪。街上的孩子们坐在塑料袋和塑料铲上从坡上往下滑。等到晚上，雪就化光了。

我的孩子已经上完了学。他们经历了这么多事情，一路劳顿来到日本，又上了几个月用日语教的课程。在最后几周，我们不再让他们去学校，好在回英国前休息一下。这算是给了孩子们一点假期，也有机会在家里补习一下错过的英国那边的功课。

事情的发展不太符合计划。我的膝盖好多了，我便抓紧最后的时间练习跑步，又赶着和日本的跑者见了几面。玛丽埃塔的皮肤还是痒得很，让她十分痛苦。她找遍了全世界能找的法子，但都没有效果。她喝了麦克斯自制的微生物饮品，泡过邻居送的草药浴，喝过奇怪的冲剂，没有一个起作用。最后，我们的邻居理惠和她一起去了医院，玛丽埃塔做了一系列过敏测试。结果显示，她对日本尘螨严重过敏。我们便用理惠的特殊机器烤热了垫子，把所有角落用吸尘器吸了一遍，扔掉了在当地二手店买的沙发，玛丽埃塔买了一大堆抗组胺药。刺痒慢慢消失，她终于又恢复了健康。几周后我们就要走了，她没有教孩子们数学，而是带他们去了先前错过的寺庙和山里。加法的功课可以以后再补。

>>>>>

除了这场短暂的降雪，我听说日本其他地方也下了雪。电视屏幕上闪过小块的地图，电车上有人小声讨论。虽说如此，几天后我早早出发前往富士山参赛时，早晨的天气似乎还颇为温和。我打算坐电车去京都，在京都和队伍会合。小野、“教授”、笠原和宪司在立命馆校队的助理教练野村，都同意一起来。宪司告诉我，野村一直在训练，状态很好，能在十六分之内跑完五公里，这可比我快太多了。他也答应帮我安排这次行程。

我们这个五人组实力相当不错，我希望能在驿传比赛中挑战较高的名次。我被安排到第三赛段。宪司让我们把两个一年级学生，也是最强的两位队员安排在前两个赛段。这样一来就有希望领先，让对手大乱阵脚，过早发力加速。而且，如果开头开得好，就能定下基调，队里其他人也能受到鼓舞，超常发挥，保住名次。理论上是这样的。所以等我拿到接力带时，排名应该不错，很有可能是领先位置，而且全队的希望都会落在我肩上。这样一来，我就能体验做一位驿传选手的感觉，体验团队成绩如何激励我拼尽全力。我将战斗，我将奔跑，却不是为了个人荣耀，而是为了更大的目标。

我接到一通电话，当时正在电车上，就没有接，而是立刻把手机调成静音。在日本的列车上，连手机响起都是失礼的。我看了看来电的人，是小野。白天他在东京，计划晚上来富士山附近的酒店和我们会合。我真心希望他不是打算退出。现在找替补实在来不及了。我的手机无声地振动了一下，来了一条短信。我点开了。

"芬恩先生，你和宪司聊过了吗？请回电。"

即使事态如此紧急，在车上打电话感觉还是太不妥当了，因此我到了京都站才回电话。

"喂？是小野吗？我是芬恩。"

"你听说了吗？富士山下雪了。你觉得要不要取消行程？"

他显然没意识到这件事有多重大。我才不会因为下了点雪就取消行程。酒店已经对我们保证过了，就算真下了雪，路也会被清理干净的。

"不。"我说，"我觉得我们还是得去。"

"噢。"他说，"其他人好像都没来。他们觉得你会取消行程。"

我不知该说什么好。我车都租好了，而且几天后就要回英国了。这是我最后一次参加驿传比赛的机会。如果实在不行，我一个人都要跑完全程。就在这时，在京都站来来往往的人流中向我缓缓走来的，正是穿戴齐整、拖着小行李箱的几位队员。

"他们来了。"我对小野说，"我们会参加比赛的。晚点见？"

"噢。"他说，"好。晚点见。"

他们看见我，咧嘴一笑。我穿着运动服，背着帆布包，就这么站着，感觉自己真邋遢，像是搞错了派对的着装要求。他们什么也没说。

"我们走吧？"我说。

野村带路，我们一起走向租车的车库。

>>>>>

我们开车出了京都，天上下着绵绵小雨，车开上了高速，路渐渐伸进群山之中，山被薄薄的积雪覆盖。山峰之间薄雾弥漫，掩住了长满树木的山顶。笠原把他的 iPod 接到音响上，来自吉卜力动画的某首乐曲流泻而出，萦绕不去。一瞬间，我仿佛被抛回初到日本的那几天，目之所及的一切似乎都是漫画家笔下的世界。我们是一队年轻的勇士，每个人都有自己的特点和专属能力：飞毛腿“教授”拥有带喷气动力的木屐，笠原会说几国语言，队长野村，还有我，芬恩先生，长腿外国人。在酒店等着我们的，就是我们专属的大力士小野。连他的名字听起来都有英雄的感觉。我们五个人合在一起，就是驿传侠。

野村单手把着方向盘，倒戴着鸭舌帽。他的手机响了。他接起了电话。

“呃？”他又在做那些夸张的手势。别人也插了进来，说着我听不懂的话，看上去很忧虑。他放下手机，看着前方，一语不发。

“出什么事了吗？”我问。

一开始，他没有回答。他们都看着他。

“比赛取消了。”他说，“雪太厚。”

>>>>>

几分钟后，我们在高速公路边的休息区停了车。我们都想不出别的法子，只能掉头，原路返回京都。原来昨天夜里下了二十年一遇的大雪，正下在赛道上。在比赛的六十年历史中，这样停赛是第二次。其他人都和我一样失望。

“兴许我们可以参加另一场比赛？”我提议道。他们面面相觑，考虑起来。笠原第一个点了点头。“确实可行。”他说。我知道第二天神户还有一场比赛，几天后，甚至还有一场在立命馆大学举办的比赛。已经到了吃午饭的时间，我们决定先吃些东西，再做下一步的计划。一坐下，他们都拿出手机，开始找别的比赛。笠原找到一场在神户办的比赛，正在给组织者打电话。我只能默默祈祷。

他低声地说着，十分礼貌。“啊，当然，我明白。”他说。

他放下手机，摇摇头。

“报名截止时间已经过了。”他说。在日本，大部分比赛的报名在比赛前几个月就截止了，几乎不可能破例。日本东部的诡异大雪也不能让人通融半分。他们试着给另几场比赛打了几个电话，但回应都千篇一律。我建议他们告诉组织者，参赛选手中有一个是英国记者，想报道这场比赛，但看得出他们不太乐意这么做。于是，他们只是简单地问主办方是否已经截止报名，结果当然早就截止了，然后又为这么晚才打电话而道歉。

笠原试着给宪司打电话，问他立命馆那场比赛的事。至少我们肯定能参加这场。我跑完比赛就得赶去机场，买的是那天的机票，但应该刚好赶得上时间。趁着护照过期前的最后几小时，戏剧性的最后一赛。

“高尾先生会问组织方的。”他放下电话对我说。

如果连大学校队的教练都不能把我们弄进本校举办的比赛，那我们就没希望了。我们决定在等宪司回电话的时候吃点荞麦面。餐馆里各处装的电视屏幕上，滚动播放的新闻节目里满是暴风雪的照片和孩子们在街上堆雪人的场景。地图上标着箭头，显示这场雪是从西伯利亚吹来的，正好经过赛道。我再一次诅咒西伯利亚，诅咒它无穷无尽的荒野和快要散架的龟速列车。

这场邪门的暴风雪搞得活动取消了，也怪不了谁。你找不到任何一个发泄怒火的对象。我不由得想，到底有多少人正被迫往回走。这是最糟糕的，我走了这么远，跨越了这么多国家，参加了这么多训练，开了这么多听不懂的会，坐了多少趟电车，有多少天闷在死寂的小房子里满心沮丧，多少次向日本这个未知又模糊的长跑世界伸出手，多少次滑入温泉，多少次爬上小巴，我经历了这么多，却要开车开到半路不得不往回返，我最后的壮举，这场驿传比赛，就这么埋在了西伯利亚的大雪之下。

不知为何，我想起以前看过的一部动画片，说的是某位禅宗机械师的故事。客人来店里取车时，机械师平静地看着他，双手合十，说："世上本无车。"

世上本无比赛。这极富禅意。我们为什么需要比赛这种俗世的发明？比赛到底满足了什么目的？没错，它可以让人实现目标，但那目标本身不就是我们出去跑步的借口吗？就算没有参加比赛，之前的训练也没有白费。就算学期末没有参加考试，也不代表什么都没学到。真要说些什么的话，可能正是比赛让我们无法看到实质。或许正是对完成比赛的执着让我们分心，让我们永远看不见、想不明白跑步的原因。然而，当比赛在最后一刻被取消，我们被扔进紧张的虚空之中，问题不可避免地浮现出来。我们究竟为什么跑步？在这平静的间隙之中，我们得到了答案。每一次训练，我们都被生命的体验所充满，感受空气在肺里汹涌奔流，感受心脏的澎湃跳动。或许是靠着比赛这个念头，我们才会出门，但它只不过是吊在眼前的胡萝卜。有时候，眼前的胡萝卜是吃不到的，我们已经知道这一点了。即使真的吃到了这根胡萝卜，它能带来的也只是片刻的满足。即使打破了个人最好成绩，即使赢得比赛，几天后，我们又会系紧鞋带出门。像大行满阿阇梨说的，开悟不是终点，只是人生道路上的又一步，比赛并不像我们心中尊崇的那样，它不是结束。无论发生什么，第二天，我们都要重新开始。

然而，即使内心深处明白比赛并不重要，我也不能抹去失望的感觉。在训练中，我从来不能跑得像比赛时那样好。发令枪响后，人群起步奔跑的那刻，仿佛给我带来了某种特殊的影响。二十世纪六十年代，芝加哥大学的匈牙利心理学教授米哈里·契克森米哈提出了“心流”的概念：一种完美地集中注意力的状态，你的意识和行动融合在一起，消隐了自我，完完全全地投入手头的任务。我几乎只有在比赛中才能贴近这种状态。这部分是因为在比赛中，所有外界的杂事都由别人解决了——道路被封闭，游人被隔绝在赛道外，路线已经规划好，也清楚地标记出来，我可以纯粹地、简简单单地专注于跑步。比赛过程中，几英里的路不知不觉就跑过去了。在训练中几近疯狂的配速，在比赛中显得如此流畅简单。不是每一次比赛都能如此，但有时可以实现。也并不是整场比赛都有这样的表现，只是偶尔有之。一到这样的时候，我就迷失在自身存在的荒原之中。

笠原的电话响了。是宪司。原来如此，原来如此。

他摇了摇头。“他们说，截止日期已经过了。”当然已经过了。截止日期不会为任何人改变。如果清早六点空空落落的道路上都没有人闯红灯，怎么能指望他们破例让人临时参加驿传比赛呢？

“高尾先生建议我们一起在跑道上跑一次一万米，帮你刷新最好成绩。明天跑怎么样？”

这是个善意的建议，但我真正想体验的是驿传的精神。这不是用来验证我进步的普通比赛，也不是为了让我体验心流的经历。在这么多比赛之中，唯有这一场独一无二。我想明白为队伍而跑是什么感觉。不知怎的，我唯有这一点没有体会。没错，我参加过驿传比赛，但当时没有体会到那种总是被提起的深深的责任感。我想知道当全队的命运都压在我肩上时，我能不能被推到极致，打破自己的极限。然而，就连这渴望可能都是自私的。或许我履行职责的最好方式，以及对目前处境最日式的回应，就是别去烦扰比赛主办方，别让他们打破规则，别让我的队友和宪司帮我再找一场比赛，免得让他们陷入尴尬境地。或许为了和谐，我现在的最佳选择就是接受现实，返回京都。到头来，我们没有选择。

回程路上，我们静静地听笠原播的音乐。几小时前来时的兴奋已经不复存在。我们不再是一队长跑超级英雄，只不过是一群浪费了时间出门的人在往家走。我们已经开始盘算周末可以做的事情了。他们肯定要研究比赛和训练，还要准备其他驿传比赛，而我要收拾行李，准备回英国了。

iPod 上，笠原正在播酷玩乐队的歌，这是他最喜欢的乐队。这支乐队来自英国德文郡，离我家不远。满怀哀伤的歌手悲叹与某人分离是多么痛苦，并在渐渐增强的钢琴和鼓的伴奏中，祈求被带回最初的地方。这很乏味，但很切合当下的处境，我忍不住也生出这样的情绪，就在我们最后一次驶过被雾气装点的群山之时。

25

几天后，我回到了英国。从日本回来后，英国的一切都让人感觉混乱粗糙，难以忍受。我回国后坐的第一趟列车晚点了，椅套开了线，坐在我身后的男人对着手机大喊，将酗酒之夜的细节广而告之。另一个男人不愿付车票钱，站在车厢间的连接处被甩来甩去，十分凶险，而售票员告诉他要报警了。

其实在刚刚走下飞机那一刻，我就感受到了这里与日本的差异。经历了十四个小时的飞行后，几个孩子都累极了，我只好一人提着全家的五个袋子。刚下飞机，就在登机口廊道里，有一辆行李推车。我松了口气，把行李扔了上去。

“别，伙计，这车放这里是有用的。”我身后的机场工作人员说，语气里满是令人厌烦的嘲讽。

“不是给带行李的乘客用的？”

“不是，伙计。”

他让我把包拿走，自己拎着。在日本根本不会发生这种事。如果推车是给别人用的，他们会给你另找一辆，或者语气至少会带着歉意。我看着那些日本人摇摇晃晃地聚成一群，跟着这条航线的工作人员手中挥舞的小旗子走向到达口。我替他们害怕。我想告诉他们，小心点，外面是残酷的丛林。

然而，还有另外一个显而易见的差异。我们坐上了开往德文郡的列车，窗外是无穷无尽的英国乡间景色。到处都是田野，其间穿插着小路和静静的行车道，这都是跑步的完美地点。我一回到家，就出门在土路上慢跑了一趟，享受着泥泞和凹凸不平的地面，跳过我出国前就已倒在路边的树干。

跑步时，我回想着自己在日本学到的东西。我之所以去日本，部分原因是为了弄清为什么日本人这么善于长距离赛跑。从某种意义上说,这个问题很好回答。他们喜欢跑步这项运动,认真地对待它，就像肯尼亚人一样，他们组成规模不小的一组认真训练，互相激励，互相推动。日本与肯尼亚还有一点很相似，长跑是一项值得尊敬的事业。与世界上的大部分地方不同，在日本和肯尼亚，长跑是可行的职业选择，有一种文化和配套体系支持运动员的需要和雄心。

从日本回来几周后，英国半程马拉松选拔赛在雷丁举行，主办方说本次参赛的是史上最星光璀璨的一群英国精英选手。获胜者是斯科特·奥弗沃，他跑出了六十四分四十四秒的成绩。就在同一天，日本举办了全国大学生半马锦标赛。比赛中排在第一百名左右的学生最后用时和英国冠军斯科特·奥弗沃相差无几，是六十四分四十七秒。

是的，他们确实非常出色。但到头来，比这更有意思的一个问题是，为什么他们没有比现在更好？为什么有这样一个全世界都无法比拟的、高度发达的长跑体系，当天大学生半马锦标赛的获胜者，比前面那个学生领先整整一百名的人，却只跑出了六十二分零九秒的成绩？虽然这个成绩已经很不错了，却无法在世界舞台上掀起任何波澜。

这个问题有两个可能的答案。要么是更多的日本选手将自身潜力发挥到了极限，要么就是他们做错了什么事。

高水平的支持体系和更多的机会当然意味着日本运动界会比其他国家流失较少的有才能的选手。但有了这么多高水平选手，总得有那么几个脱颖而出，有能力挑战顶尖的肯尼亚选手和埃塞俄比亚选手。事实却不是这样。

《运动基因》一书的作者大卫·爱泼斯坦告诉我，这个推断背后做了太多假设。

“如果这个推断成立，意味着这个国家的人在其他方面都是标准化的。”他说，“当然，这不可能。”

当然了，日本和东非有很大差异，这许多差异中，很少能找到有利于日本塑造长距离跑步选手的因素。首先，日本缺少可以用来训练的土路和高海拔地区。在高海拔地区生活可以提高血液供氧能力，这是被广泛接受的事实，所有国家的大多数顶级运动员每年都会在高海拔地区生活一段时间，但没什么比得上在高海拔地区出生长大带来的极大优势，所有伟大的肯尼亚选手和埃塞俄比亚选手都有这种优势。

缺少土路显然也是日本的一大劣势。我在日本的最后一段时间里，宪司已经完全相信训练应在土路而非混凝土路上进行，以至于不断重复他见到马拉松原世界纪录保持者哈利德·哈诺奇那天的故事。那是在日本某场马拉松比赛前夕。哈诺奇见到宪司，把他截住，告诉他：“我认识你。我记住你的时候，你还是青少年运动员。我以为你会是我的对手，但之后我观察了一下你，知道你不会有那样的机会了。”

宪司问他：“你怎么知道？”

说到这里，宪司十分戏剧性地停住了。“他就对我说了一件事。”宪司说，“他说，‘你在混凝土路上跑步，路面太硬了。’”

过不了多久，宪司就会带他的队伍到比叡山上和僧人们一起跑步了。

但两国间的差异远远不只是海拔和在软地上训练这两点造成的。另一个差异是选手的动力不同。在肯尼亚，成为“优秀”的跑者不会有任何回报。竞争实在太激烈，机会实在太稀少，为了成功，你必须出类拔萃。在日本，选手很容易就能在中等水平的队伍里谋一份工资，这太惬意了。

“企业队提供的保护和支持也有负面影响。”马拉·山内说，“仅仅为谋得三餐就必须成功时，动力会更大。在日本，有时候企业队的位置实在太容易得到了。”

同样，跑完箱根驿传后，运动员也要挣扎着维持自己的动力。才二十二岁，职业巅峰就已经过去，大部分日本职业选手都面临这个问题。这样一来，要保持努力训练的积极性，不断将自己提升到新高度，就有些难了。

日清食品队的教练冈村告诉我，他做教练面对的最大挑战就是保持选手的积极性。

“成为顶级选手的五个关键是，”他告诉我，“一，吃好。二，睡足。三，照顾好身体。四，训练。还有五，有动力。做教练的最重要的任务是和运动员交流，保证第五点不出问题。”

除了可能让跑者的生活过于轻松，队伍体系还会使选手在比赛时厌恶风险、追求安全。没有人愿意冲在最前头，把别人远远甩开或采用无法维持的过快速度，以免冒险坏了全队的事，或是显得自己像个傻瓜。宪司告诉我，有一次他在大型驿传比赛上用了这样的招数，虽然最后策略奏效了，把离他最近的对手远远甩开，教练却在赛后对他大为恼火。我也听过许多次，日本特色的做法就是保持稳定的速度。

然而正是肯尼亚人那种不成功便成仁的策略，正是他们狂野的冲刺，使他们表现得如此出挑。当然，这种做法常常出问题，但就像雷纳托·卡诺瓦说的一样，如果要赢得大赛，“你必须狂野一点”。

这种狂野风格应该归功于肯尼亚人奔跑时的自由与狂放。虽然比赛极其重大，成功意味着改变人生，不知怎的，他们比赛时却还能带着一份标志性的放松和无忧无虑。即使比赛失败，他们也不会纠结。“下次就会赢的。”他们总喜欢这么说，脸上还带着灿烂的微笑。就像尤塞恩·博尔特在奥运会一百米短跑决赛前也会悠闲地走来走去一样，他们相信越是放松，表现就越好。

这和日本选手赛前给自己压上的千斤重负形成了鲜明对比。在日本的高端赛事上，起跑线上剑拔弩张。失败绝非小事。川内优辉在二〇一二年东京马拉松上获得第十四名后，他批评自己的表现十分可耻，随后剃光头发，向粉丝谢罪。另一个例子更为极端，圆谷幸吉在一九六四年东京奥运会的马拉松比赛中，由于“仅仅”拿到第三名，痛苦得几近发狂。他告诉队友：“我在日本国民面前犯了不可饶恕的大错。”他发誓要在下一届奥运会中“弥补错误”，但备战一九六八年奥运会时，圆谷幸吉因伤被迫终止训练，他便自杀了。尸体被发现时，他手里还攥着那枚铜牌。

当然，这样的紧张感可以促使人成功，但压力和负担过重也会让身体停摆，限制选手水平的发挥。

除此之外，日本这些问题还因为低龄运动员的过度训练更加恶化，过于强势的教练仅仅关注短期表现，是背后的罪魁祸首。这导致运动员因此负伤或心灰意冷的比例居高不下。事实上，在日本，大学选手的表现最令人印象深刻，比赛用时即使与同年龄段的肯尼亚运动员相比也毫不逊色，体现出了他们在长距离跑方面的天赋。然而到了二十五岁，日本顶级运动员的数量就变少了，速度最快的选手的表现也逊色得多。①

然而，日本人普遍认为是另一个因素导致了本国运动员在世界赛场上的失利。日清食品队的教练对我解释说："肯尼亚人的身体条件比日本人的好。他们的肺更大，身体也更强壮。"

这是在日本被广为接受的观念。虽然拥有跑马拉松的理想身高，日本人却更喜欢提到他们的短腿，认为这使他们无法赢得比赛。

科学家已经就这一问题研究多年，他们越是研究，越意识到很难把基因优势归结到任何一个具体国家的国民身上。有一天，宪司邀请我参加立命馆大学的一场会议，会上，一组科学家正在报告前往肯尼亚进行的深度研究之旅。在这项研究中，他们尝试揭露在长跑方面，肯尼亚人是否比日本人更具天然优势。

研究没有得到决定性的结果。例如，科学家发现平均而言，日本跑者的肌肉在脚落地前更紧张，意味着他们因此耗费了更多能量。但他们指出，这是因为日本跑者在为脚后跟落地引起的难以忍受的冲击做准备，而肯尼亚选手更倾向于用前脚掌或脚掌中部着地。

这使得日本跑者从年轻时起就要承受肌肉和筋腱过度劳累带来的压力，研究人员指出，这两个因素再加上过度训练，意味着等运动员晋级高年龄段的比赛时，双腿已经失去了弹跳力。

他们同样发现，肯尼亚跑者的跟腱更长，跑步效率因此提高了十六个百分点。然而，他们也指出，跟腱长度并不固定，会随环境

①可以与丹尼斯·基米托相比较。这位肯尼亚运动员在我从日本回来6个月后，在柏林打破了世界马拉松纪录，比赛用时令人惊讶，仅为2小时2分57秒。而基米托是26岁才开始进行专业训练。——原注

和训练方式而改变。他们研究了练习不同运动项目的两对双胞胎，发现双胞胎的筋腱长度也有差别。

在会议的最后，领导此次研究的教授举起双手，简单地说："实话说，我们还是不清楚真相。我们找不到显著差异，或许根本没有这样的差异。"

限制日本选手在世界舞台上的表现的最后一个因素，是国内长跑文化对内的过度关注，尤以对驿传的密切关注为甚。我们已经看到，比较日本的半马用时和其他国家的半马用时，就像在比较训练中的成绩和比赛成绩。若想知道日本选手的真正实力，看到他们在真正在意并好好准备的比赛上全力以赴的样子，就必须根据他们在驿传上的表现做出推断。

只要箱根驿传或新年驿传这样的赛事依然在国际上默默无闻，这些选手的最佳表现就会继续被埋没，不为世界上的其他国家了解。

我在这片熟悉的田野上跑完步。天空是发白的淡蓝色，我的脸在二月清新的空气中跑得通红。我不禁想到，自从许多个月前启程前往日本，我自己的跑法又有什么进步呢？我学到秘密技巧了吗？真相是我在日本学得最多的，是什么不该做：少在混凝土路面上跑步，不要带着恐惧跑，不要带着压力跑，不要总在跑步时盯着跑表。日本之所以有数量如此可观的优秀跑者，大多应该归功于他们的投入、良好的支持体系以及辛勤的努力，但这样的努力也导致了许多问题。考虑到日本长跑的未来，尤其是考虑到二〇二〇年的东京奥运会，在辛勤努力的决心和适时休息的智慧之间找到平衡，是宪司和其他人正在努力的目标。

我最希望能在日本学到的一件事，最终还是没真正学到。我想知道在一个团队中跑步，能不能把我的长跑精神提升到新的境界。

我决定最后再试一次，尝试理解并感受在驿传比赛中肩负的压力和责任。回到英国几个月后，我参加了英格兰南部的南唐斯马拉松接力赛。英国确实有长距离接力赛。它们不像日本的驿传那样受到本国人的密切关注，多半被看作俱乐部跑者的“一点小乐子”，还有一些不同之处，但在基本层面上是一样的。一队跑者每个人跑一个赛段，共同完成长距离赛跑。

南唐斯赛跑的总赛程相当于一场马拉松，由四名选手组队完成。我希望能组建一支实力强劲的队伍。如果真要重构我本应在富士山驿传比赛上感受到的一切，那就得找几位优秀的选手。我们得接近领先地位，向胜利进发。当我接过接力带时，全队的一切都应该寄托在我身上——不过接力带只能存在于我的想象之中了，英国的接力赛只是在前一位选手到达时，另一位选手随即出发，不需要交接任何象征性的带子。

我为队伍看中的第一个成员是偶尔和我一起训练的搭档，来自伦敦的汤姆·佩恩。他算得上是我认识的跑得最快的英国跑者了。我是在肯尼亚认识他的，他在那里训练，争取入选二〇一二年的奥运会马拉松国家队。他没能入选，但他的马拉松成绩达到了出色的两小时十七分。我问他是否愿意加入时，他同意了。

我要招揽的第二名队员是凯里·里斯。他是前英国学校越野跑比赛的冠军，如今年逾四十，表现依然不俗，在大型赛事上赢得过奖项，尤为擅长越野跑。他留着蓬松狂野的发型，自称痛恨在混凝土路面上跑步。他曾经带我参加一次长二十四英里的横跨达特穆尔高原的远足，最后害我进了急诊室。这故事说来话长，就讲这么一句吧，我的建议是，绝不要顶着雹暴和他赛跑，还企图胜过他。

最后一名队员是我所在的本地俱乐部——托贝田径俱乐部的成

员，叫西蒙·隆索普。虽然他没有汤姆和凯里跑得那么快，但他的马拉松成绩还是达到了两小时四十分。我从日本回来后，他的状态也很好，在俱乐部周二的例行训练中都飞一般地跑在最前面。

我是队里跑得最慢的一个，不知怎的，我也刚刚达到了运动生涯的最佳状态。我不知道这是为什么，也不知道是如何达成的，但我从日本回来后，跑得比以往都要快。我膝盖的伤原来只是髂胫束过紧，也就是大腿外侧的韧带过分紧绷。做了一段时间的定期拉伸后，情况大有好转。虽然因为这个伤，过去两个月我在日本几乎没有跑步，回英国后，我跑起来却风驰电掣一般。到头来，我在大阪取得的胜利并不是侥幸。

回到英国后不久，我参加了一场在达特穆尔高原边上举办的十公里公路赛。来到起跑线上，我没抱太大期望。风吹得很猛，天空朝我们吐着钉子似的雨滴。跑道相当起伏不定，我把计时抛到脑后，决定跑步时不戴跑表。

跑了大概两公里后，我们迎来一段陡峭的上坡路。我跑在当地一位多年的对手身后，我从来没在比赛中赢过他。然而，我甚至没有努力尝试，就在上坡路段超过了他。到了山顶，我依然精力充沛，感觉全身都活动开了。领先的两位选手已近在眼前，我开始盘算着追上他们。此时，我的车钥匙从裤兜里掉了出来。

听到它落地的清脆声响，我第一个念头就是扔着不管。我感觉实在太好了，不想停下。风从我背后刮来，吹得很猛，我又往前跑了几秒，意识到不能就这么把车钥匙丢在乡间小路上。这可太蠢了。我怎么回家呢？我停了下来，转身往回跑去。

捡到车钥匙，我又重新出发，再一次飞一般地超过对手。几分钟后，在一段陡峭的下坡路上，车钥匙又掉了。

后来我意识到钥匙放错兜了。我短裤上有个带拉链的口袋，专门放重要物品，比如钥匙。还有一个更宽大的敞口的裤兜，用来放能量果胶。我把钥匙放在那个大兜里了。我第二次停下来捡钥匙，这次至少动作快了点，然后把它握在手里，继续跑下去。但我又失去了宝贵的几秒钟，还被卷进了从后边跑来的一群跑者中。

我们迎着每小时三十英里的风速，一起跑完了最后五公里，像一群被铁链捆在一起的苦力一样排成一列，轮流顶风领跑。我们像环法比赛上的自行车队般前进，路上收进来几个独自在风中挣扎的参赛者。时间刚过三十五分钟。我冲向终点线，以三十五分二十秒撞线，虽然顶着强风，爬着陡坡，还闹出了掉钥匙的闹剧，还是把个人最好成绩整整提高了三十秒。

很难弄清楚我的进步究竟应该归功于什么。大体上说，我的跑步训练安排和去日本之前没什么差别。跑出十公里最佳成绩几周后，我又赢得了本地的一场十公里越野跑比赛。一年内我已经赢了两场比赛。跑步这些年来，我一个奖都没得过，结果才过了短短几个月，我就赢回三个奖杯、两瓶红酒，还拿到两张运动品牌代金券。

日本之行后，我在跑步时唯一真正改变的只有跑步姿态。在立命馆大学的跑道上和那位电视节目主持人一起跑的那一天，我意识到自己原来一直都做错了，那是改变命运的一天。从那以后，我一直专注于提高技巧，疯了似的练习下蹲，提升核心力量，防止每次跑到一半就改变跑步姿态。看来起效了。

26

南唐斯马拉松比赛的前一天晚上，我接到了凯里的电话，他说他受伤了。凯里不能跑了。如果找不到第四位选手，我们所有人都没法参赛。这就是身处团队之中的问题，你依赖着其他人。在日本，他们总是让你准备好替补选手，以应付这样的情况，但我的计划性没这么好。我正准备和汤姆在伦敦碰面，准备晚上开车前往苏塞克斯的赛场。等他到了，我把坏消息告诉了他。时间这么短，我们上哪里去找第四个选手呢？

汤姆的生活就是跑步。他在给一支叫“飞毛腿”的队伍做经纪人，队里几乎全是肯尼亚人。他刷了刷手机。

“不知道詹姆斯·埃利斯有没有空。”他说，“他住在南唐斯，我给他打个电话。”

简短地聊了几句之后，他挂掉电话。“他会参加。”汤姆说。就是这么简单。

“太好了。”我说，“他水平还行吗？”

“他刚赢了汉普郡五千米跑冠军。”汤姆说，“所以水平还不赖吧。”

>>>>>

赛前那晚，我们住在朴素而迷人的普瑞米尔酒店，酒店就在西苏塞克斯郡阿伦德尔 A27 高速公路边上。那是个暖和的夜晚，我们喝了点酒，一同坐在街灯下的长椅上。汤姆给每个人发了一套一模一样的跑步装——黑短裤和黑运动背心。我还留着富士山驿传主办方给我的长跑帽。我也给他们每人发了一顶。为了纪念野村、笠原、小野和“教授”，我们给队伍起名叫驿传侠。

“好，该进屋了。”汤姆说，“明天可是大日子。”

我很惊讶，似乎我正和日本的那队人在一起，每个人对待比赛都非常严肃。我想，这种竞争意识也是他们成为优秀跑者的原因之一。对我来说，这次比赛是团队赛，这已经让我不那么认真了。压力没有变大，而是被分散到队里每个人身上。好好表现的责任落在了全队人肩上，个人所负担的压力就小了。这便是我的看法。不管怎么说，我不像平时比赛前那样紧张，即使我跑的是最后一段也一样。这看起来可能违反常理，最慢的选手竟然跑最后一段，但这是我向宪司咨询时，他给出的建议。

我对此不太信服。既然面对这样的选择，我更愿意在最后一段安排一名跑得快的选手，让他去追赶比较慢的对手，而不是做那个跑得慢的人，被人追赶。但我知道些什么呢？宪司是专家，就这么定了：汤姆第一个跑，我最后一个跑。

>>>>>

比赛那天早上，天气炎热，阳光明媚。这样的天气穿田径服太热了，我们都穿着黑跑步装坐上了汤姆的车。这是一辆黑色的车，一共有四排十六个座位，窗户贴了彩色膜，车身一侧印有“飞毛腿”字样。车开进比赛场地的停车场时，我们很是显眼地拉开门跳下了车。我们就是跑步圈的“落水狗[①]”。

“噢，你们看上去跑得挺快的啊。”一个女人点评道，“你们会赢吗？”

我们没有回答，而是紧张地面面相觑，仿佛我们是一群刚刚被人评价看上去像群间谍的间谍，之后还被追问是否真的是间谍。

“噢，天啊！”她发现我们没有立刻做出英国式的回答，谦称绝无可能，于是大喊起来，“你们真的要赢！”

“我要上厕所。”我说，免得面对更多的拷问，然后便小跑着离开，去找洗手间了。

为了让大家各就各位，我们做了复杂的安排，包括两辆车，需要开车的路程还不短。于是，詹姆斯开车前往第一个交接点时，我和西蒙看着汤姆在第一赛段起跑。参赛的队伍约有上百支，起跑点设在阿伦德尔附近，正对着斯林顿学院修剪精致的草坪。才刚跑到第一个转弯点，汤姆就已经明显占据了领先地位。他飞奔而过，对我们咧嘴一笑。驿传侠上路了。我和西蒙坐进第二辆车，开往我们俩的起跑点。

我来到最后一段的起跑点时，主办方还在忙着布置交接区。这片区域位于丘陵顶上，俯瞰着苏塞克斯的乡间景致。人们在户外散步、骑车，享受明媚的阳光。一个男孩子玩着塑料弓箭，把箭射向天空，然后飞奔过去捡。我的视野里看不见一个跑者。

---

①美国导演昆汀·塔伦蒂诺执导的经典老电影《落水狗》中的一群反叛角色。

路人经过时停下脚步，和主办方的工作人员聊天。

“这是什么比赛？”他们问，“自行车？”

“马拉松接力赛。”负责布置的人说，“不过领头的选手还得好一会儿才到呢。”

他们站在那儿，看了看伸向远方的路。“好吧，只要别让我跑就行。”

终于又等来了几位最后赛段的选手，时间已经快到中午。阳光烘烤着我的黑衣服，我的肩膀像要烧焦了似的。一位选手看见我的队伍号牌，二十二号。

“你们队表现不错。”他说，“在第三赛段交接处，领先第二名五分钟。”

“现在是九十一号队伍领先。”布置场地的人说，“我听无线电上是这么说的。”

“不可能。”另一个选手说，“除非出了什么怪事。他们组领先太多了。”他指着我。我则一无所知。

这些猜测让我紧张。西蒙迷路了吗？他是不是摔倒受伤了？突然间，他出现了，从树林中冲了出来，满脸痛苦，看上去像一位真正的驿传选手。

“开头别跑太快。”这是他对我的告别语。我已经沿着陡峭的下坡冲了出去。

西蒙拼尽全力的表情一直印在我的脑海里，在我穿越树林时也挥之不去。这次是来真的了。突然间，我感觉到全队的希望沉甸甸地压在我的肩膀上。然而，这股希望并没有让我头脑发昏，在下坡路上加速猛冲，而是让我更为谨慎。我不想摔跤。他们已经尽力了，现在全看我了。我不想做团队的短板，不想失去领先地位，成了输家，灰溜溜地对他们说我已经尽力了。就算把膝盖上摔出来的伤指给他们看，也算不上什么好借口。

同时，我还得快跑。如果身后的人比我快得多怎么办？我不想被他追到视线以内，他只会因此信心大增。我必须继续猛冲，保持住优势。每一秒都至关重要。

这一趟跑得十分孤独。赛道设在人来人往的小径上，但没有多少迹象显示这里正有一场比赛。我迎面遇见几个游人，他们困惑地看着我。我满脸涨红，跑得非常用力，远远超过了周日例行跑步的限度。我看起来肯定很像逃犯，不停地往后瞥，眼里还充满恐惧。唯一的不同是我身上全套的跑步装束，还有衣服上钉着的号码牌。等第二位、第三位选手跑到这里时，他们应该就明白事态了，会为他们空出道路，可能还会喊上几句，为他们加油。但我呢？我只是一个穿了一身黑衣的疯子，在路上自顾自地奔跑。

路上很安静，我耳朵里总是听到一些声音。在某段路上，我觉得自己听到了从后面追赶而来的脚步声，我惶恐地往后看，但原来只是号码牌在作怪。我又往后看了看，连人影也没有。

我虽然想全速往前冲，但也得小心些。一旦侧腹开始隐隐作痛，我就会放慢速度。疼痛可能会让人无法继续比赛，最好还是跑慢点，缓一缓，免得坚持不下去。可一旦这么做，我又担心自己把宝贵的优势拱手让人，于是又用力跑了起来。

我不知道对身后赛况疑神疑鬼对我的表现有什么帮助，尤其考虑到我并不知道自己和第二名相比有多大优势。我有点怀疑优势应该相当可观，其实不需要跑得这么用力。但这种想法非常危险。每次浮现出这种想法，我心中便升起一股恐惧，害怕在优势如此明显的前提下还把一切搞砸。我的队友把这一赛段称为光荣赛段，仿佛进行到这个阶段，比赛只会有一种结果。另一种结果甚至不可想象。我加紧跑了下去，又一次加快了速度。

我还记得箱根驿传后，一位选手对我说的话。他是东洋大学的选手。“在驿传上，”他说，“并不是时时刻刻都能看见你的对手，即使看不见，你也要加紧快跑。你会害怕他们可能做出怎样的表现，这种恐惧推动着你，让你跑得更快。”

最后，我在雾蒙蒙的闷热天气中踉跄着冲过终点，依然保持着第一名的位置。只有西蒙赶到了终点，在我冲线时为我加油呐喊。整个赛段，我一个对手都没看见，终点也一样是静悄悄的。这里只竖着一个大大的拱门，上面写着“终点”，还有一个人拿着麦克风稀里糊涂地说着第一支队伍到达终点之类的话。

最后，我领到了四个奖品袋，给我发奖的女人说了几句祝福的话。汤姆和詹姆斯现在也来到了终点处。我们拥抱在一起。我们做到了。我想，我们早就预见到了这次胜利。

我们站在终点附近，等着下一支队伍的选手到达终点。汤姆说他跑错了路，但还是及时赶回了赛道，在他的赛段拿了第一。自此之后，优势就越拉越大。原来，西蒙跑到终点并把一切交给我时，我们已经比第二名领先了十五分钟，我更是把优势又扩大了五分钟。我们取得了巨大的胜利。

赛后，我坐在草地上，想着自己是不是终于体验到了驿传的本质，那种为队伍而跑的改变比赛局面的动力。这一次，我切切实实地感觉到了沉重的期望，感觉到了责任，感觉到了不能把事情办砸的必要性。身后隐形的敌手催逼着我，让我跑得满心惶然，不断回头观望。如果恐惧能让人更攀高峰，它或许确实起作用了。我在六英里长的赛段中，把我们队和第二名之间的差距又拉大了五分钟。

这表现真的不错。

上台领奖时，颁奖人读错了队名，卡在了“驿传”这个词上。然而，把奖杯递给我们的人是迈克·格拉顿，一九八三年伦敦马拉松金牌得主。他听到颁奖人笨拙的发音，摇了摇头。“你们显然是真正的跑者。”他说，“你们懂得驿传意味着什么。”

我礼貌地点点头。没错，到最后，我终于懂得了。

图书在版编目（CIP）数据

跑步锻造灵魂 / （英）亚德哈罗南德·芬恩著；符夏怡译. -- 海口：南海出版公司，2019.3
ISBN 978-7-5442-9512-3

Ⅰ. ①跑… Ⅱ. ①亚… ②符… Ⅲ. ①纪实文学－英国－现代 Ⅳ. ①I561.55

中国版本图书馆CIP数据核字（2018）第281017号

著作权合同登记号　图字：30-2018-129

跑步锻造灵魂
〔英〕亚德哈罗南德·芬恩 著
符夏怡 译

出　版　南海出版公司　(0898)66568511
　　　　海口市海秀中路51号星华大厦五楼　邮编 570206
发　行　新经典发行有限公司
　　　　电话(010)68423599　邮箱 editor@readinglife.com
经　销　新华书店

责任编辑　翟明明
特邀编辑　沈　悦
装帧设计　李照祥
内文制作　王春雪

印　刷　北京汇林印务有限公司
开　本　640毫米×960毫米　1/16
印　张　18
字　数　207千
版　次　2019年3月第1版
印　次　2019年3月第1次印刷
书　号　ISBN 978-7-5442-9512-3
定　价　58.00元